Alles hat ein Ende, nur die Wurst hat zwei.

Altes Sprichwort

MORD AUF WESTFÄLISCH

Jobst Schlennstedt, 1976 in Herford geboren und dort aufgewachsen, studierte Geografie an der Universität Bayreuth. Seit 2004 lebt er in Lübeck. Hauptberuflich arbeitet er als Senior Consultant für ein großes dänisches Unternehmen und berät die Hafen- und Logistikwirtschaft. 2006 erschien sein erster Kriminalroman. Seitdem hat er mehr als zwanzig Krimis geschrieben. »Mord auf Westfälisch« ist der fünfte Fall mit seinem Bielefelder Kommissar Jan Oldinghaus.
www.jobst-schlennstedt.de

JOBST SCHLENNSTEDT

MORD AUF WESTFÄLISCH

Kriminalroman

emons:

Bibliografische Information der Deutschen Nationalbibliothek
Die Deutsche Nationalbibliothek verzeichnet diese Publikation
in der Deutschen Nationalbibliografie; detaillierte bibliografische
Daten sind im Internet über http://dnb.d-nb.de abrufbar.

© Emons Verlag GmbH
Alle Rechte vorbehalten
Umschlagmotiv: Montage aus Carolyn Fox/Arcangel.com,
shutterstock.com/Zhenyakot
Umschlaggestaltung: Nina Schäfer, nach einem Konzept
von Leonardo Magrelli und Nina Schäfer
Umsetzung: Tobias Doetsch
Gestaltung Innenteil: DÜDE Satz und Grafik, Odenthal
Lektorat: Hilla Czinczoll
Druck und Bindung: CPI – Clausen & Bosse, Leck
Printed in Germany 2022
ISBN 978-3-7408-1502-8
Originalausgabe

Unser Newsletter informiert Sie
regelmäßig über Neues von emons:
Kostenlos bestellen unter
www.emons-verlag.de

Loser

Etwas zu verlieren war Teil seines Lebens. Gewissermaßen wie die tägliche warme Mahlzeit, wie sie die meisten Menschen kennen. Ein Tag ohne Verlust oder zumindest ohne das Gefühl, dass ihm etwas durch die Finger glitt, das doch eigentlich ihm gehörte, fühlte sich irgendwie seltsam und unvollständig an.

Er lächelte bitter und nahm einen tiefen Zug von seiner Selbstgedrehten, während mal wieder Szenen seines Lebens wie ein tragischer Film an ihm vorbeirauschten.

In Momenten, in denen er glaubte, sein Leben würde vielleicht doch eine positive Wendung nehmen, wurde er misstrauisch. Es fiel ihm schwer, sich vorzustellen, dass es das Schicksal plötzlich besser mit ihm meinte. Zu viel Schlechtes war ihm widerfahren. Und an Gottes Gnade wollte er schon gar nicht glauben. Er hatte sich längst abgewöhnt zu hinterfragen, was er ihm getan hatte, dass er ihn immer und immer wieder auf die Probe stellte.

Wenn er zurückdachte, musste er sich eingestehen, dass er schon als Jugendlicher nicht auf der Sonnenseite des Lebens gestanden hatte. Immer hatte er mehr verloren als dazugewonnen – der klassische Loser. Und diesen Stempel war er nie mehr losgeworden, im Gegenteil, er selbst hatte sogar dazu beigetragen, dass alles noch viel schlimmer wurde, indem er sich zu defensiv verhielt und in wichtigen Situationen die falschen Entscheidungen traf. Oder einfach gar keine.

Und wenn er doch einmal etwas erreicht hatte und obenauf war, was natürlich so gut wie nie vorkam, konnte er sicher sein, dass sein Glück nicht von langer Dauer war. Denn sosehr er sich auch anstrengte, es zu halten, es rann ihm davon wie feiner Sand durch die Finger.

Irgendwann hatte er es sich zu eigen gemacht, sein Pech zu ertragen. Stillschweigend, ohne in Selbstmitleid zu verfallen. Aber als Maria dann in sein Leben trat, war plötzlich alles anders.

Er hatte tatsächlich gehofft, dass sich fortan alles zum Besseren wenden würde. Nie wieder wollte er sie loslassen, hatte er sich geschworen. Dieses eine Mal musste er das Glück doch festhalten können. Und zwar für immer. Tief im Innern hatte er wahrscheinlich auch damals schon geahnt, dass dieser Wunsch niemals in Erfüllung gehen konnte.

Jetzt war sie tot.

Es war nicht wie immer gewesen, nein, viel schlimmer. Einfach nur grauenhaft und unerträglich. Er hatte sie nicht retten können. War nicht da gewesen, als sie ihn brauchte. An den Tagen, an denen sie körperlich und seelisch am Ende gewesen war. Er hatte nicht nur geahnt, dass es nicht gut enden würde. Im Grunde hatte er es gewusst.

Vielleicht war es ja tatsächlich gar nicht sein Schicksal, alles Gute, was ihm widerfuhr, auf tragische Weise wieder zu verlieren, ging es ihm durch den Kopf. Vielleicht war in Wahrheit er selbst das Problem. Denn war es nicht so, dass ihn auch bei Maria eine Mitschuld traf? Er hätte ihren Tod verhindern können, wenn er für sie da gewesen wäre. Er hätte die Zeichen erkennen müssen. Ihre Ängste ernst nehmen.

Das ganze Pech, das ihn verfolgte, war doch nur das Resultat seiner Unaufmerksamkeit. Und des Zögerns in den wichtigen Momenten seines Lebens. Verbunden mit der Angst, das Falsche zu tun und stattdessen zu verharren und sehenden Auges ins nächste Unglück zu stürzen.

Und doch war es falsch, sich einzureden, er hätte ihr Leben auf dem Gewissen. Maria und er waren doch beide Opfer. Der Täter war zweifelsohne jemand anders. Und er kannte ihn. Nicht persönlich, aber gut genug, um zu wissen, wozu er in der Lage war. Er war sich auch sicher, dass Maria nicht sein einziges Opfer war oder bleiben würde.

Der Entschluss, den er in der vergangenen Nacht gefasst hatte, war richtig. Er musste etwas unternehmen. Für Maria. Und für alle anderen. Und natürlich auch für sich selbst. Er hatte lang genug tatenlos zugesehen. Gefangen in seiner eigenen Trägheit und Angst. Was hatte er jetzt nach Marias Tod überhaupt noch zu verlieren? Nicht einmal sein eigenes Leben war ihm noch etwas wert. Es gab da nur noch eine Sache, die ihn antrieb.

Rache.

Vielleicht auch die Sorge, dass es weitere Opfer geben würde. Aber in erster Linie war Rache das Gefühl, das ihn in den vergangenen Wochen überhaupt noch am Leben gehalten hatte. Im ersten Augenblick, nach Marias Tod, hatte es Momente gegeben, in denen er darüber nachdachte, dem Ganzen sofort ein Ende zu setzen. Den Menschen zu verlieren, der ihm endlich den nötigen Halt gegeben und für ein lang ersehntes Glücksgefühl gesorgt hatte, war wie ein brutaler Schlag mit dem Hammer gewesen. Sämtliche Energie und sein Lebenswille waren in diesem Moment aus seinem Körper gewichen. Aber nach dem ersten Schock hatte sich der Gedanke an Rache nach und nach in seinem Kopf eingenistet.

Ein Gefühl, das ihm bislang immer fremd gewesen war. Trotz all der Rückschläge hatte er nie einen Groll gegen andere gehegt und diese für seine persönlichen Niederlagen verantwortlich gemacht. Obwohl es, wenn er ehrlich zu sich war, das ein oder andere Mal angebracht gewesen wäre.

Aber das hier war anders und hatte nichts damit zu tun, dass ihm die Mitschüler die Reifen seines neuen Fahrrads zerstochen hatten, das er zu seinem dreizehnten Geburtstag bekommen hatte. Oder dass seine erste Freundin ihn mit seinem besten Kumpel betrogen hatte. Dass er seinen ersten Job verloren hatte, weil ihm ein Kollege nicht wohlgesonnen war. Er hatte ihm Werkzeug untergeschoben und ihn dann verpfiffen und behauptet, er würde klauen. Die Liste von Enttäuschungen war lang, und vieles hatte er längst verdrängt.

Doch diesmal war ein Mensch gestorben, und zwar nicht irgendeiner, sondern die Liebe seines Lebens. Das Glück, das er nicht hatte loslassen wollen.

Er zog ein letztes Mal an seiner Zigarette, dann schnippte er sie hinter sich auf die Straße. Den ganzen Nachmittag hatte er hier im Schatten eines Gebüschs in der Nähe des Hauses gewartet. Das Haus, in dem der Mann wohnte, der für den Tod von Maria verantwortlich war. Der Mann, den er zur Rechenschaft ziehen wollte. Wie genau, das wusste er noch immer nicht. Aber lange durfte es nicht mehr dauern.

Bei dem Gedanken überkam ihn ein Schauer. Ein panisches Gefühl durchfuhr seinen Körper. Er war kein Mörder, aber er verstand in diesem Moment, dass er wahrscheinlich schon bald einer sein würde.

Limetten

Der Mann mit den schlohweißen Haaren sah ihn in einer Mischung aus Mitleid und Unverständnis an. Sie kannten sich. Nicht persönlich, aber von einigen kurzen Begegnungen beim Abendmarkt auf dem Klosterplatz. Meistens war er zu spät gewesen, so wie heute. Dann räumte der Mann schon längst seine Wurstspezialitäten wieder zusammen. Genau wie die anderen Händler, die nun Feierabend hatten.

Feierabend hatte auch er. Aber mit dem Unterschied, dass sein Arbeitstag vor mehr als dreizehn Stunden begonnen hatte. Und trotzdem hatte er das Gefühl, der Berg an Arbeit, der sich vor ihm stapelte, werde immer größer statt kleiner.

Sein Vater hatte immer gesagt, dass sich im Alter zwischen dreißig und vierzig entscheide, wohin die Karriere führe. Es handele sich um die wichtigsten Jahre in einem Berufsleben, in denen er den richtigen Weg einschlagen könne oder aber als belangloses Rädchen im Uhrwerk eines Unternehmens untergehen werde.

Jetzt war er vierunddreißig, fühlte sich an den meisten Abenden allerdings mindestens fünf Jahre älter. Hatte er die Gabelung zum Erfolg bereits verpasst, oder befand er sich noch immer auf dem richtigen Weg? Er hatte in den vergangenen Jahren wichtige Aufgaben erfüllt und für die größten Kunden der Firma gearbeitet. Aber zu welchem Preis? Um mehr als siebzig Stunden in der Woche zu buckeln. Und seit mehr als zwei Jahren auf eine Gehaltserhöhung zu warten. Die versprochene Beförderung stand auch noch immer aus.

Er hatte Dinge getan, die ihm schlaflose Nächte bereiteten. Anders als bei einigen seiner Kollegen und Kolleginnen riet ihm sein Gewissen bisweilen, dass die Firma es mit den zum Teil zweifelhaften Machenschaften nicht übertreiben sollte. Aber hatte er als Einzelner überhaupt eine Chance? Sich dagegen zu wehren, was seine Chefs verlangten, würde wahrscheinlich einem Rausschmiss gleichkommen. Er war nun mal momentan nicht mehr als dieses kleine Rädchen im großen Getriebe und würde in dieser Position nicht dafür sorgen können, dass das Unternehmen eine andere Richtung einschlug.

Jedenfalls war er froh, dass über die Sache, an der er beteiligt gewesen war, inzwischen etwas Gras gewachsen war. Je mehr Zeit verging, desto besser gelang es ihm, die Gedanken daran beiseitezuschieben. Aber die Angst, dass die Sache noch einmal hochkochte und ihm schaden würde, ließ ihn nicht los.

Der Mann am Stand mit der geräucherten Wurst hatte ihn bestimmt schon lange durchschaut und warf ihm genau deshalb jetzt diesen mitleidigen Blick zu. Weil er wusste, dass er nicht glücklich mit dem war, was er tat. Dass er viel zu viel Zeit im Büro verbrachte, anstatt rechtzeitig Feierabend zu machen und das Leben zu genießen. Zum Beispiel, um sich stärker auf das einzulassen, was er in den letzten Wochen mit Alina erlebt hatte. Etwas, von dem er sich definitiv mehr vorstellen konnte, und aktuell der einzige Lichtblick in seinem Leben.

Manchmal wurde er in einem paranoiden Anfall das Gefühl nicht los, dass dieser Mann am Wurststand sogar etwas von den Dingen ahnte, die er getan hatte. Die er am liebsten verdrängen und für immer vergessen würde. Aber das war natürlich ausgeschlossen.

Er ging weiter über den Platz und vermied es, sich noch einmal nach dem Mann umzusehen. Er schämte sich regelrecht. Allem Anschein nach war er ein offenes Buch. Er konnte sich noch so unauffällig verhalten, aber wenn selbst der Wurstverkäufer ahnte, dass er in seinem Job nicht mehr glücklich war, hatten ihn längst auch andere Menschen durchschaut. War das etwa auch der Grund dafür, dass seine Karriere stockte?

Er seufzte und schüttelte den Kopf, während er die Tür des Hauses auf der Ecke Klosterstraße/Mauerstraße aufschloss und im Flur direkt den kleinen Fahrstuhl betrat. Jeden Tag nahm er sich vor, lieber die Treppe hochzusteigen, aber nach einem langen Bürotag war er meistens doch zu träge. Dabei täte ein wenig Bewegung seinem untrainierten Körper mehr als gut.

Es kam nur selten vor, dass er hier einen seiner Nachbarn traf, und auch heute stand er ganz allein in dem kleinen, in die Jahre gekommenen Aufzug. Gedankenverloren drückte er den Knopf mit der Nummer drei und wartete darauf, dass sich die Tür hinter ihm wieder schloss.

Behäbig und mit einem Ruckeln setzte sich der Fahrstuhl in Bewegung. Manchmal überkam ihn die Phantasie, es würde irgendwo im Keller des Hauses jemand an einer Seilwinde ziehen und den Stahlkasten mit purer Muskelkraft bewegen. Jedenfalls wunderte es ihn, dass der Aufzug bei den knarzenden Geräuschen, die er von sich gab, noch niemals stecken geblieben war.

Auch heute nicht. Der Fahrstuhl stoppte mit einem lauten Schlag, und die Tür öffnete sich. Vor ihm lag der schmale Flur mit den drei Wohnungstüren. Die hinterste auf der linken Seite führte in seine vier Wände.

Fünfundsechzig Quadratmeter, Altbau. Als er vor sieben Jahren hier eingezogen war, bedeutete das eine deutliche Steigerung seiner Lebensqualität. Aber die letzte Sanierung der Wohnung lag bestimmt schon zwanzig Jahre zurück, und trotzdem musste er mittlerweile neunhundert Euro kalt berappen. Schon seit längerer Zeit liebäugelte er deswegen mit dem Kauf einer Eigentumswohnung. Er hatte sich ausgerechnet, dass ihn eine Finanzierung monatlich kaum mehr kosten würde.

Aber würde er überhaupt einen Kredit bekommen? Er hatte nur wenig Geld angespart, das würde die Bank wohl kaum beeindrucken. Und sein Gehalt entsprach bei Weitem noch nicht dem, was er sich selbst wünschte und was die Kreditgeber wahrscheinlich von ihm sehen wollten. Dennoch würde er das Gespräch mit der Immobilienfinanzierungsabteilung der Bank suchen müssen, und das so schnell wie möglich. Es musste doch auch für jemanden wie ihn die Möglichkeit geben, etwas Eigenes zu erwerben.

Im Hintergrund hörte er plötzlich leise Schritte. Jemand, der es offenbar klüger machte und die Treppe nahm. Wahrscheinlich der Nachbar, der letztes Jahr eingezogen war. Ein durchtrainierter Typ, etwa in seinem Alter. Tom arbeitete in einem Fahrradladen in Bahnhofsnähe und hatte mehrfach in der Woche Damenbesuch, allerdings nur selten von ein und derselben.

Es war nicht so, dass er ihn heimlich beobachtete oder eine Strichliste über dessen Besuche führte, das war gar nicht notwendig. Tom und seine Frauen hielten sich regelmäßig auf dem kleinen Balkon auf, der direkt neben seinem lag. Und sie klingelten, wenn ihnen Eiswürfel oder Limetten fehlten. Neulich hatten sie sogar gefragt, ob er nicht dazukommen wolle. Er hatte aber dankend abgelehnt.

Er mochte Tom nicht. Der Mann lebte ein Leben, das ihm für immer verwehrt bleiben würde. Weil er gefangen war in seinen Strukturen, auch im Streben nach Erfolg im Job, der sich jedoch nicht so richtig einstellen wollte. Die Karriere hatte er immer als oberstes Ziel vor Augen. Und lebte gleichzeitig mit der Angst, am Ende doch zu versagen. Sein Vater machte ihm ständig ein schlechtes Gewissen, weil er nicht genug aus seinem Leben mache. Der Kompass, den ihm sein Vater mit Strenge und Unnachgiebigkeit mit auf den Weg gegeben hatte, das, was Sigmund Freud als Über-Ich bezeichnet hatte, beeinflusste ihn am meisten. Und lähmte ihn letztlich.

Er verdrängte die Gedanken und ging rasch in Richtung seiner Wohnungstür, während die Schritte im Hintergrund immer lauter wurden. Hastig fingerte er den Schlüsselbund aus seiner Hosentasche. Er musste Tom heute Abend nun wirklich nicht begegnen, um ihm dann noch ein aufgezwungenes Lächeln zu schenken. Er wollte seine Ruhe, mehr nicht.

Die Schritte kamen immer näher, wurden plötzlich schneller, aber gleichzeitig auch leise, fast schleichend. Als würde jemand die Treppe hinaufhuschen.

Tom war eigentlich niemand, der es eilig hatte. Im Gegenteil, immer wenn er ihn gesehen hatte, wirkte er tiefenentspannt, als hätte er gerade einen Joint durchgezogen. Hektik und Unsicherheit schien dieser Typ nicht zu kennen.

Er brauchte einen Moment, um den richtigen Schlüssel zu finden. Als er ihn endlich ins Schloss gesteckt hatte, waren die Geräusche aus dem Treppenhaus verstummt. Der Flur lag lautlos hinter ihm. Da war offenbar niemand, der ihn heute Abend noch in ein Gespräch verwickeln würde. Erleichtert atmete er durch.

Er drehte den Schlüssel um, bis sich die Tür mit einem kurzen Schnappen öffnete. Genau in diesem Moment erlosch das Licht im Flur.

Es war fast stockdunkel. Auf dem Gang gab es kein Fenster, auch aus dem Treppenhaus drang fast kein Licht hierher. Er tastete an der Wand entlang auf der Suche nach dem Schalter. Eine fast tägliche Situation, schaltete sich die mit einer Zeitschaltuhr gekoppelte Lampe doch immer viel zu früh aus.

Nach ein paar Sekunden hatte er ihn gefunden. Das grelle LED-Licht erhellte den Gang. Während seine Netzhaut sich wieder an die Helligkeit gewöhnte, zuckte er im nächsten Moment zusammen. Irgendetwas stimmte hier nicht.

Die Schritte im Treppenhaus? Weshalb eigentlich waren sie mit einem Mal verhallt? Und was war das für ein Luftzug, den er plötzlich in seinem Nacken verspürte? Und dann dieses ganz leise Geräusch auf dem ausgetretenen Linoleumboden.

Da war jemand, direkt hinter ihm. Er spürte es. Jemand hatte sich in dem kurzen Moment der Dunkelheit offenbar an ihn herangeschlichen. Etwa Tom, sein Nachbar? Aber der würde ihn wohl kaum derart erschrecken, um mal wieder nach Limetten zu fragen.

Er erstarrte vollends. War unfähig, einen klaren Gedanken zu fassen. Oder sich umzudrehen und davonzurennen. Obwohl er ahnte, dass alles besser war, als einfach nur zu verharren.

Ihn überkam ein Gefühl der Panik, das er nicht kannte. Angst hatte er schon des Öfteren in seinem Leben verspürt. Angst davor, dass das, wofür er in seinem Job verantwortlich war, eines Tages auffliegen würde. Angst davor, nicht die Erwartungen seines Vaters erfüllen zu können. Aber das hier war etwas anderes. In diesem Augenblick befiel ihn Todespanik.

Im nächsten Moment bohrte sich etwas Hartes, Metallenes in die Haut oberhalb seiner Schläfe. Aus dem Augenwinkel sah er einen Pistolenlauf, auf den ein kurzer Schalldämpfer geschraubt war.

Er versuchte, den Mund zu öffnen, um etwas zu sagen. Er wollte schreien, in der Hoffnung, dass ihn einer der Nachbarn hörte. Aber er blieb einfach stumm. Die Panik lähmte ihn und hatte jeden Muskel in seinem Körper regelrecht schockgefroren.

Er würde sterben, ohne den Hauch einer Ahnung zu haben, weshalb. Der Gedanke, nicht zu wissen, wer ihm eine Waffe an den Kopf hielt, machte ihm plötzlich mehr zu schaffen als die Tatsache, dass in wenigen Sekunden eine Kugel durch seine Schädeldecke jagen würde.

Er stemmte sich gegen seine Starre, biss die Zähne aufeinander, sodass sie knirschten. Bewegte ganz langsam seine Finger. Dann den rechten Fuß. Mit einer ruckartigen Bewegung wandte er sich schließlich um, bis er der Person, die die Pistole auf ihn richtete, in die Augen sah.

Die Hoffnung, zu verstehen, was vor sich ging, erfüllte sich jedoch nicht. Als er sah, dass der Finger am Abzug zuckte, musste er einsehen, dass es vorbei war. Ohne irgendeine Erklärung.

Kernsegmente

Immer wieder schlug Jan Oldinghaus auf seinen Bruder Cord ein. Seine rechte Faust schmerzte längst, aber noch war er nicht fertig mit ihm. Nicht, bevor die Wut auf ihn verschwand. Nicht, bevor er der Meinung war, nun sei es genug.

Er wechselte die Schlaghand und verpasste Cords Gesicht zwei weitere Haken. Was hätte er dafür gegeben, ihn bluten zu sehen. Seine Schmerzensschreie aus nächster Nähe zu hören. Denn das große Konterfei seines Bruders, das Jan ausgedruckt und auf den ledernen Boxsack gepinnt hatte, war leider nur ein schlechter Ersatz. Und doch sorgte allein das Foto, von dem ihn ein frisch frisierter Cord mit seinem süffisanten Grinsen und diesem überheblichen Blick ansah, für ein ihm bisher unbekanntes Aggressionslevel.

Sein Bruder hatte es tatsächlich nicht für nötig gehalten, ihm persönlich mitzuteilen, dass er seinen Anteil am elterlichen Hof verkauft hatte. Dass er die Drohung auszusteigen tatsächlich so schnell wahr gemacht hatte, war wie Leberhaken und Kinntreffer zugleich gewesen. In einer Nacht- und Nebelaktion hatte Cord sein persönliches Hab und Gut mit einem Lkw und seinem Geländewagen samt Anhänger weggeschafft. Er hatte ihre Mutter, die ihm all die Jahre so wichtig gewesen war, einfach im Regen stehend zurückgelassen und den Hof in den frühen Morgenstunden verlassen. Für immer, wie er ihr noch wütend hinterhergerufen hatte.

Ihm selbst und seiner Schwester Isabel hatte er noch einen kurzen Brief hinterlassen, in dem er ihnen viel Spaß mit ihrem neuen Miteigentümer wünschte. Aus den Worten sprach der pure Sarkasmus. Jan war natürlich klar, dass sein Bruder, mit dem ihn schon seit Kindheitstagen eine innige Feindschaft verband, für einen Teilhaber gesorgt hatte, der ihnen das Leben alles andere als leicht machen würde.

Dass Cord sich gegen ihn und Isabel stellte, hatte Jan keineswegs überrascht. Der Tod ihres Vaters und die überraschende Verkündung seines Nachlasses, in dem geregelt war, dass Jan und sein Bruder zu gleichen Teilen den elterlichen Hof vererbt bekamen, hatten Cord derart aus der Bahn geworfen, dass er binnen weniger Wochen den Entschluss gefasst hatte, mit seiner Familie zu brechen. Es war nicht einmal mehr zu einem Gespräch zwischen ihnen gekommen. Vielleicht wäre Jan ja sogar bereit gewesen, Cord seinen Anteil zu verkaufen. Oder ihm zumindest zu versichern, sich aus allem Geschäftlichen herauszuhalten. Aber sein Bruder hatte nicht mehr mit sich reden lassen.

Ihr Vater, Heinrich Meyer zu Oldinghaus, der Patriarch der Familie, war nicht nur Cords Vorbild, Jans Bruder war auch dessen ganzer Stolz gewesen. Jeder, der bei der Verlesung des Testaments anwesend gewesen war, hatte schwer schlucken müssen. Niemand, vor allem nicht Jan, hatte erwartet, dass sein Vater ihn beim Erbe mit seinem Bruder gleichstellen würde. Nicht nach dem, was er in den vierzig Jahren seines Lebens erfahren hatte. Cord war der Vorzeigesohn gewesen. Alle waren davon ausgegangen, dass er den Hof eines Tages übernehmen würde. Was hatte seinen Vater bloß geritten, dass er in seinem Testament Cord und ihn zu gleichen Teilen berücksichtigt hatte?

Was Jan aber vor allem nicht in den Kopf wollte, war das anschließende Verhalten seines Bruders ihrer Mutter gegenüber. Sie war das Bindeglied der Familie, die sich im Zweifelsfall immer auf Cords Seite geschlagen hatte. Wie oft hatte Jan Situationen erlebt, in denen nicht nur sein alter Herr, sondern auch die Mutter ihn ermahnt hatte, sich doch bitte ein Vorbild an seinem Bruder zu nehmen, der sich so gut um den Hof kümmerte – und auch um seine Eltern. Vor allem nach dem Schlaganfall seines Vaters vor ein paar Jahren.

Dass sich Cord nach der Eröffnung des Testaments nun aber nicht nur von Jan und Isabel, sondern auch von ihrer Mutter abgewendet hatte, belastete die gesamte Familie. Vor allem Isabel hatte sich in den letzten Wochen rührend um ihre Mutter gekümmert. Denn die war nach dem Tod von Heinrich, den sie nur schwerlich verkraftet hatte, und durch Cords überstürztes

Verschwinden in ein tiefes seelisches Loch gefallen. Ihr war es besonders wichtig gewesen, dass die Familie jetzt zusammenhielt.

Immerhin jetzt, dachte Jan bitter lächelnd. Nachdem sie in den vielen Jahren zuvor nicht unbedingt dafür gesorgt hatte, dass das Verhältnis zu Jan besonders eng war. Jedenfalls hatte sie niemals eingegriffen, wenn Heinrich und Cord allzu oft deutlich machten, dass sie das Sagen über den Hof hatten und wichtige Entscheidungen in der Familie trafen. Jan hatte das all die Jahre nicht vergessen.

Er ließ sich in der Pferdebox, in der er den Sandsack aufgehängt hatte, ins Stroh fallen und versuchte, sich zu beruhigen. Mit mäßigem Erfolg. Schließlich richtete sich seine Wut nicht nur darauf, dass Cord sie einfach im Stich gelassen hatte, sondern auch auf dessen Entscheidung, wem er seinen Anteil verkaufte.

Hagen Piepenbrock.

Als Jan hörte, wem zukünftig zu gleichen Teilen der Hof gehören würde, hatte er im ersten Moment noch keine klare Vorstellung gehabt. Erst als er über ihn recherchierte, war ihm nach und nach klar geworden, mit wem er es zu tun haben würde.

Bis zum heutigen Tag war er diesem Mann noch nicht persönlich begegnet, dennoch hatte er das Gefühl, bereits mehr über ihn zu wissen, als ihm lieb war. Hagen Piepenbrock war einer der größten Unternehmer Ostwestfalens. Weit über die Region hinaus war der Wurstproduzent bekannt.

Piepenbrock, der zu den größten Fleischverarbeitern des ganzen Landes gehörte, schwemmte mit seiner Firma nicht nur die Supermärkte der Region mit Wurstprodukten, er gönnte sich auch den Luxus, einen ostwestfälischen Handballverein zu sponsern und eine eigene Kunstgalerie zu besitzen. Weshalb er sich nun auch noch für einen landwirtschaftlichen Betrieb zwischen Bielefeld und Herford interessierte, war Jan allerdings noch nicht so richtig klar. Im besten Fall hatte Piepenbrock ein besonderes Faible für Pferde und wollte einfach nur seinem Hobby frönen, aber Jan konnte sich nur schwer vorstellen, dass ein Mann wie er sich ohne finanzielle Hintergedanken bei ihnen eingekauft hatte.

»Darf ich auch mal?«

Jan fuhr hoch. Seine Schwester Isabel hatte den Stall betreten und sah ihn mit einem Grinsen an.

»Cord eine verpassen?«, fragte er provokant. »Nur zu.«

Isabel ließ sich nicht zweimal bitten, ballte ihre rechte Hand und holte aus. Doch kurz bevor sie den Boxsack traf, zog sie zurück.

»Was ist?« Jan richtete sich jetzt vollständig auf. »Erzähl mir nicht, dass du plötzlich Skrupel hast, dir vorzustellen, wie du ihn verprügelst.«

»Nein, das ist es nicht. Ich hätte sogar große Lust dazu.«

»Aber?«

»Ich muss ein wenig aufpassen.«

»Aufpassen?«, fragte Jan argwöhnisch. »Bitte keine falsche Zurückhaltung.«

»Ich habe gehört, dass Philipp und du einen erneuten Versuch unternommen habt, euch auszusprechen.« Isabel ignorierte seine Worte.

Jan nickte, während er sich Stroh aus seiner Kleidung klopfte. Heute Morgen hatte er tatsächlich das Gespräch mit seinem ehemals besten Freund gesucht, obwohl er nach wie vor der Meinung war, dass es an Philipp gewesen wäre, sich bei ihm zu entschuldigen. Zu tief hatte es ihn getroffen, dass Philipp und seine Schwester ihm ihre Beziehung monatelang verschwiegen hatten. Dass sie ihn dann auch noch wegen angeblich unterschiedlicher musikalischer Vorstellungen aus ihrer gemeinsamen Band geworfen hatten, mit der sie vor nicht allzu langer Zeit auf einer ausgiebigen Tournee gewesen waren, war der berühmte Tropfen, der das Fass zum Überlaufen gebracht hatte. Die Freundschaft zu Philipp war an diesem Punkt zerbrochen, und auch sein Verhältnis zu Isabel war seitdem längst nicht mehr so innig.

»Habt ihr euer Kriegsbeil denn endlich begraben?«, fragte Isabel.

»Du willst doch nicht ernsthaft so tun, als wüsstest du nicht, worüber wir geredet haben?«

»Philipp hat kaum etwas erzählt«, antwortete sie. »Aber er

hörte sich nicht gerade so an, als hättet ihr euch in den Armen gelegen.«

»Nein, davon waren wir in der Tat ziemlich weit entfernt«, sagte Jan nüchtern. »Und ich bin mir auch nicht sicher, ob das jemals wieder der Fall sein wird. Irgendwie hat sich Philipp verändert, seitdem er mit dir zusammen ist.«

»Du meinst also, es liegt an ihm und mir?«

»Nein, sicherlich verhalte ich mich auch anders als früher, aber ich werde das Gefühl nicht los, dass er –«

»Hat er dich also nicht gefragt?«, unterbrach Isabel ihn.

»Was meinst du?«

»Ob er dich um etwas gebeten hat.«

»Um etwas gebeten?«, wiederholte Jan. »Nein, wir haben uns lediglich ein paar Minuten über Belanglosigkeiten unterhalten.«

»Er hat also nicht gesagt, was …« Isabel brach ab.

»Was sollen denn diese Andeutungen? Worauf willst du hinaus?«

Isabel wandte sich ab und trat einen Schritt auf den Boxsack zu. Ihr Blick schien an dem Bild ihres Bruders hängen zu bleiben, im nächsten Augenblick riss sie das Foto aber herunter und zerknüllte es in ihren Händen.

»Ich will einfach nicht mehr über Cord reden«, sagte sie und ignorierte seine Fragen. »Allerdings befürchte ich, dass uns das, was er uns hinterlassen hat, noch große Probleme bereiten wird.«

»Möglich, aber ich werde nicht zulassen, dass dieser Piepenbrock hier alles auf den Kopf stellt«, entgegnete Jan energisch. »Keine Ahnung, was er sich davon verspricht, hier eingestiegen zu sein. Ich werde ihn jedenfalls an allem hindern, was uns nicht gefällt.«

»Ich würde gerne sagen, dass er nur Gutes im Schilde führt, aber das hier spricht wohl leider eine andere Sprache.« Isabel zog einen zusammengefalteten Zettel aus ihrer Jackentasche.

»Was ist das?«

»Ein Brief von seinen Anwälten«, antwortete Isabel. »Er lag heute in der Post. Mama hat ihn mir vorhin gegeben. Wie es aussieht, hat Piepenbrock aktuell noch keine Lust, direkt mit uns zu sprechen. Stattdessen kommuniziert er lieber auf diesem Weg. Und hieraus wird ziemlich deutlich, weshalb er sich ausgerechnet bei uns eingekauft hat. Wie wir schon befürchtet haben, interessieren ihn in erster Linie die Pferde. Für den Rest unseres Betriebes hat er dagegen nicht so viel übrig.«

»Ist einer der größten Wurstproduzenten etwa ein Pferdeliebhaber?«, fragte Jan höhnisch. »Oder will er mit unseren Tieren auch nur Geld machen?«

»Ich schätze mal, eine Mischung aus beidem. Aber lies dir den Brief doch einfach selbst durch.« Isabel reichte Jan das Schreiben und lehnte sich gegen das Gitter der Pferdebox, in der sie standen.

Er faltete den Brief auseinander und erkannte sofort, dass er an ihn adressiert war. Einen Moment lang war er versucht, Isabel zu fragen, weshalb sie ihn einfach geöffnet hatte, aber er schluckte seine Worte hinunter und begann zu lesen.

Sehr geehrter Herr Meyer zu Oldinghaus,

unser Mandant, Herr Hagen Christoph Piepenbrock, hat zum 1. September dieses Jahres die Anteile Ihres Bruders Cord Meyer zu Oldinghaus übernommen. Mit dem notariell beglaubigten Kaufvertrag besitzt unser Mandant nun 50 % der Meyer zu Oldinghaus GmbH und Co. KG.
Zu gegebener Zeit wird Herr Piepenbrock sich mit Ihnen in Verbindung setzen, um die zukünftige Bewirtschaftung des Betriebes im Detail zu besprechen. Unser Mandant hat uns jedoch, Ihnen auf diesem Wege einen Einblick in seine Pläne zu gewähren.
Der ausschlaggebende Grund für den Kauf der Anteile am Hof sind die Perspektiven, die unser Mandant in dem bestehenden Gestüt sieht. Herr Piepenbrock ist ein ausgesprochener Pferdekenner und hat sich umfassend über jedes einzelne Tier und die Entwicklungen in den letzten Jahren informiert.
Er sieht in dem Gestüt ein enormes Potenzial. Dabei möchte er sich auf zwei Schwerpunkte konzentrieren: zum einen

den Pferdesport, zum anderen die Pferdezucht. Mit den finanziellen Möglichkeiten, über die unser Mandant verfügt, soll der Hof in den nächsten Jahren in diesen Kernsegmenten ausgebaut und bekannter gemacht werden. Herr Piepenbrock freut sich auf die Zusammenarbeit mit Ihnen.

»Kernsegmente?«, platzte Jan heraus. »Meinetwegen kann er sich mit seiner Wurstfabrik auf Kernsegmente wie Bärchenwurst konzentrieren, aber er soll bitte schön uns und unsere Tiere in Ruhe lassen.«

»Tja, ich befürchte, ganz so leicht werden wir das nicht verhindern können. Vielleicht sollten wir auch erst dann ein Urteil über ihn fällen, wenn wir ihn kennengelernt und die Pläne aus seinem Munde gehört haben.«

»Ich weiß nicht«, sagte Jan. »Ich habe kein gutes Gefühl bei der Sache.«

»Sieh es mal so«, entgegnete Isabel. »Vielleicht ist das Ganze auch eine Chance. Mutter geht es nicht gut, und sie ist auch längst nicht mehr die Jüngste. Sie wird den Hof in Zukunft nicht allein führen können. Du hast einen Vollzeitjob und wolltest das alles hier sowieso noch nie. Und mit mir ist für die nächste Zeit auch nicht zu rechnen.«

»Wie meinst du das denn jetzt wieder?«

Isabel nickte in Richtung des Boxsacks, doch Jan verstand nicht, worauf sie hinauswollte.

»Der Grund, weshalb ich eben nicht zugeschlagen habe«, erklärte sie vielsagend und lächelte. »Ich darf meinem Körper nicht mehr so viel zumuten, falls du jetzt verstehst, was ich meine.«

Jan zögerte, seine Gedanken fuhren plötzlich Karussell. Dann wanderte sein Blick an Isabels Körper auf und ab, bis er keinen Zweifel mehr hatte. »Welcher Monat?«, fragte er.

»Vierter.«

»Man sieht dir kaum etwas an«, sagte Jan so neutral, wie es ihm möglich war. Denn innerlich brodelte es in ihm. Dass seine Schwester von Philipp nun auch noch schwanger war, kam nicht völlig überraschend, und trotzdem setzte es ihm zu.

»Ich hoffe, du kannst dich mit dem Gedanken anfreunden, dass du Onkel wirst.«

»Offenbarst du mir als Nächstes, dass ich auch noch Philipps Trauzeuge werden soll?«

»Genau deshalb fragte ich vorhin danach, ob er dich um etwas gebeten hat.«

»Dein Ernst?«

»Es wäre unser Wunsch.«

»Nach allem, was vorgefallen ist?«, fragte Jan ungläubig. »Ehrlich gesagt fühle ich mich etwas …« Er brach ab, als sein Handy, das er auf einem Schemel neben sich abgelegt hatte, klingelte. Er sah, dass sein Kollege Cengiz anrief.

»Die Arbeit«, sagte er mit einer entschuldigenden Geste. Er ging an seiner Schwester vorbei. Auf dem Weg aus dem Stall nahm er den Anruf entgegen.

»Wenn du dich um diese Uhrzeit bei mir meldest, kann das nichts Gutes bedeuten.« Auf seinem Telefon hatte Jan gesehen, dass es bereits halb acht war. Die Sonne war längst hinter dem großen Haupthaus des Hofes untergegangen.

»Wärst du wie ich ohnehin noch im Büro, hätte ich einfach zu dir rüberkommen können«, antwortete Cengiz. Er klang genervt, aber Jan wusste, dass diese kleinen Spitzen bei ihm dazugehörten. Unter seiner bisweilen etwas harten Schale steckte ein liebenswerter Kollege. Der beste, den er sich vorstellen konnte.

»Ich bin auf dem Weg in die Stadt«, redete Cengiz weiter. »In einem Mehrfamilienhaus Ecke Klosterstraße/Mauerstraße wurde eine männliche Leiche gefunden. Fabian Sieveking, vierunddreißig Jahre alt, ledig. Offenbar hat das Opfer eine Schussverletzung. Mehr weiß ich aktuell aber auch noch nicht.«

»Bist du allein?«

»Falls du darauf hinauswillst, ob du unbedingt herkommen musst: Ja, sonst hätte ich dich nicht angerufen.«

»Was ist mit Kai oder Lara?«

»Wen würdest du in meiner Situation anrufen?«

»Lara?«

»Davon träumst du vielleicht, aber natürlich wähle ich die

Nummer meines Lieblingskollegen. Also würdest du deinen Hintern jetzt bitte sofort in Bewegung setzen?«

Jan versuchte gar nicht erst, sein Stöhnen zu unterdrücken. Er hatte den ganzen Tag im Büro des Polizeipräsidiums in Bielefeld verbracht. Über mehrere Aktenordner gebeugt und vor dem Monitor versunken, auf der Suche nach irgendeinem Ansatzpunkt in einem bereits ein halbes Jahr zurückliegenden Vermisstenfall. Die Suche war erfolglos geblieben, wie schon in den Wochen und Monaten zuvor.

Im Grunde wünschte er sich ja sogar einen neuen Fall, auf den er sich stürzen konnte, ging es ihm durch den Kopf. Nur musste das nun wirklich nicht gerade heute Abend sein. Die Wut auf Cord und dann auch noch die Neuigkeiten, die Isabel ihm gerade eben verkündet hatte, waren nichts, was er so einfach abschütteln konnte. Andererseits wusste er genau, dass ihm sein Job schon ein ums andere Mal dabei geholfen hatte, die komplizierte und manchmal nur schwer zu ertragende Situation in seiner Familie zumindest für eine gewisse Zeit zu verdrängen.

»Ich bin in spätestens zwanzig Minuten da«, sagte er schließlich. »Wer hat die Leiche eigentlich gefunden?«

»Der Nachbar«, antwortete Cengiz. »Offenbar wurde das Opfer vor seiner Wohnungstür erschossen. Die Streife, die zuerst am Tatort war, erwähnte übrigens, dass sich der Nachbar etwas seltsam verhalten hat.«

»Seltsam?«

»Möglicherweise Alkohol oder Drogen.«

»Ist er denn tatverdächtig?«

»Das zu klären dürfte unsere Aufgabe sein«, antwortete Cengiz. »Ich habe die Personalien eben kurz gecheckt. Der Mann heißt Tom Krämer, er ist …«

Jan hörte nicht mehr richtig zu. Die rechte Hand, in der er sein Handy hielt, rutschte vom Ohr.

Tom Krämer. Der ehemalige Sänger ihrer Band, die Underdogs. Sie hatten ihn damals als Ersten aus der Band geschmissen, weil er aufgrund seines Drogenkonsums nicht in der Lage gewesen war, bei einem Konzert aufzutreten. Es war ausgerechnet das Konzert gewesen, bei dem ein Attentäter einen Sprengstoffanschlag verübt hatte. Einer derjenigen Fälle, die Jan bis heute noch nachhingen.

Seit damals hatte er von Tom nichts mehr gehört. Jan wusste nicht, ob er eine neue Band gegründet hatte, sich als Singer und Songwriter durchschlug oder einem ganz anderen Job nachging. Dass Tom ein schwieriger Mensch war, würde wohl jeder aus der Band bestätigen. Vor allem hatte ihn der Drogenkonsum unzuverlässig gemacht. Aber sich vorzustellen, dass Tom einen anderen Menschen kaltblütig erschoss, schien ihm unmöglich. Und doch hatte ihn die Erfahrung als Kriminalkommissar gelehrt, dass es besser war, nichts auszuschließen, solange nicht das Gegenteil bewiesen war.

Gechillt

»Gerade noch rechtzeitig.« Tim Noltes Worte klangen nicht nur vorwurfsvoll. So wie Jan ihn kannte, waren sie auch so gemeint. Der Leiter des KK 32 Kriminaltechnik und Daktyloskopie saß in der Hocke vor der Leiche und verzichtete darauf, sich zu Jan und Cengiz umzudrehen, als sie den Flur im dritten Stockwerk des Mehrfamilienhauses betraten.

»Wir sind hier gleich fertig. Zum Glück war nicht viel zu tun.« Der glatzköpfige und groß gewachsene Mann begutachtete unbeirrt den auf dem Rücken liegenden Körper. Ihm gegenüber stand eine junge Kollegin, die Jan nicht kannte. Sie fotografierte Details der Schusswunde im Gesicht des Toten. Dabei machte sie mit ihren zu einem Pferdeschwanz gebundenen dunkelbraunen Haaren und der komplett schwarzen Kleidung einen strengen Eindruck. Jan stellte sich einen kurzen Moment vor, sie trüge statt der Kamera eine Waffe in der Hand. Als eiskalte Killerin konnte er sie sich durchaus auch vorstellen.

Jan vermied es, einen detaillierten Blick auf das Gesicht des Toten zu werfen. Vor allem, weil er aus dem Augenwinkel gesehen hatte, dass kaum noch etwas davon übrig war. Der Täter hatte Fabian Sieveking offenbar frontal eine Kugel in den Kopf gejagt.

Stattdessen wanderten seine Augen über die Kleidung des Opfers. Ein dunkelblauer Pullover, darunter ein hellblaues Hemd, dessen Kragen zu sehen war. Eine helle Chino-Hose und die braunen Lederschuhe rundeten das Bild ab. Vermutlich das Outfit, das Sieveking in seinem Job trug. Darauf ließ auch die schmale Ledertasche schließen, die halb verdeckt unter seinem Körper lag. Sie würden sie sich später vornehmen, wenn Nolte hier fertig war.

»Gibt es Spuren, die auf einen Kampf zwischen Opfer und Täter hindeuten?«, fragte Cengiz.

»Nein, gar nichts«, antwortete Nolte. »Keinerlei Stofffasern oder sonstige Partikel auf dem Boden. Auch am Körper des Toten konnten wir bislang keine Kratzer erkennen. Aber das muss in der Rechtsmedizin noch genauer abgeklärt werden. Vielleicht findet man dort unter den Fingernägeln verwertbares Material.«

»Kannst du schon etwas dazu sagen, aus welcher Entfernung die Kugel abgefeuert wurde?«

»Im Gesicht des Opfers und auf dem Hemd haben wir jede Menge Schmauchspuren gefunden. Im Moment würde ich schätzen, dass der Täter bei Schussauslösung auf keinen Fall mehr als einen Meter entfernt stand.«

»Das könnte auch bedeuten, Sieveking wurde im Affekt erschossen«, sagte Jan nachdenklich. »Kann es sein, dass der Täter zuerst bei ihm geklingelt und ihn dann hier auf dem Flur getötet hat?«

»Unwahrscheinlich«, antwortete Nolte. Er hob kurz seinen Kopf und nickte in Richtung Wohnungstür.

Jan erkannte sofort den Schlüssel, der noch im Schloss steckte. Entweder hatte Sieveking seine Wohnung gerade verlassen und abgeschlossen, oder er war nach Hause gekommen, als der Täter aufgetaucht war. Für Letzteres sprach die Kleidung. Aber war es denkbar, dass sich der Täter anschleichen konnte, ohne bemerkt zu werden? Auf diesem schmalen und vergleichsweise kurzen Flur schien ihm das schwer vorstellbar.

»In welcher Wohnung finden wir Tom Krämer?«

Jetzt sah Nolte endlich zu ihm hoch. Er zeigte auf die Tür, die auf derselben Seite wie die von Sieveking lag. Ein Stück weiter in Richtung Treppenhaus.

Jan nickte Cengiz zu, und die beiden entfernten sich vom Tatort. Bevor Jan an der Wohnungstür seines ehemaligen Bandkollegen klingelte, atmete er noch einmal tief durch. Bilder gemeinsamer Jahre auf kleinen und großen Bühnen rauschten an ihm vorbei.

Er brauchte einen Moment, bis er sich sicher war, dass es sich bei dem Mann, der hinter den beiden Streifenpolizisten stand, die ihnen gerade die Tür geöffnet hatten, tatsächlich um Tom handelte. Er war zwar schon damals ein Frauentyp gewesen, mit der typischen Attitüde eines Rocksängers, aber er sah viel frischer aus als zu der Zeit, in der er meistens vollkommen zugedröhnt in ihrem kleinen Tourbus gelegen hatte. Seine noch immer längeren blonden Haare hatte er nach hinten frisiert und zu einer Art Dutt hochgesteckt. Toms Körper schien durchtrainiert zu sein, im Gesicht war er braun gebrannt. Und obwohl ihr Wiedersehen einen unerfreulichen Anlass hatte, grinste er Jan gut gelaunt an.

»Ich hatte schon darauf spekuliert, dass du hier auftauchst«, sagte er und drängte sich an den beiden Beamten vorbei. Er hielt Jan die Hand hin, um mit ihm einzuschlagen. »Wie lange ist das her, dass ihr mich rausgeschmissen habt?«

»Mindestens ein Jahr länger, als sie das Gleiche mit mir getan haben.« Jan schlug jetzt ein und schüttelte Toms Hand.

»Dich haben sie auch abserviert?«, platzte es aus Tom heraus. So laut, dass Nolte ihnen einen genervten Blick entgegenwarf. »Bestimmt ging das von Philipp aus, oder?«

»Egal, nicht so wichtig.« Jan winkte ab, als er spürte, wie aufbrausend Tom wurde. In dessen Pupillen erkannte er, dass er tatsächlich nicht nüchtern war, sondern höchstwahrscheinlich unter Drogen stand. »Wir müssen mit dir über deinen Nachbarn reden. Können wir reinkommen?«

»Die beiden hier haben mich doch schon befragt.«

Jan warf den Kollegen der Streife einen fragenden Blick zu, an deren kurzem Kopfschütteln las er jedoch ab, dass Tom übertrieb und sie wohl nur die Standardfragen gestellt und die persönlichen Daten aufgenommen hatten.

»Dauert nicht lange, aber wir müssen wissen, was hier passiert ist. Und vielleicht kannst du uns helfen, mehr über Fabian Sieveking in Erfahrung zu bringen.«

»Wenn es unbedingt sein muss«, sagte Tom. »Aber hey, dann lass uns dabei wenigstens etwas chillen. So wie damals, falls du verstehst, was ich meine.«

Jan suchte nach den passenden Worten, überspielte die Situation aber stattdessen mit einem Lächeln. Er trat einen Schritt vor, nickte den beiden Kollegen zu und wartete, bis Tom ihn und Cengiz etwas verzögert schließlich hineingeleitete.

Während sie ihm folgten, scannte Jan die Wohnung. Sie machte einen aufgeräumten Eindruck, was ihn überraschte. Er hatte erwartet, auf chaotische Verhältnisse zu treffen. Vier Wände eines Menschen, der sein Leben nicht im Griff hatte. So wie damals. Aber das Gegenteil war der Fall. Alles um ihn herum machte einen aufgeräumten Eindruck. Es gab keinen Anhaltspunkt dafür, dass Tom auf die schiefe Bahn geraten war. Offenbar hatte er sich seit damals verändert, was allerdings doch dagegensprach, waren die geweiteten Pupillen und sein extrovertiertes Auftreten. Und der zunehmend süßliche Geruch, der Jan in die Nase stieg, je weiter sie in die Wohnung vordrangen.

»Du kommst gut klar, wie ich sehe.«

»Ich war mir sicher, dass du das sagst.«

»Was machst du im Moment beruflich?«

»Ich verkaufe Lastenräder«, antwortete Tom. Als er Jans leicht irritierten Blick wahrnahm, ergänzte er: »Ich arbeite in einem Fahrradladen. Und manchmal abends noch in einer Bar.«

Im Wohnzimmer angelangt, zeigte Tom auf eine kleine Couch und bat Jan und Cengiz, sich zu setzen. Auf dem Glastisch davor erkannte Jan eine Haschischpfeife. Daneben lag auseinandergefaltetes Aluminiumpapier, auf dem sich ein kleines Stück Haschisch befand.

»Möchtet ihr?« Tom machte eine einladende Geste, als würde er ihnen ein paar Kekse anbieten.

»Du kennst mich doch noch ganz gut«, antwortete Jan und nahm Platz. Aus dem Augenwinkel sah er, dass Cengiz stehen blieb. »Ich wäre zwar gern ein Rockstar, aber bei Drogen bin ich raus.«

»Das sind doch keine Drogen«, sagte Tom und lachte laut auf.

»Lass uns über Fabian Sieveking reden«, wechselte Jan das Thema. »Als du ihn gefunden hast, wie spät war es da?«

»Das war vor etwa eineinhalb Stunden, also ungefähr gegen halb acht.«

»War er bereits tot?«

»Keine Ahnung, ich habe nicht seinen Puls gefühlt. Aber er sah ziemlich tot aus. Sein Gesicht war völlig zerfetzt.«

»Kamst du gerade nach Hause, oder hast du deine Wohnung verlassen?«

»Ich kam nach Hause. War heute viel los im Laden, Lastenräder sind momentan der Renner.«

»Dir ist aber nichts aufgefallen, als du das Haus betreten hast? Personen, die du sonst noch nie gesehen hast? Jemand, der dir vielleicht entgegenkam?«

»Nein.«

»Hast du den Fahrstuhl oder die Treppe genommen?«

»Natürlich die Treppe.«

»Na schön, dann erzähl uns jetzt bitte alles, was dir zu Fabian Sieveking einfällt. Wie gut kanntet ihr euch?«

»Nicht wirklich gut«, antwortete Tom, ohne lange zu überlegen. »Ein ziemlicher Spießer, wenn du mich fragst. Ich habe ihn einige Male eingeladen zu kleineren Partys, die wir hier gefeiert haben.«

»Und, ist er gekommen?«

»Er sagte, er müsse viel arbeiten und habe keine Zeit dafür.«

»Mehr nicht?«

»Nein, aber ich habe auch sonst kaum etwas von ihm mitbekommen. Und wenn, dann hat er darum gebeten, dass ich möglichst keinen Krach mache, weil er sich ausruhen müsse.«

»Kam das oft vor?«

»Dass hier Krach war?«

»Ja.«

»Das liegt wohl im Auge des Betrachters. Es kommt schon gelegentlich mal vor, dass wir hier Spaß haben.«

»Hatte er selbst denn manchmal Besuch?«

»Ich habe Besseres zu tun, als zu beobachten, wer bei meinen Nachbarn ein und aus geht«, sagte Tom mit gespielter Empörung, »aber tatsächlich habe ich mich oft gefragt, was mit ihm eigentlich los ist.« Tom griff nach dem Haschisch auf dem Tisch und zog dann ein Feuerzeug aus der Tasche. Vorsichtig erhitzte er das Stück und bröselte es in den kleinen Kopf der Pfeife. Dann zündete er die Bröckchen an und zog kräftig einen durch.

»Beste Qualität«, sagte er, als er den Rauch wieder ausgeatmet hatte. »Da kann kein Gras mithalten.«

»Ich hatte dir eine Frage gestellt«, drängte Jan.

»Kein einziges Mal habe ich mitbekommen, dass ihn jemand besucht hat. Im Grunde ist es einfach so, dass ich nichts über ihn weiß.«

»Vielleicht irgendetwas über seinen Job?«

»Auch nicht, außer dass er so eine Kapitalistenscheiße macht. Ich kann mit solchen Typen einfach nichts anfangen.«

»Als Sie ihn hier vorhin gefunden haben, waren Sie allein?«, hakte Cengiz ein.

»Ja«, antwortete Tom knapp.

»Und anschließend gab es auch niemanden, der dazugestoßen ist?«

»Was soll diese Frage?« Tom runzelte die Stirn und blickte Jan und Cengiz abwechselnd an. Eine plötzliche Nervosität war an seiner Mimik abzulesen.

»Worauf mein Kollege hinauswill, ist die Frage, ob du ein Alibi hast«, antwortete Jan ohne Umschweife. »Selbst wenn wir uns sicher sind, dass du natürlich nichts mit der Sache zu tun hast, müssen wir diese Frage beantworten können.«

»Dein Ernst?«

»Es wäre durchaus hilfreich, wenn es jemanden geben würde, der bestätigen kann, dass du –«

»Du glaubst also tatsächlich, dass ich etwas mit der Sache zu tun haben kann?« Tom wurde plötzlich laut. Er sprang auf und baute sich vor ihnen auf.

Jan kannte diese Art. Auch wenn Tom meistens infolge seines Drogenkonsums einen gechillten Eindruck machte, reichte ein kleiner Funke, um ihn aufbrausend werden zu lassen.

»Wir versuchen, uns ein Bild der Lage zu machen«, antwortete Jan ausweichend. »Solange wir keinerlei Anhaltspunkte haben, was passiert sein könnte, schließen wir auch nichts aus.«

»Gut, dass ich dich damals als Schlagzeuger und nicht als Bullen kennengelernt habe«, raunzte Tom. »Auf diese Nummer habe ich jedenfalls keine Lust. Wenn ihr keine weiteren Fragen habt, könnt ihr jetzt gehen.«

»Ich würde nicht ausschließen, dass uns noch Fragen einfallen. Darum kann es gut sein, dass wir uns noch einmal bei dir melden werden.«

Tom verzog keine Miene, während er sich wieder hinsetzte und erneut versuchte, Haschisch mit dem Feuerzeug zu erwärmen und klein zu bröseln.

Jan und Cengiz verließen die Wohnung, ohne sich noch einmal umzusehen. Gerade als sie die Tür hinter sich schließen wollten, rief Tom plötzlich Jans Namen. Mit der Pfeife im Mund kam er ihnen entgegen.

»Vielleicht gibt es da doch noch etwas, das euch hilft«, sagte er und klang dabei beinahe etwas reumütig.

Jan machte einen Schritt zurück in die Wohnung. Der Qualm der Pfeife stieg ihm sofort wieder in die Nase. Am Gesichtsausdruck des groß gewachsenen Mannes vor ihm erkannte er, dass die kleine Drohung offenbar etwas in Tom ausgelöst hatte. Dass sie in Erwägung zogen, er habe etwas mit dem Tod von Fabian Sieveking zu tun, wollte er wohl nicht auf sich sitzen lassen.

»Vor zwei Wochen bin ich unten auf dem Bürgersteig auf einen Mann gestoßen, als ich das Haus verließ. Er schob sich an mir vorbei und schlüpfte ins Treppenhaus, bevor die Tür zufiel. Ich hatte sofort das Gefühl, er warte nur darauf, dass jemand kommt und er auf diese Weise das Haus betreten kann.«

»Du kanntest ihn nicht?«

»Nein, nie gesehen. Mit Sicherheit wohnt er nicht hier. Und wenn er jemanden besuchen wollte, warum hat er dann nicht einfach geklingelt?«

»Das ist eine gute Frage«, entgegnete Jan nachdenklich. »Hast du den Mann danach noch einmal gesehen?«

»Nein.«

»Ich kann nicht sagen, ob das etwas zu bedeuten hat, aber auf jeden Fall brauchen wir eine Beschreibung dieser Person. Daher müsstest du mit aufs Präsidium kommen.«

»Jetzt sofort?«

Jan fixierte Tom, der gerade wieder genüsslich an seiner Haschischpfeife zog. Er stellte sich vor, dass er in diesem Zustand der Zeichnerin erklärte, wie der Mann ausgesehen hatte. Sofort wurde ihm klar, dass sie wohl bis morgen früh auf ein Phantombild warten mussten.

Nie wieder

Irgendjemand hatte einmal zu ihr gesagt, sie müsse diese Art Treffen genießen lernen. Sich bewusst sein, dass es dazugehöre und notwendiges Übel sei.

Aber es fiel ihr nach wie vor schwer, zu akzeptieren, dass sie Gespräche wie diese führen musste. Nicht in ihrem Büro am Nachmittag, sondern abends in einem Restaurant. In einer fast intimen Situation, weil sich ihre Gegenüber das so wünschten. In der Hoffnung, auf diese Weise ihr Vertrauen gewinnen zu können, und natürlich mit dem alleinigen Ziel, mit ihr ins Geschäft zu kommen. Einen Auftrag zu erhalten, der ihre Existenzen für Jahre am Leben hielt.

Im Grunde hasste sie diesen Teil ihrer Arbeit. Besonders der heutige Wichtigtuer mit seinen Boutiquen, in die er ihre Linien bringen wollte, war ihr besonders auf die Nerven gegangen. Er hatte von der ersten Minute an versucht, ihr Honig um den Mund zu schmieren. Und er hatte es so gehalten, wie ihr erster Chef es ihr einmal verraten hatte: Wenn dein Gegenüber sich dem Essen widmet, ist die Chance gekommen, auf ihn einzureden und ihn von irgendetwas zu überzeugen, ohne dass er sich wehren kann.

Sie hatte ihren damaligen Chef niemals so richtig ernst genommen, aber als er ihr von dieser Taktik, Kunden zu gewinnen, erzählt hatte, war ihr klar geworden, dass sie ihn verachtete. Daraufhin hatte sie beschlossen, so schnell wie möglich zu kündigen.

Mehr als zwanzig Jahre waren seitdem vergangen. Sie hatte oft an diesen Moment zurückdenken müssen. Genau wie an andere Augenblicke und Begegnungen. Das alles hatte sie nur noch mehr darin bestärkt, es auf ihre ganz eigene Weise zu machen. Sicherlich ein Stück weit ohne Rücksicht auf andere, aber immer im Sinne des Unternehmens. Mit dem moralischen Kompass, den sie für richtig hielt. Und dazu gehörten ehrliche Menschen, keine Schaumschläger.

Sie hatte das Modeunternehmen in den letzten Jahren nicht nur an die Börse geführt, sondern zu einer der bekanntesten Firmen der Region entwickelt. Und sie würde dieses Jahr wahrscheinlich Ostwestfalens Unternehmerin des Jahres werden. Die Landespolitik sonnte sich inzwischen in ihrem Erfolg, und manchmal dachte sie sogar daran, selbst zumindest in die Kommunalpolitik zu gehen. Nur um sich dann im nächsten Moment wiederum sicher zu sein, dass das nicht die richtige Aufgabe für sie sein würde.

Heute an diesem Abend hatte sich ihre Beherrschtheit, die sie sich angeeignet hatte, allerdings von einem auf den anderen Moment verabschiedet. Sie konnte und wollte nicht länger mit diesem Mann an einem Tisch sitzen und so tun, als sei es das Normalste auf der Welt, dass jemand mit anzüglichen Witzen und langweiligen Geschichten darum buhlte, mit ihren Produkten Geld zu machen. Vollkommen egal, wie edel angeblich seine Boutiquen waren.

Die Frage, weshalb sie mit jemandem zusammenarbeitete oder eben nicht, beantwortete sie und niemand anders. Und zwar nach ihren Kriterien und Maßstäben. Mit einer Mischung aus Herz und Verstand.

Ihre größte Stärke war ihre Menschenkenntnis. Sie brauchte nur wenige Sekunden, um ihre Gesprächspartner zu analysieren. Zu durchschauen, was sie im Schilde führten. Ob sie gute Absichten hatten oder nur ein schnelles Geschäft machen wollten. Und spätestens bei Geld kannte sie ohnehin kein Pardon. Sie spürte genau, wenn jemand sie über den Tisch ziehen wollte. Und mit diesem unangenehmen Mittvierziger, der eigens aus Paris angereist war und bis eben vor ihr gesessen hatte, würde sie mit Sicherheit keinen Deal eingehen. Das war ihr bereits klar gewesen, als er das Restaurant betreten und sich ihrem Tisch mit einem unverschämten Grinsen genähert hatte.

Sie war an die Bar gegangen, als sich der Franzose, dessen Namen sie sich nicht merken wollte, nach der Hauptspeise entschuldigt hatte, weil er kurz mal telefonieren müsse. Dann hatte sie dem überrascht dreinsehenden Mann hinter der Theke erklärt, sie wolle zahlen, aber selbstverständlich nur das, was sie gegessen und getrunken hatte. Der Mann gab ihr nun ihre Kreditkarte zurück und nickte kurz.

Sie warf einen Blick durch das Restaurant. Wohin der Franzose verschwunden war, wusste sie nicht, wahrscheinlich nach draußen. Klar war nur, dass sie den Laden sofort verlassen würde. Und ab jetzt würde sie solche Treffen wie das heutige nicht mehr zulassen. Jeden, der etwas von ihr wollte, der sich versprach, sich durch ein intimes Abendessen in einem schicken Restaurant an sie heranzuschleichen, würde sie in Zukunft nur noch in ihrem Büro und zu ihren Bedingungen empfangen. Oder aber sie würde sofort und unmissverständlich klarmachen, dass sie keinerlei Interesse an einer Zusammenarbeit habe.

Ein Schauer fuhr von ihrem Nacken den Rücken hinab, als sie in die kalte Abendluft trat. Es war in den letzten Tagen deutlich kühler geworden, der Herbst kam mit großen Schritten näher. Sie mochte diese Jahreszeit, wenn die Sommerhitze endlich verschwand und die Luft klarer wurde. Dann konnte sie besser nachdenken, wenn es darum ging, wichtige Entscheidungen zu treffen. Erst im Februar, wenn der oft so graue und trübe Winter nicht enden wollte, freute sie sich wieder auf wärmere Temperaturen.

Sie zog ihren dünnen Mantel enger und bog um die Ecke in die Schillerstraße, wo sie ihren Wagen geparkt hatte. Für einen kurzen Augenblick war sie irritiert, weil der Mann mit dem Käppi, der ihr mit schnellen Schritten entgegenkam, sein Tempo plötzlich verlangsamte. Sie wandte ihren Blick ab, um nicht erkannt zu werden. Denn natürlich stand sie als Person in der Öffentlichkeit. Ihr Gesicht war nicht selten in der Zeitung, und bei größeren Veranstaltungen hatte sie sogar schon Personenschutz angefordert. Kaum jemand wusste, dass sie ängstlich war. Sie traute Menschen oftmals einfach nicht.

Im nächsten Moment verstand sie, dass sie mit dieser Angst richtiggelegen hatte. Der Mann mit dem Käppi zog eine Pistole aus seiner Jackentasche und trat mit einem flüchtigen Schritt direkt auf sie zu. Ihre Blicke begegneten sich, aber sie konnte sein Gesicht nicht zuordnen. Klar war nur, dass jemand sie in den nächsten Sekunden töten würde. Und mindestens genauso schlimm war, dass sie nicht den Hauch einer Ahnung hatte, weshalb.

Selten hatte Jan eine Wohnung gesehen, die so steril eingerichtet war und so wenig über die Person aussagte, die in ihr lebte, wie die von Fabian Sieveking. Die meisten Zimmer machten auf ihn den Eindruck, als handele sich um eine möblierte Ferienwohnung. Zwar modern im skandinavischen Stil eingerichtet, aber ohne jeden persönlichen Ausdruck.

Hier und da lagen ein paar Gegenstände herum, die darauf hinwiesen, dass hier überhaupt jemand gewohnt hatte. Ein benutzter Teller in der Spüle, zwei Paar schwarze Schuhe im Flur unter der Garderobe, an der ein einsames Sakko hing. Im Wohnzimmer auf einem Beistelltisch hatte Cengiz ein Foto von Sieveking mit einem älteren Ehepaar, wahrscheinlich seinen Eltern, entdeckt. Sie sahen streng aus, zumindest reserviert. Das Bild strahlte jedenfalls keinerlei Herzlichkeit aus.

Jan und Cengiz hatten sich Handschuhe und Überzieher über die Schuhe gezogen, bevor sie die Wohnung betreten hatten. Auch weil Jan nun die braune Ledertasche, die sie neben Sievekings Leiche gefunden hatten, hier in Ruhe öffnen wollte.

Er legte sie auf dem Wohnzimmertisch ab, nachdem er seinen Blick noch kurz über das schmale Bücherregal hatte schweifen lassen. Ein paar Sachbücher über Betriebswirtschaftslehre und im Speziellen über nationales und internationales Unternehmenssteuerrecht, diverse Biografien bekannter Politiker und einige Reiseführer über Ostwestfalen-Lippe. So weit, so unspektakulär. Aber die Fachliteratur war höchstwahrscheinlich ein Hinweis auf seine berufliche Tätigkeit.

»Scheint, als habe er hier allein gelebt«, sagte Cengiz, als er aus dem Schlafzimmer über den Flur kommend im Raum erschien. »Nichts deutet darauf hin, dass hier noch jemand geschlafen hat.«

»Woran machst du das fest?«

»Keine zweite Zahnbürste, keine Duftkerzen, keine Kondome.«

»Das sind natürlich Argumente«, entgegnete Jan süffisant. »Aber mein Gefühl ist ähnlich. Allerdings kann ich mir sowieso kaum vorstellen, dass hier jemand gelebt hat.«

»Sieht deine Wohnung in Herford in letzter Zeit nicht genauso aus?«, frotzelte Cengiz. »Vielleicht hat Sieveking hier nur gelegentlich geschlafen und größtenteils bei jemand anderem.«

»In meiner Wohnung sieht man immer, dass dort jemand lebt, selbst wenn ich wochenlang woanders geschlafen habe«, reagierte Jan etwas zu dünnhäutig, wie er selbst merkte. Sofort lenkte er das Thema zurück auf Sieveking. »Weißt du irgendetwas über seine Familienverhältnisse?«

»Auf der Fahrt hierher habe ich Bettina angerufen. Sie war zwar auch schon im Feierabend, hat mir aber noch ein paar Informationen geschickt.«

Cengiz griff nach seinem Handy und suchte nach der Nachricht ihrer gemeinsamen Kollegin. Bettina war noch immer die Jüngste im Team, aber längst ein fester Bestandteil. Dass sie ihr Herz auf der Zunge trug, mochte Jan besonders an ihr, selbst wenn sie nicht immer einer Meinung waren.

»Sieveking war jedenfalls nicht verheiratet«, erklärte Cengiz. »Ob es neben seinen Eltern jemanden in seinem Leben gibt, den wir verständigen müssen, hat sie noch nicht herausfinden können.«

»Wer übernimmt das mit den Eltern?«

»Willst du dich drücken?«

»Du weißt ja, dass das der Teil des Jobs ist, den ich am wenigsten mag. Dafür bin ich viel zu emotional, du dagegen bist darin richtig gut.«

»Ich habe eine Streife hingeschickt«, sagte Cengiz und vermied es, auf Jans Seitenhieb einzugehen. »Sie wohnen in Schildesche, gar nicht so weit von eurem Hof entfernt. Vielleicht kannst du morgen früh dort noch einmal vorbeifahren.«

»Sicher.« Jan nickte, dann wandte er sich wieder der Ledertasche zu und öffnete sie. Er zog einen Stapel loser Papiere und einen Block heraus. Außerdem Visitenkarten und einige Kugelschreiber. Zu seiner Überraschung war auch ein Handy in der Tasche. Es hatte noch Akku, war jedoch PIN-geschützt.

»Das müssen sich die Techniker so schnell wie möglich vornehmen«, sagte er. »Auch wenn ich bezweifele, dass wir darauf irgendetwas finden werden, das uns weiterhilft.«

»Weil?«

»Der Täter musste davon ausgehen, dass Sieveking ein Handy dabeihat. Es war ihm also offenbar nicht wichtig, es mitzunehmen. Folglich glaube ich kaum, dass wir darauf Dinge finden, die uns auf seine Spur bringen.«

»Aber wir werden vielleicht etwas über die Person Sieveking erfahren. Zumindest mehr, als diese Wohnung hergibt.«

Jan hatte Cengiz nicht mehr richtig zugehört, seine Aufmerksamkeit war an den Visitenkarten hängen geblieben: *Fabian Sieveking, Senior Manager Tax. Wirtschaftsprüfung und Steuerberatung TBA.*

TBA stand für Tiemann&Brockmeyer Auditing, den Namen kannte Jan. Wenn er sich richtig erinnerte, eines der größten Unternehmen dieser Branche in ganz Deutschland. In Bielefeld befand sich das Büro am Jahnplatz in einem der großen Gebäude. Heute Abend würden sie wohl niemanden mehr dort antreffen. Wobei, überlegte er, in Unternehmen dieser Art gab es immer Mitarbeiter, die bis tief in die Abendstunden in ihren Büros blieben. Und sei es nur, um den Chefs zu gefallen. Cengiz und er würden sich jedenfalls direkt morgen früh dort umhören.

Er zuckte zusammen, als plötzlich Sievekings Handy vibrierte, das er auf den Tisch gelegt hatte. Jan warf einen Blick auf das Display, eine Textnachricht war eingegangen. Weil die Vorschauanzeige offenbar aktiv war, konnte er erkennen, dass die Nachricht von einer Frau namens Alina Nitsche kam. »Bist du zu Hause?«, schrieb sie.

»Könnte sein, dass wir jetzt einen Namen haben«, sagte Jan. Er kam nicht mehr dazu, Cengiz zu erläutern, worauf er hinauswollte, weil im nächsten Moment dessen Handy klingelte und er den Anruf direkt annahm. Seiner Tonlage und den Worten nach zu urteilen, war am anderen Ende der Leitung jemand aus ihrem Team.

Cengiz sagte nun nichts mehr, nickte nur noch. Sein Gesichtsausdruck wurde jedoch von Sekunde zu Sekunde ernster. »Wir kommen so schnell wie möglich«, sagte er schließlich knapp und beendete das Telefonat.

»Was ist passiert?«

»So wie es aussieht, ist dieser Abend für uns noch lange nicht vorbei«, antwortete Cengiz. »Das war Bettina. Offenbar hat es einen weiteren Mord gegeben. In Herford wurde jemand auf offener Straße erschossen.«

»Auch das noch«, stöhnte Jan. »An einem Abend zwei erschossene Menschen? Dann hoffe ich mal nicht, dass es da einen Zusammenhang gibt.«

»Das würde ich ausschließen«, sagte Cengiz nüchtern. »Das Todesopfer heißt Tessa Gräfe.«

Jan brauchte nicht lange, um zu verstehen, was Cengiz meinte. Ein Zusammenhang zwischen Tessa Gräfe und Fabian Sieveking schien schwer vorstellbar. Sie gehörte seit einigen Jahren zu den bekanntesten Menschen Herfords. Dass sie offenbar gewaltsam zu Tode gekommen war, würde den Mord an Sieveking in den Schatten stellen. Doch ermitteln mussten sie in beiden Fällen mit der gleichen Priorität.

Nach und nach sickerte die ganze Dimension zu ihm durch und sorgte für einen Adrenalinschub, den er schon länger nicht mehr erlebt hatte. Gleichzeitig schauderte es ihn bei dem Gedanken daran, was in den nächsten Stunden und Tagen auf sie zukommen würde.

4900

Blaue Blitze zuckten durch den Abendhimmel Herfords, während Jan seinen dunkelgrünen Mini Cooper Jahrgang '78 am Bahnhofsgebäude vorbei bis zum Kreisverkehr mit der Skulptur La Palla steuerte, wo er schließlich rechts in die Schillerstraße einbog. Er parkte gleich, weil die Straße durch mehrere Streifenwagen abgesperrt worden war. Cengiz, der ihm gefolgt war, tat es ihm gleich.

Als Jan ausstieg, erkannte er sofort seinen Kollegen Kai Stahlhut. Er war jetzt seit etwa zwei Jahren Teil der Bielefelder Mordkommission, nachdem er zuvor jahrelang bei der Kriminaldirektion in Herford gearbeitet hatte. Stahlhut war zweifellos ein schwieriger Charakter. Er scheute sich nicht davor, sehr direkt auszusprechen, was ihm durch den Kopf ging, selbst wenn es politisch und zwischenmenschlich nicht immer korrekt war. Er eckte an und verhielt sich nicht selten wie die berühmte Axt im Walde. Aber in den vergangenen Monaten hatte er sich verändert. Vor allem durch den Tod seiner Halbschwester im Rahmen einer Ermittlung, die ihnen allen ziemlich viel abverlangt hatte. Es schien fast so, als hätte Stahlhut endlich begriffen, was es bedeutete, Teil eines Teams zu sein.

»Mitten ins Gesicht«, sagte Stahlhut, als er auf Jan und Cengiz zukam. Ohne Unterlass schüttelte er dabei den Kopf. »Heftiger geht's nicht mehr, vor allem, wenn man bedenkt, wer die Tote ist.«

Jan nickte. Nicht nur, weil er selbst in Herford wohnte, kannte er Tessa Gräfe. Die Frau war als erfolgreiche Unternehmerin auch überregional bekannt. Ihr Tod, vor allem in der Form, wie er sich offenbar darstellte, würde in den nächsten Tagen und Wochen hohe Wellen schlagen. Der Gedanke bereitete ihm längst Kopfzerbrechen. Vorhin war er noch ausschließlich damit beschäftigt gewesen, das Konterfei seines Bruders zu malträtieren. Und jetzt stand er binnen weniger Stunden bereits an einem zweiten Tatort.

Es würde schwierig werden, beiden Fällen die gleiche Aufmerksamkeit zu schenken, wenn die Vorgesetzten dem Mord an Tessa Gräfe oberste Priorität einräumten, allein schon deshalb, weil er medial für so großen Aufruhr sorgen würde.

Langsam ging Jan zwischen den Einsatzwagen in Richtung des Lokals, vor dem sich die Tat ereignet hatte. Es handelte sich um das »4900«, eine Mischung aus Restaurant und Bar. Ziemlich angesagt, wie Jan wusste. Überhaupt gab es in dieser Ecke der Stadt gleich einige Läden, die für Herforder Verhältnisse fast großstädtisch wirkten. Wahrscheinlich lag es an der Nähe zum Marta, dem weit über die Grenzen der Stadt hinaus bekannten Museum für zeitgenössische Kunst, das architektonisch und konzeptionell so sehr herausstach, dass Jan sich heute noch die Augen rieb. Irgendwie war er auch ein wenig stolz darauf, dass es ausgerechnet in Herford erbaut worden war.

Als er sich dem »4900« näherte, sah er die noch nicht abgedeckte Leiche auf dem Bürgersteig nur wenige Meter von der großen Glasfront des Gebäudes entfernt liegen.

»Als ich hergekommen bin, habe ich Auf der Freiheit und am Bahnhof mehrere Streifenwagen gesehen«, sagte Jan in Richtung Stahlhut, der ihm gefolgt war. »Heißt das, wir haben eine Ringfahndung auslösen lassen?«

»Natürlich«, antwortete Stahlhut in einer Tonlage, als störe es ihn, dass Jan überhaupt danach fragte. »Ich habe sofort mit Kregel telefoniert. Normalerweise dürfte niemand mehr die Stadt unbemerkt verlassen haben können, allerdings lagen zwischen dem Anruf aus dem Restaurant und dem Fahndungsaufruf bestimmt zehn Minuten.«

Jan wusste, dass dies leider genug Zeit war, um sich vom Tatort unbemerkt zu entfernen. »Gibt es Zeugen, die etwas beobachtet haben?«, fragte er weiter.

»Es wurden die Personalien aller Gäste aufgenommen. Aber anscheinend hat niemand etwas mitbekommen.«

»Kam Tessa Gräfe denn aus dem Restaurant?«

»Ja, sie hat den Abend im ›4900‹ verbracht. Es handelte sich offenbar um ein Geschäftsessen. Der Mann, mit dem sie hier war, sitzt dort hinten in einem der Einsatzwagen.«

»Er war aber nicht dabei, als es passiert ist?«, hakte Cengiz nach.

»Offenbar hat Tessa Gräfe das Lokal ziemlich überhastet verlassen, ohne dass er es mitbekommen hat.«

»Hat dieser Mann ein Alibi?«, fragte Jan.

»Ein Alibi?«

»Wo genau war er, als sie den Laden verlassen hat?«

»Seiner Aussage nach auf Toilette«, antwortete Stahlhut etwas zögerlich. Er schien zu merken, dass Jans Frage nach dem Alibi nicht ganz unberechtigt war.

»Wir können also nicht ausschließen, dass er das Restaurant zwischenzeitlich verlassen hat und selbst der Täter ist?«

»Ich halte das nach seiner Schilderung nicht für realistisch, aber ja, ein Alibi für den Moment, in dem auf Tessa Gräfe geschossen wurde, hat er tatsächlich nicht. Wir müssen mit den Gästen und dem Personal reden, ob vielleicht jemand bestätigen kann, dass er tatsächlich auf der Toilette war und nicht draußen.«

»Wer ist der Mann?«

»Ein Franzose, Henri irgendwas. Er besitzt wohl europaweit einige Boutiquen und wollte heute Abend mit Tessa Gräfe besprechen, ob und wie man die Modelinien der Firma Cala in seine Läden bringen kann.«

Jan dachte darüber nach, wie diese Branche wohl tickte. »Wer musste denn heute Abend wen überzeugen?«, fragte er schließlich.

»Wie meinst du das?« Stahlhut war etwas irritiert.

»Mich interessiert, wer von den beiden der Bittsteller war«, erklärte Jan seine Gedanken. »Wollte Tessa Gräfe ihre Mode unbedingt in den Boutiquen von diesem Henri verkaufen, oder war er derjenige, dem es wichtig war, dass –«

»Keine Ahnung«, fiel Stahlhut Jan ins Wort. »Hier ist vor nicht einmal einer Stunde eine Frau brutal getötet worden. Ich war einer der Ersten hier, du kannst mir glauben, dass das kein schöner Anblick war. Bislang hatte ich einfach noch keinen Kopf dafür, diesem Mann solche Fragen zu stellen.«

»Schon gut«, sagte Jan. »Ich versuche nur, nachzuvollziehen, was hier passiert ist. Und die zweite Leiche an einem Abend ist auch für mich alles andere als normal.«

»Was soll das heißen?«

Jan erklärte mit wenigen Worten, womit Cengiz und er in Bielefeld beschäftigt waren, als Bettina angerufen hatte. Eigentlich fiel es ihm selbst noch schwer, die Bilder aus dem Treppenhaus in der Nähe des Klosterplatzes zu verarbeiten, und jetzt musste er sich schon mit dem nächsten brutalen Mord auseinandersetzen.

»Wir sprechen am besten sofort mit diesem Henri«, sagte Jan, nachdem er einen flüchtigen Blick auf die Leiche geworfen hatte. »Wenn wir ausschließen können, dass er etwas mit der Sache zu tun hat, müssen wir unsere Ermittlungen entsprechend ausrichten. Das ist die Frage, die wir als Erstes beantworten müssen: Steht der Mord mit dem Treffen der beiden in Verbindung oder nicht? Und wenn es nicht dieser Henri war, kann es dann sein, dass der Täter von dem Treffen wusste und Tessa Gräfe hier aufgelauert hat?«

»Vielleicht ist sie auch zufällig das Opfer geworden«, warf Cengiz ein. »Deutet etwas darauf hin, dass sie ausgeraubt wurde?«, fragte er in Richtung Stahlhut.

»Sah mir auf den ersten Blick nicht danach aus, aber die Techniker sind noch nicht fertig. Nolte ist noch nicht mal hier.«

»Der war bis eben ja auch noch in Bielefeld im Einsatz«, entgegnete Cengiz etwas genervt.

»Reden wir also mal mit Henri«, wechselte Jan das Thema. »Mein kümmerliches Schulfranzösisch wird nicht reichen, ich hoffe, er kann ein paar Brocken Deutsch.«

»Kann er«, erklärte Stahlhut. »Sein Akzent klingt eher nach Rheinland.«

»Sie hören sich gar nicht danach an, als stammten Sie aus Paris, so gut wie Sie Deutsch sprechen«, sagte Jan, nachdem Cengiz und er in dem großen Polizeibus ein paar anfängliche Worte mit dem Franzosen ausgetauscht und dabei erfahren hatten, dass der Mann Henri Moreau hieß und dreiundvierzig Jahre alt war.

Mit den dunklen, nach hinten gekämmten Haaren und den

rahmenlosen, aber leicht lila getönten Gläsern sah ihn Moreau einen Augenblick konsterniert an. Jan wunderte sich, glaubte der Mann denn ernsthaft, dass er mit seinem starken rheinischen Dialekt als Franzose durchging?

»Ich lebe seit über zwanzig Jahren in Paris. Alles Weitere spielt keine Rolle. Stellen Sie bitte Ihre Fragen, ich möchte so schnell wie möglich in mein Hotel.«

»Ob das eine Rolle spielt, werden wir noch sehen«, sagte Jan unbeeindruckt. Er betrachtete Moreau, der auf ihn jetzt einen nervösen Eindruck machte. Jan war sich außerdem sicher, dass er etwas angetrunken war. »Reden wir über Tessa Gräfe«, fuhr er fort. »Wie lange kannten Sie sie bereits?«

»Persönlich noch gar nicht«, antwortete Moreau. »Das war heute unser erstes Treffen. Ich hatte gehofft, dass daraus mehr werden …« Er brach ab, dann sah er Jan kopfschüttelnd an. »Denken Sie etwa, ich hätte etwas mit dieser Sache zu tun?«

»Wir möchten verstehen, was hier heute Abend passiert ist«, erklärte Jan ruhig, aber bestimmt. »Darum beantworten Sie bitte nur unsere Fragen. Wie ist Ihr Kontakt zu Frau Gräfe und der Firma Cala zustande gekommen?«

»Ich habe mit einem Mitarbeiter der Firma vor ein paar Monaten auf einer Messe in Mailand gesprochen. Er hat mir den Kontakt zu Tessa vermittelt.«

»Sie haben sich geduzt?«

»Wie bitte?« Moreau war nun sichtlich irritiert. »Nein, das haben wir nicht. Wir kannten uns ja gar nicht. Das war doch nur so –«

»In Ordnung«, fiel Jan ihm ins Wort. Er war sich bewusst, dass er den Mann hart anging, vielleicht weil der ganze Tag ihm so zusetzte. Aber die Tatsache, dass Moreau diese Empörung an den Tag legte, stieß ihm auf. »Sie hatten heute Abend also eine Verabredung mit ihr hier in diesem Restaurant. War es rein geschäftlich, oder ging es dabei auch um Privates?«

»Ich wiederhole, dass wir uns vor dem heutigen Abend nicht kannten. Wir hatten ein einziges Mal Kontakt via E-Mail. Also können Sie sich denken, dass es nur um Geschäftliches ging.«

»Wie verlief denn das Gespräch für Sie? War es zufriedenstellend?«

»Ich hatte schon schlechtere Meetings«, antwortete Moreau achselzuckend. »Ich war guter Dinge, bis ich diesen Anruf tätigen musste und mich kurz entschuldigt habe.«

»Ein wichtiger Anruf?«

»Ja, ein privates Telefonat.«

»Meinem Kollegen haben Sie vorhin erzählt, Sie seien auf der Toilette gewesen.«

»Ich habe dort telefoniert.«

»Auf der Toilette dieses Restaurants?«

»Ja, wieso denn nicht?«

»Gibt es jemanden, der beobachtet hat, dass Sie dieses Gespräch auf der Toilette geführt haben?«, hakte Cengiz nach.

»Meinen Sie das ernst?«, blaffte Moreau zurück.

»Sagen wir mal so, es wäre für Sie durchaus hilfreich, wenn wir sichergehen können, dass Ihre Aussagen der Wahrheit entsprechen. Und dass Sie nicht das Restaurant verlassen haben, um dort zu telefonieren oder was auch immer.«

Cengiz' Ansprache war selbst Jan in diesem Moment eine Spur zu offensiv. Andererseits hatte er in der Vergangenheit nicht selten die Erfahrung gemacht, dass die Vorstöße seines Kollegen zum Erfolg führten.

»Allmählich habe ich das Gefühl, dass es besser wäre, nichts mehr ohne meinen Anwalt zu sagen. Auch wenn das eigentlich total irre ist, was Sie hier mit mir machen.«

»Es gibt also niemanden, der Ihnen ein Alibi geben kann?«, blieb Cengiz hartnäckig.

»Das weiß ich doch nicht«, antwortete Moreau. »Glauben Sie etwa, ich hätte mich darum gekümmert, ob mich jemand sieht, während ich telefoniere?«

»Wie lange haben Sie denn telefoniert?«

»Maximal zehn Minuten, schätze ich.«

»Und als Sie zurückkamen, saß Tessa Gräfe nicht mehr an Ihrem Tisch?«

»Nein.«

»Wie viel Zeit verging von dem Moment, wo Sie zurückkamen, bis zu dem tödlichen Schuss? Ich gehe davon aus, dass er im Innern zu hören gewesen ist.«

»Nein, das war nicht der Fall«, antwortete Moreau. »Zumindest hat niemand im Restaurant Anstalten gemacht, nach draußen zu gehen und nachzusehen. Ich habe sie dann draußen entdeckt, nachdem ich gezahlt hatte. Es war nämlich so, dass Tessa ihr Essen und Trinken selbst –«

»Moment mal«, unterbrach Jan den Mann. »Habe ich das gerade richtig verstanden, Sie haben Tessa Gräfes Leiche gefunden?«

»Richtig, mein Abend war ja gelaufen, nachdem sie einfach verschwunden war. Dass ich sie dann so wiedersehe, hätte ich mir in meinen schlimmsten Alpträumen nicht vorstellen können. Ist kein schöner Anblick gewesen, das können Sie mir glauben.«

»Was haben Sie danach gemacht?«

»Ich bin sofort wieder rein, damit jemand …« Moreau brach plötzlich ab. »Nein, nein. Ich sage ab jetzt gar nichts mehr.«

»Dazu hätte ich Ihnen jetzt auch geraten. Rufen Sie am besten so schnell wie möglich Ihren Anwalt an.«

Jan tauschte einen kurzen Blick mit Cengiz, dann standen sie auf und stiegen aus dem Bus. Draußen herrschte eine bedrückende Stimmung. Noch immer flackerten die Lichter der Einsatzwagen. Ein schwarzer Leichenwagen war mittlerweile vorgefahren. Aus dem Restaurant wurden Gäste von einigen Streifenpolizisten hinausgeführt und die Schillerstraße entlang in Richtung Goebenstraße geleitet.

»Gibt es etwas Neues in Sachen Fahndung?«, fragte Jan Kai Stahlhut, der neben Julian Becker, einem der Techniker aus Noltes Team, stand und offenbar auf dessen neueste Erkenntnisse wartete.

»Nichts.«

»Und hier?«

»Auch noch nichts.«

»Das würde ich so nicht sagen«, warf Becker ein. Er war ein junger Kollege, den Jan vor einigen Monaten in einem brisanten Fall kennen- und schätzen gelernt hatte.

»Ich würde gerne noch auf meinen Chef warten«, fuhr Becker fort, »aber was ich schon sagen kann, ist, dass das Opfer nach dem tödlichen Schuss wahrscheinlich nicht angefasst oder bewegt wurde. Wir haben zumindest nichts gefunden, was darauf schließen lässt. Ihr Handy und ein Portemonnaie waren in der Handtasche, die neben ihr lag.«

Also ein gezielter Mord, fuhr es Jan durch den Kopf. Oder eine spontane Tat, vielleicht durch Henri Moreau, den Mann, den Tessa Gräfe heute Abend hier getroffen hatte. Und deren Gespräch sie offenbar überstürzt abgebrochen hatte. Was war zwischen ihnen vorgefallen?

»Wurde Henri Moreau eigentlich durchsucht?«, fragte Jan plötzlich und wandte sich erneut Stahlhut zu.

»Wonach?«

»Zum Beispiel nach einer Waffe.«

»Du glaubst also ernsthaft, dass er sie erschossen hat?«

»Er hat kein überzeugendes Alibi, so viel steht zumindest fest. Und weil er das verstanden hat, nimmt er sich jetzt einen Anwalt.«

»Soll das heißen, wir nehmen ihn mit?«

»Für einen Haftbefehl reicht es nicht, die Staatsanwältin würde uns den Kopf waschen. Aber vollkommen klar, dass wir in den nächsten Stunden ein Auge auf ihn werfen müssen.«

»Wie meinst du das?«

»Moreau übernachtet in einem Hotel hier in Herford. Könntest du bitte dafür sorgen, dass eine Streife das Haus beschattet? Ich will vermeiden, dass er sich aus dem Staub macht und zurück nach Paris fährt. Gut möglich, dass wir uns morgen tatsächlich noch intensiver mit ihm beschäftigen müssen.«

»Ich werde meine ehemaligen Kollegen hier in Herford bitten«, antwortete Stahlhut. »Aber ich denke, wir sollten das Ganze ohne wirklichen Tatverdacht nicht unbedingt an die große Glocke hängen.«

»Nein, das muss nicht sein.« Jan nickte. »Cengiz und ich werden jetzt noch mit den Mitarbeitern des Restaurants sprechen. Vielleicht finden wir ja doch jemanden, der etwas beobachtet hat.«

Die beiden verließen den Tatort und gingen um die Ecke des

Gebäudes, wo sich der Eingang zum »4900« befand. Jan kannte das Restaurant, dessen Name auf die alte Postleitzahl Herfords zurückging. Er hatte sich dort vor ein paar Wochen mit einer alten Schulfreundin getroffen, die sich bei ihm unvermittelt gemeldet hatte. Obwohl ihm nach der Sache mit seinem Bruder der Kopf eigentlich nicht nach einem Date stand, hatte er zugesagt. Und der Abend war überraschend nett gewesen. Kein Date im Sinne eines Flirts, aber es hatte ihm Spaß gemacht, über die alten Zeiten zu reden, ohne dass er dabei beweisen musste, dass er ein toller Hengst war.

Sandra hatte irgendwann von ihrer gescheiterten Ehe erzählt, und einen Moment lang war er sich so vorgekommen, als wollte sie ihm an diesem Abend nur ihr Herz ausschütten. Aber dann hatte er es einfach genauso gemacht und über sich und sein Leben erzählt. Über das, was gut und nicht so gut gelaufen war. Wenn er es drauf angelegt hätte, wäre vielleicht noch etwas zwischen ihnen gelaufen. Das hatte er zumindest im Nachhinein gedacht, aber im Grunde war er froh, dass es dazu nicht gekommen war.

Der Laden war bis ins letzte Detail durchgestylt. In diesem Moment strahlte er jedoch von dieser durchaus besonderen Atmosphäre kaum noch etwas aus. Nicht, weil sich das Ambiente verändert hatte. Es war die Trauer, die wie eine Glocke über diesem späten Abend hing.

Die Gäste hatten das »4900« inzwischen vollständig verlassen, aber das Personal, das heute im Einsatz gewesen war, war noch damit beschäftigt, das Restaurant für den nächsten Tag vorzubereiten.

Jan und Cengiz traten auf den Tresen zu, hinter dem ein Barkeeper mit ernstem Blick Gläser säuberte. Jan stellte sich und Cengiz kurz vor, dann kam er direkt zur Sache.

»Sie wissen, was passiert ist?«

Der Mann nickte.

»Auch, um wen es sich bei der Toten handelt?«

»Ja.«

»An welchem Tisch haben Tessa Gräfe und ihre Begleitung gesessen?«

»Im hinteren Bereich.« Der Barkeeper zeigte um die Ecke. »Dort stehen einige Tische etwas separiert. Sie wollten dort sitzen, um ungestört zu sein.«

»Tessa Gräfe hat das Restaurant allem Anschein nach früher als ursprünglich geplant verlassen«, sagte Jan. »Soweit wir wissen, hat sie zuvor bezahlt. Zumindest ihren Teil. Können Sie sagen, wer sie abkassiert hat?«

»Das war ich.«

»Okay«, sagte Jan. »Dann sagen Sie uns bitte, was Ihnen aufgefallen ist. War sie vielleicht nervös?«

»Ich habe ja keine Ahnung, wie sie sich normalerweise verhalten hat«, sagte der Barkeeper. »Aber wenn Sie schon fragen, würde ich sagen, ja, sie war angespannt und wollte so schnell wie möglich weg von hier.«

»Sie hat also bezahlt und sofort das Restaurant verlassen?«

»Absolut, sie hatte es eilig.«

»Können Sie sich an irgendetwas Besonderes erinnern?«

»Nein.«

»Was können Sie denn zu dem Mann sagen, mit dem sie hier war?«

»Nicht besonders viel. An die Reservierung erinnere ich mich, er erwähnte, dass es sich um ein Geschäftsessen handele und er gerne eine vertrauliche Atmosphäre hätte.«

»Wer hat den Tisch reserviert?«

»Das war dieser Herr Moreau, gestern Abend. Er sagte, er würde extra aus Frankreich anreisen. Aber er hatte Glück, dass überhaupt noch ein Tisch frei war.«

»Können Sie die Bedienung holen, die für den Tisch zuständig gewesen ist?«

»Wenn es sein muss.« Der Mann verschwand und kam kurz darauf zurück. Ihm folgte eine junge Frau, die Jan auf Anfang zwanzig schätzte. Sie wirkte nervös.

»Keine Sorge«, sagte Jan. »Ich kann verstehen, dass das nicht einfach für Sie ist. Aber es geht ganz schnell.«

Die Frau nickte und trat hinter den Tresen. Das schien ihr mehr Sicherheit zu geben.

»Sie haben den Tisch von Tessa Gräfe und ihrer Begleitung heute Abend bedient, richtig?«

»Ja, Getränke, Vorspeise und Hauptspeise«, antwortete sie leise. »Zu mehr kam es dann ja nicht mehr.«

»Uns interessiert vor allem, ob Ihnen irgendetwas Ungewöhnliches bei den beiden aufgefallen ist. Zum Beispiel, ob das Gespräch zwischen ihnen ruhig oder eher emotional verlief.«

»Ganz normal.« Die Frau zuckte mit den Schultern.

»Irgendwann ist der Mann dann zur Toilette gegangen, um zu telefonieren«, sagte Jan. »Können Sie das bestätigen?«

Plötzlich änderte sich ihr Gesichtsausdruck. Die Verunsicherung kam zurück. Doch bevor sie etwas antworten konnte, übernahm der Barkeeper wieder das Wort.

»Hast du gesehen, dass er auf die Toilette gegangen ist?«, fragte er in ihre Richtung.

Sie schüttelte den Kopf. »Nein, das konnte ich nicht beobachten. Aber ich habe gesehen, dass er das Restaurant verlassen hat. Er ging mit dem Telefon am Ohr raus.«

»Moment«, fuhr Jan dazwischen. »Der Mann ist nach draußen gegangen, bevor Tessa Gräfe das Restaurant verlassen hat?«

»Ja.«

»Wann kam er denn zurück?«

»Kurz nachdem sie gegangen ist.«

Jan blickte zu Cengiz hinüber. Beiden war sofort klar, was die Aussage der Frau zu bedeuten hatte. Moreau hatte nicht nur kein Alibi, sondern wie sich die Situation darstellte, hatte er sie angelogen. Denn ganz offenbar hatte er sich zu genau der Zeit außerhalb des Restaurants befunden, als Tessa Gräfe erschossen worden war. Und was das hieß, war vollkommen klar.

Scherz

Jan atmete tief durch und ließ sich auf den alten lilafarbenen Designerstuhl von Verner Panton in seiner Küche fallen. Das Knacken des Kunststoffs war ein untrügliches Zeichen für sein Alter. Der Stuhl stand hier schon seit einigen Jahren, seine frühere Untermieterin hatte ihn damals mitgebracht und hier stehen gelassen, als sie ausgezogen war.

Das Dosenbier, das er an der Tankstelle gekauft hatte und gerade öffnete, war in den letzten Jahren zu einer Art Ritual geworden. Zumindest immer dann, wenn er hier in seiner Wohnung am Neuen Markt in Herford übernachtete. Allzu oft hatte es diese Momente zuletzt nicht mehr gegeben, und wenn er ehrlich war, wurde der Gedanke, die Wohnung zu kündigen und komplett auf den elterlichen Hof zu ziehen, von Tag zu Tag stärker. Andererseits war er genau an solchen Abenden wie heute froh, einen Rückzugsort zu haben. Einigermaßen weit weg von seiner Familie.

Er mochte diese Stadt. Manchmal hatte er den Eindruck, er war einer der wenigen, die noch so fühlten. Ohne Zweifel litt Herford unter zu viel Leerstand und bisweilen auch fehlender Attraktivität, aber objektiv betrachtet hatte die Stadt einiges zu bieten. Er wollte nicht akzeptieren, dass sie mit ihren Fachwerkhäusern und Marktplätzen, der über tausendzweihundertjährigen Geschichte und den historischen Kirchen nicht besser dastehen konnte, als sie wahrgenommen wurde.

Im Laufe der letzten Jahre hatte es nicht viele Fälle gegeben, die sich in Herford ereignet hatten. Aber immer wieder hatten die Ermittlungen ihn hierhergeführt. Das, was er heute Abend erlebt hatte, war jedoch das heftigste Verbrechen seit dem Giftanschlag auf dem Hoeker-Fest vor einigen Jahren und den anschließenden Ermittlungen.

Henri Moreau, sofern er denn tatsächlich so hieß, war noch vor dem »4900« festgenommen worden. Sie hatten zwar auf die

Schnelle keinen Haftbefehl gegen ihn beschaffen können, aber Ben Kregel, der Leiter der Mordkommission, hatte deutlich zu verstehen gegeben, dass Moreau ohne Zweifel mit auf die Polizeibehörde zu nehmen war. Moreau war jetzt der Hauptverdächtige im Fall Gräfe, und direkt morgen früh würden sie ihn vernehmen.

Der Mord in Bielefeld am früheren Abend war dadurch komplett in den Hintergrund getreten. Aber auch hier gab es Anhaltspunkte: Sein alter Bandkollege Tom, der Nachbar des Ermordeten, hatte angeblich einen Mann beobachtet, der sich Tage zuvor ins Treppenhaus des Gebäudes hineingeschlichen hatte. Ebenfalls morgen früh würden sie ein Phantombild vorliegen haben, das ihnen hoffentlich weiterhalf. Aber sie hatten auch einen Namen, der vielleicht Licht ins Dunkel um den Toten und seinen Mörder bringen würde.

Alina Nitsche. Sie hatte sich bei Fabian Sieveking im Laufe des Abends per Chatnachricht gemeldet und nachgefragt, ob er zu Hause sei. Möglich, dass sie seine Freundin oder zumindest eine enge Bekannte war. Jan war bisher nicht dazu gekommen, etwas über sie herauszufinden, und eigentlich war er in diesem Moment längst zu müde und noch viel zu aufgebracht, dennoch tippte er auf seinem Handy ihren Namen ein.

Er brauchte nicht lange, bis er fündig wurde. Alina Nitsche war offenbar sehr aktiv in den sozialen Medien. Ihre Profile waren frei zugänglich, sodass er sich problemlos durch ihre Timelines scrollen konnte.

Sie war attraktiv, das fiel bereits nach den ersten Fotos auf. Lange braune Haare, auffällige Grübchen, ein strahlendes Lächeln. Sie zeigte sich in Urlauben am Mittelmeer, mit Freunden und Freundinnen in Bielefeld, aber auch bei beruflichen Terminen, für die sie sich in Schale geworfen hatte.

Jan schätzte sie auf Ende zwanzig, eine Frau, die mit Sicherheit jede Menge Verehrer besaß. Sie arbeitete als Veranstaltungsmanagerin für die Tourismusagentur der Stadt Bielefeld. Vergeblich suchte er jedoch nach einer Verbindung zu Fabian Sieveking. Kein gemeinsames Foto, keine Erwähnung seines Namens. Dafür gab es Schnappschüsse, in denen sich Alina Nitsche in eindeutiger

Pose mit einem Mann um die dreißig zeigte. Sie hatte sein Gesicht getaggt, sodass Jan sich im nächsten Moment bereits in dessen Timeline befand. Sein Name war offenbar Robert Hartel.

Jans Augen begannen zu brennen, je länger er sich auf der Suche nach irgendeinem Hinweis Fotos ansah und kurze Postings durchlas. Er legte sein Handy auf den Küchentisch, doch im nächsten Moment vibrierte es. Aus dem Augenwinkel sah er, dass es seine Kollegin Lara Niehaus war, die ihm eine Nachricht geschrieben hatte: »Können wir telefonieren?« Mehr nicht.

Lara war heute Abend an keinem der beiden Tatorte gewesen, umso mehr wunderte es ihn, dass sie kurz vor Mitternacht noch mit ihm sprechen wollte.

Dass sie seine Annäherungsversuche in der Vergangenheit ignoriert und ihn stattdessen als so etwas wie einen seelischen Mülleimer für ihre Beziehungsprobleme ausgenutzt hatte, war ein kleiner Schlag in die Magengrube gewesen. Aber er hatte akzeptiert, dass Lara ihren Lebensgefährten, der seines Wissens noch immer in Hamburg lebte, nicht verlassen wollte. Und das, obwohl sie Jan durchaus das Gefühl gegeben hatte, dass es eigentlich keine Zukunft für diese Beziehung gab. Aber vielleicht war das bloß seine subjektive Wahrnehmung gewesen. Oder Wunschdenken.

Nur wollte er heute Abend wirklich noch mit ihr telefonieren und über die Ermittlungen sprechen? Und privat hatte er ohnehin keinen Redebedarf. Dennoch schrieb er ihr zurück, dass er noch wach sei.

Jan nahm einen großen Schluck aus der Dose, und ehe er hinuntergeschluckt hatte, klingelte auch schon sein Telefon.

»Danke«, sagte Lara, ohne ein Wort der Begrüßung. »Ich habe gehört, was passiert ist, und weiß, dass du einen harten Abend hattest. Unter normalen Umständen wäre ich sofort dazugekommen. Aber ...« Sie stockte kurz. »Um es kurz zu machen: Ich habe mich von Nils getrennt, und diesmal endgültig.«

Jan seufzte innerlich. Er hatte gehofft, mit ihr über die Erlebnisse des heutigen Abends sprechen zu können. Aber es war viel schlimmer. Es würde wieder mal nur um ihre Gefühle gehen.

Um ihre Beziehung zu Nils. Und wieder einmal würde er es sich anhören, ihr sogar noch tröstende Worte sagen, obwohl er doch eigentlich noch immer viel mehr für sie empfand als nur kollegiale Freundschaft.

»Kannst du kommen?«, fragte sie.

»Zu dir, jetzt?«

»An deine Wohnungstür, dann muss ich nicht klingeln.«

Jan spürte, dass sein Puls augenblicklich hochschnellte. Er sprang auf und rannte noch immer mit dem Handy am Ohr aus der Küche.

»Scherz«, hörte er sie plötzlich sagen. »Ich bin in meiner Wohnung und brauche jemanden, der mich in den Arm nimmt. Und sei es nur sinnbildlich.«

»Und da fällt dir niemand anders ein als ich?«

»Nein. Ich vermisse unsere Gespräche. Du bist hier in Ostwestfalen meine wichtigste Bezugsperson geworden.«

»Das ist schön, aber du weißt genau, wie es bei mir aussieht«, sagte Jan nüchtern, während er wieder zurückging und sich an seinen Küchentisch setzte. »Ich hätte mir vor einigen Monaten sehr viel mehr vorstellen können. Nur will ich nicht dein Spielball in Krisenzeiten sein. Wir können gerne Freunde sein, aber dann darf ich auch mal deine Hilfe in Anspruch nehmen, wenn ich ein Problem habe. Oder aber wir sind doch mehr als das.«

»Also geht's nur darum?«, fragte Lara fordernd. »Du verhältst dich die ganze Zeit nur deshalb so distanziert, weil du dich ernsthaft in mich verknallt hast?«

»Glückwunsch, dass du es nun endlich auch verstanden hast. Deine Leitung reicht wirklich von hier bis Hamburg.«

»Ich hätte es also merken müssen, richtig?«

»Ja, ich denke schon. Und eigentlich haben wir auch schon darüber gesprochen.«

»Ich war leider meistens mit mir selbst beschäftigt, aber das weißt du ja.«

»Allerdings.«

»So blöd es auch klingt, ich glaube, das alles war notwendig und hatte letztlich einen Sinn. Mein Umzug nach Bielefeld, der schleichende Prozess der Trennung von Nils, mir bewusst zu machen, dass das alles keinen Zweck mehr hat. Ich musste verstehen, wie ich mein Leben neu gestalten kann, ohne ihn. Und gleichzeitig kamen immer wieder diese Zweifel. Ich wusste manchmal nicht mehr, ob ich am nächsten Tag überhaupt noch einmal im Präsidium auftauchen würde. Ich war hin- und hergerissen. Hierbleiben oder doch wieder zurück nach Hamburg. Und natürlich haben mir auch die Gespräche mit dir geholfen, dass ich endlich diesen Schritt gehen und mich von Nils trennen konnte. Es tut mir leid, dass du dabei das Gefühl hattest, von mir ausgenutzt zu werden. Ich würde das gerne wiedergutmachen.«

»Gutmachen?«, fragte Jan überrascht. »Wie soll ich denn das verstehen?«

»Geh endlich zur Wohnungstür und lass mich rein.«

Jan wartete noch einen Moment, dann erhob er sich erneut von dem knarzenden Stuhl. Diesmal aber langsamer.

»Scheeeerz!«, hallte es im nächsten Augenblick durch die Leitung. »Du kannst es wohl gar nicht erwarten, mich zu sehen.« Jetzt lachte sie laut.

»Ich würde dich tatsächlich gerne sehen«, sagte Jan ernst. »Dann könnte ich dir Auge in Auge erzählen, weshalb mich dein Verhalten wahnsinnig macht. Und das meine ich nicht im positiven Sinn. Aber ich würde dir auch erklären, weshalb ich mich in dich …« Er brach kurz ab und suchte nach den richtigen Worten. »Ich glaube, du weißt, was ich sagen will«, fügte er schließlich an.

»Ja, aber ich weiß gar nicht mehr, was ich überhaupt empfinde«, sagte Lara. »Die Sache mit Nils hat meinen Kopf mürbe werden lassen. Es fällt mir aktuell schwer, auf Avancen einzugehen. Das hat nichts mit dir zu tun, aber …«

»Also bleibt es so, wie es auch zuletzt schon war«, sagte Jan resigniert. »Du musst deine Gedanken und Gefühle weiterhin ordnen, und wenn du irgendwann mal klarer siehst, wirst du mir Bescheid geben, was und wie viel ich dir bedeute. Was mich jetzt aber wirklich interessiert, weshalb hast du mich angerufen? Und vor allem um diese Uhrzeit?«

»Du hast mich durchschaut«, antwortete sie nach einigen Sekunden des Zögerns. Ihre Stimme klang plötzlich verunsichert, beinahe zittrig. »Es gibt einen ganz konkreten Grund. Ich hadere mit mir, ob ich mit dir darüber sprechen soll, wie du vielleicht gerade merkst.«

»Ich bin gespannt«, sagte Jan etwas zu flapsig. An ihrem Seufzen merkte er, dass die Sache offenbar ernster war, als er geglaubt hatte. Er setzte erneut die Bierdose an und wartete, bis sie sich gesammelt hatte.

»Eigentlich weiß ich gar nicht, wie ich anfangen soll«, sagte Lara unsicher. »Vor allem, weil ich noch nie mit jemandem darüber gesprochen habe. Abgesehen von Nils und natürlich meinem Arzt.«

Jan spürte Unbehagen. Obwohl er keine Ahnung hatte, was sie ihm offenbaren wollte, wünschte er sich in diesem Augenblick, er hätte auf ihre SMS besser doch gar nicht reagiert.

»Hast du schon einmal etwas von Fugue gehört?«

»Nein«, antwortete Jan ehrlich.

»Überrascht mich nicht, kaum jemand kennt diese Krankheit. Weil sie sehr selten ist.«

»Und du hast diese Krankheit?«

»Ja, davon ist auszugehen«, antwortetet Lara. »Auch wenn das bei psychischen Erkrankungen manchmal gar nicht so einfach zu diagnostizieren ist.«

»Psychische Erkrankung?«, fragte er vorsichtig.

»Ja, leider. Um es mal etwas platt zu formulieren, ich habe einen an der Marmel. Bin manchmal etwas meschugge, falls du verstehst, was ich meine.«

»Nicht so richtig, wenn ich ehrlich bin.«

»Was ich dir jetzt über mich und diese Krankheit erzähle, wird dich wahrscheinlich ziemlich durcheinanderbringen. Vielleicht wirst du mir nicht einmal glauben. Aber ich kann dir sagen, es stimmt tatsächlich, auch wenn es wirklich verrückt klingt.«

»Okay, ich bin bereit.«

»Wann es zum ersten Mal passiert ist, kann ich nicht einmal mehr genau sagen«, erklärte sie. »Das ist nämlich das Problem von Fugue. Ich kann mich nicht daran erinnern. Im Rückblick bin ich mir allerdings sicher, dass es irgendwann mit zwanzig gewesen sein muss, dass ich für einige Stunden nicht mehr ich selbst war.«

»Ich kann dir gerade nicht ganz folgen«, sagte Jan. Er trank seine Dose Bier leer und ging zum Kühlschrank, um sich eine weitere zu holen.

»Mein Arzt hat lange gebraucht, um eine Diagnose zu stellen. Irgendwann war er dann sicher, dass ich unter dissoziativer Fugue leide. Bei dieser Krankheit verlässt der Betroffene sein normales Lebensumfeld, um an einen anderen Ort zu gehen. Manchmal auch als eine andere Persönlichkeit. Das kann nur für ein paar Stunden sein, manchmal aber auch für mehrere Tage. An diese Zeit kann sich derjenige meistens nur schwer erinnern. Er weiß nicht einmal, mit welcher Persönlichkeit er in dieser Zeit unterwegs ist. Ich glaube zwar nicht, dass ich ein extremer Fall bin, aber das Grundmuster stimmt. Es gibt diese Phasen bei mir, in denen ich mich aus meinem normalen Leben einfach so verabschiede.«

»Verabschieden?«, fragte Jan zögerlich.

»Ganz selten bleibe ich in dieser Phase in meiner Wohnung, meistens gehe oder fahre ich irgendwohin. Als jemand ganz anderes.«

»Und als wer bist du dann unterwegs?«

»Ich weiß es nicht«, antwortete Lara und musste dabei leise lachen. »Ich kann mich ja an nichts erinnern. Einmal ist es so gewesen, dass ich bei jemand Fremdem zu Hause war, bis ich sozusagen wieder zu mir gekommen bin. Angeblich habe ich erzählt, dass ich Ella heiße und achtzehn Jahre alt bin.« Lara machte eine kurze Pause, atmete tief durch und sprach dann weiter. »Du musst wissen, Ella war meine Zwillingsschwester. Sie ist bei einem Verkehrsunfall ums Leben gekommen.«

»Verdammt, das wusste ich nicht.«

»Woher auch, ich habe darüber hier noch nie mit jemandem gesprochen«, sagte sie mit ruhiger Stimme. »An dem Tag damals hat sich mein Leben verändert. Danach war nichts mehr wie vorher. Ich komme aus einem kleinen Dorf bei Lüneburg und bin ein halbes Jahr nach ihrem Tod nach Hamburg gezogen.«

»Und bist dann zur Polizei gegangen?«

»Nein, zuerst habe ich zwei Jahre gar nichts gemacht. Nur gefeiert auf dem Kiez, ich musste mich ablenken, mit allem, was dazugehörte. Es hat nicht viel gefehlt, und ich wäre ziemlich abgestürzt. Es gab Momente …« Sie brach ab. »Vielleicht ist es besser, wenn wir das Telefonat jetzt beenden«, sagte sie schließlich.

»Du kannst gerne weiterreden, wenn es dir hilft«, sagte Jan. »Ich höre dir zu, auch wenn ich zugeben muss, dass deine Worte mich traurig machen.«

»Schon okay«, sagte sie mit belegter Stimme. »Weißt du aber, was das Allerschlimmste an der ganzen Sache ist? Eigentlich hätte nicht Ella, sondern ich an diesem Tag in dem Auto sitzen müssen. Sie wollte damals für mich bei einem Date einspringen. Und ich hatte auch das Gefühl, dass sie und er viel besser zusammenpassen, und er wusste nichts davon, dass wir Zwillingsschwestern sind. Aber sie ist nie bei ihm angekommen. Ein Wagen, der ihr auf der Landstraße entgegenkam, fuhr plötzlich auf ihre Spur. Sie hatte keine Chance, war sofort tot. Wahrscheinlich hat der andere Fahrer einen Herzinfarkt gehabt, das wurde uns zumindest später gesagt. Dieser Mann ist auch gestorben.«

»Das klingt furchtbar und tut mir einfach unglaublich leid.«

»Es ist lange her«, sagte Lara. »Aber ein Teil von mir kann Ella wohl nicht loslassen. Meine Krankheit ist die Verarbeitung ihres Todes, wenn auch nicht gerade die gesündeste.«

»So wie du es beschreibst, hört es sich sogar ziemlich gefährlich an«, sagte Jan. »Ich stelle mir deine Krankheit wirklich unheimlich vor. Nicht zu wissen, wo ich vielleicht gewesen bin und als welche Persönlichkeit ich unterwegs war.«

»Das Merkwürdige ist, dass mir in all den Jahren ganz offenbar nie etwas passiert ist. Zumindest, soweit ich davon weiß.« Plötzlich lachte sie laut auf. Es hörte sich ein wenig hysterisch an, fand Jan, aber angesichts ihrer Geschichte war das nur allzu verständlich.

»Hattest du nie Probleme mit deinem Job, wenn du in diesen Phasen warst?«, fragte er.

»Sagen wir mal so, ich musste immer wieder mein ganzes Repertoire an Ausreden aufbieten. Und manchmal wurde es wirklich unangenehm.«

»War das auch ein Grund, weshalb du aus Hamburg weggegangen und nach Bielefeld gezogen bist?«

»Ja, ich denke schon.«

»Und Nils? Wie kam er damit klar?«

»Mit der Krankheit?«

»Ja.«

»Ehrlich gesagt, gar nicht«, antwortete Lara. »Fugue hat unsere Beziehung sehr belastet. Aber nicht so sehr wie seine Alkoholprobleme.«

Diese Information war ebenfalls neu für Jan. Die Gründe, weshalb sie aus Hamburg weggezogen war, schienen vielschichtig zu sein.

»Hattest du, seitdem du hier lebst, auch solche schwierigen Phasen?«, fragte er schließlich. »Ich frage mich, ob mir das nicht aufgefallen wäre.«

»Zu Beginn war es sehr schwierig für mich«, antwortete Lara. »Ich habe gespürt, dass ich abdrifte, aber es ist mir bislang gelungen, mich dagegen zu wehren. Bis auf ein einziges Wochenende.«

»Ein Wochenende? Was ist da passiert?«

»Das weiß ich ja leider nicht. Keine Ahnung, wo ich war und wer ich war.«

»Ich hoffe, es war nicht der Abend, als wir beide im Irish Pub waren«, sagte Jan.

»Keine Sorge, an dem Abend ging es mir zwar nicht gut, aber ich war bei Sinnen.«

»Das beruhigt mich. Oder auch nicht.«

»So wie ich mich da verhalten habe, wundert es mich ohnehin, dass du dir noch immer mehr zwischen uns vorstellen kannst. Aber vielleicht siehst du jetzt klarer und machst dir keinerlei Hoffnung mehr.«

»Was ich fühle, kann ich nicht von einer auf die andere Sekunde an- oder ausknipsen«, entgegnete Jan. »Und was du da sagst, muss ich natürlich erst mal sacken lassen.«

»Danke, dass du mir zugehört hast«, sagte Lara nach einigen Sekunden des Schweigens. »Das weiß ich sehr zu schätzen, und ich bin auch froh, dass ich es dir erzählt habe. Selbst wenn ich es morgen früh wahrscheinlich bereuen werde.«

»Das musst du nicht. Morgen früh werden wir uns in die Augen sehen und darüber sprechen, was heute Abend in Bielefeld und Herford passiert ist. Alles andere spielt dann keine Rolle. Aber natürlich würde ich mich sehr freuen, wenn wir darüber irgendwann noch einmal in Ruhe sprechen.«

»Das wäre wirklich schön«, sagte Lara. »Und um ehrlich zu sein, habe ich dir auch noch nicht die ganze Wahrheit gesagt.«

Homeoffice

Um kurz nach sieben schrillte Jans Handywecker. Normalerweise wurde er von allein wach, aber nachdem er noch um halb drei wach gelegen hatte und die Gedanken an den gestrigen Abend in einer niemals enden wollenden Achterbahn Runde um Runde gefahren waren, war er an den Kühlschrank gegangen und hatte sich ein kaltes Bier geholt. Er hatte es noch nicht ganz ausgetrunken, als ihn die Müdigkeit schließlich doch übermannte. Gerade noch so war es ihm gelungen, den Alarm einzustellen.

Er griff nach dem Handy und beendete das nervtötende Bimmeln. Im nächsten Moment ertönte das Geräusch einer eingehenden E-Mail. Er öffnete die Mail-App und sah, dass die Nachricht von niemand Geringerem als Hagen Piepenbrock stammte. Dem Mann, dem sein Bruder die Hälfte ihres Zuhauses verkauft hatte. Einem der bekanntesten Unternehmer Ostwestfalens, der bislang nur über seine Anwälte mit ihnen kommuniziert hatte. Jetzt plötzlich am frühen Morgen schrieb er ihm also eine Mail. Mit einem flauen Gefühl im Bauch und verschlafenen Augen öffnete er die Nachricht.

Sie war überraschend kurz. So kurz, dass er den Inhalt gleich mehrmals hintereinander las. Piepenbrock kündigte tatsächlich seinen Besuch auf dem Hof an. Und zwar schneller als gedacht. Um halb zehn Uhr wollte er vorbeikommen, schrieb er, um mit ihm und seiner Familie über die Zukunft des Hofes und seine eigenen Ideen zu sprechen. Jan fühlte sich völlig überrumpelt.

Woher zum Teufel hatte dieser Mann überhaupt seine Handynummer?, fragte er sich. Bislang hatten sie ja noch keinen direkten Kontakt gehabt.

Jan beschlich auf einmal ein Gefühl, das er in Bezug auf den elterlichen Hof bislang nicht kannte. Egal wie schlecht er sich auch mit seinem Vater und Cord verstanden hatte, es war immer seine Familie gewesen, mit der er sich auseinandersetzen musste. Aber jetzt hatte er es mit jemandem zu tun, der von außerhalb kam. Der wahrscheinlich ganz eigene Vorstellungen hatte und ihn damit heute Morgen konfrontieren würde.

Nicht nur, dass er gar keine Lust darauf hatte, mit Piepenbrock über die Zukunft zu reden, auch zeitlich passte ihm dieser Termin überhaupt nicht in den Kram. Nach allem, was gestern Abend passiert war, mussten sie dringend im Präsidium zusammenkommen und sich über die nächsten Ermittlungsschritte abstimmen. Mit Cengiz und Stahlhut hatte er sich für halb neun verabredet, nicht ahnend, dass er in der Nacht kaum ein Auge zumachen würde.

Aber wenn er in eineinhalb Stunden seine Kollegen in Bielefeld treffen würde, konnte er unmöglich nur sechzig Minuten später wiederum auf dem elterlichen Hof sein, um mit Hagen Piepenbrock zu sprechen. Er musste ihm absagen, die Ermittlungen hatten zweifellos Vorrang. Außerdem wollte er seinem zukünftigen Geschäftspartner direkt deutlich machen, dass er nicht nach dessen Pfeife tanzte.

Jan erhob sich aus seinem Futonbett und ging in Richtung Badezimmer. Als er an der Küche vorbeikam und die drei leeren Bierdosen auf dem Tisch sah, kamen die Erinnerungen an letzte Nacht sofort wieder hoch. Das Telefonat mit Lara, die Tatsache, dass sie seine Nähe gesucht hatte. Ihm von ihrer Vergangenheit, dem Tod ihrer Zwillingsschwester und dieser psychischen Erkrankung zu erzählen war wahnsinnig erschütternd und emotional gewesen. Und es hatte ihm ein ganz anderes Bild von Lara geliefert, als er bislang gehabt hatte.

Er konnte die Gefühle, die er in der Vergangenheit für sie entwickelt hatte, nicht einfach ausschalten, auch wenn er sich das vielleicht wünschte. Aber er war durchaus bereit gewesen, das Ganze in eine Schublade zu packen und zu verstauen. Nicht mehr daran zu denken, selbst wenn sie eng miteinander arbeiteten. Dass sie nun aber gleich mehrere Schritte auf ihn zumachte und ihn als einen der wichtigsten Menschen in ihrem Leben bezeichnete, war schön und gleichzeitig auch irritierend gewesen. Sie hatten sich seiner Meinung nach bislang noch gar nicht so nahegestanden, wie sie behauptete. Er wusste nämlich noch viel zu wenig über sie. Und hatte selbst auch nicht so viel preisgegeben, dass er davon sprechen konnte, sie sei eine enge Freundin.

Schon oft in den vergangenen Monaten hatte er sich gefragt, weshalb er überhaupt solche Gefühle für sie entwickelt hatte. Es musste wohl dieses unerklärliche Phänomen sein, wenn man von Amors Pfeil getroffen wurde. Er lächelte bei dem Gedanken daran, obwohl er ahnte, dass es sich womöglich um eine Einbahnstraße handelte. Er würde bei ihr besser vorsichtig bleiben. Bloß nicht sich wieder in etwas hineinsteigern, das keine Aussicht auf Erfolg hatte.

Der lauwarme Regen aus dem Duschkopf sorgte dafür, dass sein Kopf immer klarer wurde. Weder seine Beziehung zu Lara noch zu Hagen Piepenbrock durften ein Thema sein, er musste sich auf die Ermittlungen konzentrieren. Jan war gespannt, ob sich der Mord an Tessa Gräfe schon heute aufklären würde und der Mann, mit dem sie sich gestern Abend im »4900« getroffen hatte, die Tat gestand. Zum Motiv konnten sie bislang noch nichts sagen, eine mögliche Theorie war, dass es um Geschäftliches gegangen war. Klar war bislang nur, dass Henri Moreau sie angelogen hatte. Sie mussten ihn heute dringend in die Mangel nehmen. Ob sie auch Gespräche mit dem Umfeld von Tessa Gräfe führen mussten, würden die nächsten Stunden zeigen.

Ihn schauderte bei dem Gedanken an den medialen Wirbel. Eine bekannte Geschäftsfrau, die mitten auf der Straße erschossen worden war, würde nicht nur die lokalen Zeitungen auf den Plan rufen. Ben Kregel plante bestimmt schon eine Pressekonferenz. Jan wusste, dass ihr Chef sich darauf akribisch vorbereitete, um den neugierigen Medien so wenig Angriffsfläche wie möglich zu bieten. Denn Störfeuer von außen waren das Letzte, was sie in diesem Moment gebrauchen konnten.

Was sie aber in den nächsten Tagen wahrscheinlich noch viel mehr beschäftigen würde, war der Mord an Fabian Sieveking. Denn hier tappten sie vollkommen im Dunkeln.

Zwanzig Minuten später steuerte Jan seinen Mini Cooper durch die Straßen Herfords. Während er auf die Bielefelder Straße abbog, musste er wieder an Hagen Piepenbrock und die Ankündigung seines Besuchs denken. Kurzerhand griff er nach seinem Handy in der Jackentasche, suchte nach der Nummer, die unter dessen E-Mail gestanden hatte, und wählte. Nach dem zweiten Klingeln meldete sich eine resolut klingende Frauenstimme.

»Westfalenwurst GmbH, Regina Schmidt, guten Morgen?«

»Jan Oldinghaus, ich würde gerne mit Herrn Piepenbrock sprechen.«

»Das ist schwierig, worum geht es denn?«

»Er hat mir heute Morgen eine Nachricht geschrieben, dass er um halb zehn bei mir vorbeikommen möchte. Es geht um den Hof und das Gestüt, bei dem er vor Kurzem anteilig eingestiegen ist. Leider müssen wir diesen Termin verschieben.«

»Einen Moment«, sagte die Frau und legte den Hörer, dem Geräusch nach zu urteilen, beiseite. Es verging fast eine halbe Minute, dann meldete sie sich wieder.

»Eine Verlegung des Termins ist leider nicht möglich«, sagte sie nüchtern. »Herr Piepenbrock wird um halb zehn bei Ihnen sein.«

»Nun, ich bin auf dem Weg nach Bielefeld und werde nicht vor Ort sein, Herr Piepenbrock kann sich die Anfahrt also sparen.« Jan war sich sofort bewusst, wie patzig er klang. Aber er sah auch keinen Anlass, sich zu korrigieren. Für ihn war klar, dass er sich nicht vorschreiben lassen wollte, wann er sich mit Piepenbrock traf.

»Wir kennen uns nicht«, sagte die Frau nun in deutlich ernsterem Ton. »Aber ich gebe Ihnen trotzdem einen Rat, verscherzen Sie es sich nicht gleich mit ihm. Das wäre keine gute Idee. Wenn Herr Piepenbrock einen Termin vorschlägt, können Sie ihn nicht einfach ausschlagen.«

»Dann sagen Sie ihm doch bitte, dass ich Kriminalkommissar bei der Kripo Bielefeld bin. Vielleicht haben Sie gehört, was gestern Abend passiert –«

»Solche Dinge interessieren Herrn Piepenbrock nicht«, unterbrach ihn Regina Schmidt. »Seien Sie einfach um neun Uhr dreißig da.«

Jan wollte dringend etwas erwidern, aber sie hatte bereits aufgelegt. Aus dem Augenwinkel sah er, dass es bis zur Abzweigung auf die Laarer Straße und in Richtung seines Hofes keine zwanzig Meter mehr waren.

Er war fest entschlossen gewesen, es heute Morgen nicht zu dem Termin mit Hagen Piepenbrock kommen zu lassen, weil seine Priorität eine andere war und er ins Präsidium musste. Aber die Worte der Sekretärin waren derart deutlich gewesen, dass er kurzerhand doch abbog. Nicht ohne sich sofort darüber zu ärgern.

Um kurz vor halb neun loggte er sich in seinem alten Jugendzimmer, das sich im Haupthaus des Hofes befand, in den Computer ein. Hier hatte er sich seit einigen Monaten auch seinen Arbeitsplatz für Notfälle eingerichtet. Mittlerweile war es für viele im Team durchaus normal, gelegentlich aus dem Homeoffice zu arbeiten und sich digital in die Meetings zu schalten.

Auf dem Monitor sah er den Besprechungsraum der Mordkommission. Nach und nach versammelte sich das Team. Soweit er es überblicken konnte, waren alle anwesend. Auch Lara, die wie so oft in sich gekehrt wirkte. Heute Morgen konnte er das endlich anders einordnen, und er war froh darüber.

Ben Kregel setzte sich an das Kopfende und blickte abwechselnd in die Gesichter am Tisch und in die Kamera an dem großen Monitor, der ihm gegenüber an der Wand hing.

»Gut, dass ihr alle da seid«, begann er. »Als ich gestern am späten Nachmittag das Gebäude verlassen habe, hatte ich diesen verrückten Gedanken, es gebe hier in Bielefeld keinerlei Verbrechen mehr. Aber die Realität hat mal wieder gezeigt, dass leider in jeder Sekunde alles möglich ist. Und so haben wir es nun gleich mit zwei mutmaßlichen Mordfällen zu tun, die auf den ersten Blick ziemlich heftig erscheinen.«

Kregel schien heute Morgen noch ernster als sonst. Er fuhr fort: »Einerseits der Tod eines Mannes in Bielefeld, sein Name ist Fabian Sieveking. Er wurde auf dem Flur vor seiner Wohnung erschossen. Und kurz danach gab es den Vorfall in Herford.

Ich denke, der Name Tessa Gräfe ist jedem hier ein Begriff. Sie wurde auf dem Bürgersteig vor einem Szenelokal erschossen. Jan und Cengiz waren an beiden Tatorten anwesend, und dank euch haben wir zumindest in dem zweiten Mord bereits einen Verdächtigen. Es handelt sich um einen Mann, mit dem sich Tessa Gräfe geschäftlich getroffen hat. Sein Name ist Henri Moreau. Die Aussagen, die er getätigt hat, waren derart widersprüchlich, dass wir ihn in Untersuchungshaft genommen haben. Es fehlen uns aber noch entscheidende Beweise und vor allem ein Motiv. Jan oder Cengiz, wollt ihr dazu noch etwas ergänzen?«

»Das war natürlich sehr kurz formuliert«, sagte Jan, »aber es trifft die Lage ziemlich gut. Gestern Abend haben sich die Dinge wirklich überschlagen. Zuerst wurden wir in die direkte Nähe vom Klosterplatz gerufen, wo wir im Treppenhaus eines Mehrfamilienhauses auf die Leiche von Fabian Sieveking gestoßen sind. Ein vierunddreißig Jahre alter Mann, offenbar ledig. Wir wissen noch nicht, was dort vorgefallen ist, aber zumindest gibt es ein paar Ansatzpunkte. Ein Nachbar hat vor etwa einer Woche beobachtet, dass jemand Fremdes sich Zutritt zum Haus verschafft hat. Heute Morgen wird dieser Zeuge eine Beschreibung abgeben, dann haben wir im besten Fall ein konkretes Fahndungsbild. Und es gab einen Kontakt zu einer gewissen Alina Nitsche. Sie hat sich bei Sieveking gestern Abend mit einer SMS auf dem Handy gemeldet und erkundigt, ob er bereits zu Hause sei. Ob sie näher mit ihm zu tun hatte, müssen wir prüfen. Aber sie ist auf jeden Fall eine weitere Spur, die wir verfolgen sollten.«

»Was ist mit diesem Nachbarn?«, fragte Stahlhut.

»Den schließe ich als Täter aus«, antwortete Jan. »Ich kenne ihn, er ist kein Mörder.«

»Aha, und weshalb?«

»Weil er ein ehemaliger Kollege aus der Band ist, in der ich gespielt habe. Wenn wir wollten, würden wir über ihn so einiges finden, was ihn in ein schlechtes Licht rückt. Aber mit dieser Sache hat er nichts zu tun, da bin ich mir sicher.«

»Ich schlage vor, dass sich Jan und Cengiz um Alina Nitsche kümmern«, sagte Kregel. »Redet auch mit den Eltern von Sieveking, das wird sicherlich nicht einfach werden, aber wir müssen so viel wie möglich über sein Leben herausfinden.«

»So wie sich der Tatort dargestellt hat, können wir nicht ausschließen, dass Täter und Opfer sich kannten«, warf Cengiz ein. »Jedenfalls konnten wir nichts finden, was auf einen Raubmord hindeutet. In der Wohnung fehlte offenkundig nichts, obwohl sogar der Schlüssel von außen steckte. Die Techniker überprüfen das aber noch. Ich gehe davon aus, dass der Täter Sieveking aufgelauert hat.«

Jan dachte über Cengiz' Worte nach. Sie hatten gestern Abend nicht mehr darüber gesprochen, wie sie den Tathergang einschätzten, weil ihn dann der Anruf von Bettina und die Nachricht über den Tod von Tessa Gräfe erreicht hatten. Aber natürlich hatte Cengiz recht – nichts deutete darauf hin, dass Sieveking von einem Unbekannten überfallen worden oder zufällig Opfer geworden war. Nolte hatte davon gesprochen, dass er aus kürzester Distanz erschossen wurde. Wenn er sich die Leiche vor Augen rief, kam ihm das Bild einer Hinrichtung in den Sinn.

»Heißt das, wir konzentrieren uns voll auf sein privates Umfeld?«, fragte Kregel. »Das Phantombild von diesem Nachbarn könnte uns dann vielleicht schon den entscheidenden Hinweis liefern.«

»Was hat er eigentlich beruflich gemacht?«, fragte Stahlhut.

»Er war in einer großen Wirtschaftsprüfungsgesellschaft angestellt«, antwortete Jan. »Das könnte ebenfalls ein Anhaltspunkt sein.«

»In Bielefeld?«

»Tiemann&Brockmeyer Auditing, am Jahnplatz.«

»Die kenne ich«, sagte Bettina. »Ich erinnere mich, dass die Kanzlei von meinem Vater ziemlich lange mit denen im Clinch lag.«

»Weshalb?«

»Keine Ahnung. Spielt das eine Rolle?«

»Natürlich nicht.« Jan hob entschuldigend die Hände. Er wusste, wie kurz die Zündschnur bei Bettina war. Und gerade ihre Familie war ein sensibles Thema. Sie hatte früh gegen ihre wohlhabenden Eltern rebelliert und sich von deren Jetset-Leben abgegrenzt. Aber vor allem ihre Entscheidung, zur Polizei zu gehen, hatte die Beziehung zu ihren Eltern für immer verändert.

»Reden wir noch einmal über Tessa Gräfe«, fuhr er nach einigen Sekunden der Stille im Besprechungsraum fort. »Tatsächlich haben wir bislang noch keine Ahnung, was hinter dem Mord an ihr steckt. Wir werden versuchen, so schnell wie möglich Henri Moreau zu vernehmen.«

»Könnte sein, dass wir da nicht erfolgreich sind«, sagte Stahlhut. »Ich habe vorhin mit meinen alten Kollegen in Herford telefoniert. Moreau verweigert seit gestern Abend jede Aussage. Wir werden also …«

Jan hörte nicht mehr richtig zu. Isabel hatte gerade das Zimmer betreten und sah ihn mit ernster Miene an. Jan wusste sofort, was das zu bedeuten hatte. Piepenbrock war soeben auf dem Hof angekommen.

Bulldozer

Auf die Minute genau, nichts anderes hatte Jan erwartet. Aber etwas in Isabels Blick verriet ihm, dass die Lage offenbar noch unangenehmer war, als er es sich vorgestellt hatte.

»Piepenbrock ist nicht allein«, sagte sie, nachdem sich Jan aus dem Videomeeting verabschiedet hatte. »Zwei große Limousinen sind eben vorgefahren.«

»Seine Anwälte?«

»Ja, aber ich glaube, nicht nur.«

»Sondern?«

»Ich weiß es nicht, der Optik nach zu urteilen, könnten sie durchaus aus dem Reitsport kommen.«

»Woran machst du das fest?«

»Na, du weißt doch, was ich meine. Die Männer mit Scheitel, die Frauen mit Zopf. Alle mit Steppweste und Schal.«

Jan lächelte. Dieser Look war natürlich markant für die Szene. Bei der Familie Meyer zu Oldinghaus hatte er jedoch nie Einzug gehalten. Nicht einmal bei Cord. Wahrscheinlich weil ihr Hof kein reiner Pferdebetrieb war, sondern sie lange Zeit vor allem Ackerbau betrieben hatten.

»Wäre jedenfalls nicht verwunderlich. Wenn er es auf unser Gestüt abgesehen hat, werden sie sich sehr genau ansehen wollen, wie sie damit Geld verdienen können.«

»Ich will das nicht«, sagte Isabel entschieden. »Ich brauche kein Wort mit denen zu wechseln, um zu wissen, dass ich sie nicht mag.«

»Ich auch nicht, das kannst du mir glauben. Und ich verspreche dir, alles daranzusetzen, dass die hier nichts zu sagen haben werden.« Jan stand auf und nickte seiner Schwester zu. »Komm, gehen wir.«

Sie verließen sein Zimmer und gingen die breite Holztreppe des Hauses hinab in die Diele. Mit einer Mischung aus Anspannung und Wut im Bauch öffnete Jan die Tür und trat ins Freie.

Isabel hatte recht gehabt. Einige der Männer und Frauen, die in ein paar Metern Abstand wie aufgereiht vor ihnen standen, sahen tatsächlich so aus, als hätten sie ihr Leben auf dem Rücken von Pferden verbracht. Jan scannte die Gesichter, aber es war niemand dabei, den er kannte. Kein bekannter Reiter oder jemand von einem Gestüt aus der Region, mit dem seine Familie zu tun gehabt hatte.

Hagen Piepenbrock dagegen machte auf ihn einen gänzlich anderen Eindruck als erwartet. Zwar kannte er sein Gesicht aus Zeitung und Internet, aber die Wirklichkeit zeigte einen deutlich größeren, aber auch älteren Mann, als er vermutet hatte. Die wenigen grauen Haare legten sich wie ein Lorbeerkranz um die kahle Stelle auf seinem riesig wirkenden Kopf. Auch schien er gegenüber den Fotos deutlich an Gewicht zugelegt zu haben.

Da stand er also vor ihm und sah ihn aus Augen an, deren Blick vielleicht nicht unbedingt feindselig, aber zumindest fest entschlossen war. Der Mann, der landläufig nur als Wurstbaron bekannt war.

Jan wartete nicht darauf, dass Piepenbrock seinen massigen Körper in Bewegung setzte, sondern trat selbst auf ihn zu und streckte ihm die Hand entgegen.

»Guten Morgen und herzlich willkommen auf dem Hof der Familie Meyer zu Oldinghaus«, sagte er im freundlichsten und gleichzeitig bestimmtesten Tonfall, zu dem er in diesem Moment fähig war. Als sich im nächsten Augenblick ihre Hände berührten, versuchte er, so fest wie möglich zuzudrücken, was angesichts der riesigen Pranke, in der seine Hand regelrecht verschwand, allerdings keinerlei Effekt hatte.

»Über den zukünftigen Namen müssen wir uns noch Gedanken machen«, erwiderte Piepenbrock, ohne eine Miene zu verziehen. »Aber das hat noch etwas Zeit, zuerst muss das Konzept stehen.«

Das Konzept? Hatte Jan das gerade richtig verstanden? Bestätigte der Wurstbaron also noch vor einem ernsthaften Gespräch seine schlimmsten Befürchtungen?

Er versuchte, Piepenbrocks Worte beiseitezuschieben und

sich nicht beirren zu lassen. Er war derjenige, der hier auch in Zukunft das Sagen haben würde. So wie er es sich vorgenommen hatte, seitdem klar war, dass Cord seine Anteile verkaufen würde. Aber je länger seine Hand in der seines neuen Geschäftspartners gefangen war, desto mehr Zweifel überkamen ihn. Mit größter Kraftanstrengung gelang es ihm schließlich, den Griff zu lösen.

Als Piepenbrock dann jedoch einen Schritt auf ihn zukam, hatte Jan plötzlich das Bild einer Planierraupe vor sich, die erbarmungslos über ihn und alles um ihn herum hinwegrollen würde. Er musste so schnell wie möglich wieder Oberwasser bekommen. Zum Glück kam ihm Isabel zu Hilfe. Sie trat auf die beiden zu und setzte ihr schönstes Lächeln auf.

»Schön, dass Sie es endlich hierhergeschafft haben«, sagte sie mit fröhlich-leichter Stimme, die trotzdem derart klar war, dass Jan kurz zusammenschrak.

»Als unser Bruder Cord auf die Idee gekommen ist, seinen Anteil an diesem Hof zu veräußern, waren wir voller Sorge«, redete sie weiter. »Aber dann erfuhren wir, an wen er verkauft. Und ohne dass wir Sie persönlich kannten oder etwas über den Hintergrund Ihres Engagements wussten, waren wir uns einig, dass Cord die richtige Wahl getroffen hat.«

Jan musste sich zusammenreißen, um nicht loszuprusten. Wie schamlos seine Schwester log, beeindruckte ihn. Gleichzeitig fühlte er sich wieder daran erinnert, wie sie ihm ebenso dreist verheimlicht hatte, mit Philipp zusammen zu sein, und wie sie ihn schließlich aus der Band geworfen hatte. Es fiel ihm schwer, diese etwas spezielle Seite an ihr zu akzeptieren.

»Ich wüsste nicht, dass Sie irgendwelche Aktien in dieser Angelegenheit haben«, sagte Piepenbrock und wischte sich mit einem Stofftaschentuch etwas Schweiß von der Stirn. Die Sonne schien, aber es waren nicht einmal zwanzig Grad. Wenn er schwitzt, muss das andere Gründe haben, dachte Jan.

»Meine Aktie ist die Tatsache, dass ich hier geboren und aufgewachsen bin«, entgegnete Isabel. »Und auch immer noch hier lebe. Und bald werde ich sogar ein Kind gebären, für das dieser Hof sein Zuhause sein wird. Darum haben wir alle hier ein großes

Interesse daran, gut mit Ihnen zusammenzuarbeiten. Mindestens auf Augenhöhe, denn da Sie genau die Hälfte der Anteile besitzen, werden Sie hier nichts im Alleingang bestimmen. Allerdings denke ich, es sollte so laufen, dass die Familie Meyer zu Oldinghaus bei allen Entscheidungen zur Zukunft des Hofes nicht nur eine gleich starke Stimme, sondern immer etwas mehr Gewicht hat.«

»Gut gebrüllt«, sagte Piepenbrock und lächelte zum ersten Mal. »Ich bin Unternehmer. Was glauben Sie, weshalb ich hier eingestiegen bin? Weil ich Pferdeliebhaber bin? Oder weil mir eines der größten fleischverarbeitenden Unternehmen in Deutschland gehört? Die Antwort ist ganz klar: beides. Ich sehe hier ein Investment, und mit Pferden habe ich schon seit meiner Kindheit zu tun.«

»Ich hoffe, Sie denken nicht darüber nach, in Ihrer Wurst demnächst Pferdefleisch zu verarbeiten«, warf Jan ein.

»Keine Sorge, mein Interesse gilt lebenden Pferden. Meine Leute hier haben mich davon überzeugt, dass dieses Gestüt über sehr gute Voraussetzungen verfügt, um meine Pläne in die Tat umzusetzen.«

»Und was sind Ihre Pläne?«

»Ich bin es nicht gewohnt, solche Themen zwischen Tür und Angel zu besprechen«, antwortete Piepenbrock. »Ja, ich bin heute hierhergekommen, um Sie darüber zu informieren, was wir hier in den nächsten Wochen und Monaten planen. Denn zweifellos ist einiges zu tun. Freuen Sie sich einfach darüber, dass wir mit ausreichend Geld einsteigen und das Gestüt zu dem entwickeln, was es tatsächlich wert ist. Gehen wir doch in den schönen Raum, von dem man den tollen Blick in die Reithalle hat, um in Ruhe über alles zu reden.«

»Woher wissen Sie –?«

»Denken Sie ernsthaft, ich stecke einen siebenstelligen Betrag in ein Investment, ohne dass ich mich über jeden Quadratmeter genauestens informiere? Ich weiß alles über diesen Hof und kenne sogar den Namen jedes einzelnen Pferdes. Und auch über Ihre Familie habe ich mehr erfahren, als mir eigentlich lieb ist. Weder Sie beide noch Ihre Mutter sind in der Lage, dieses Anwesen so zu bewirtschaften, dass Sie es mittelfristig überhaupt noch halten können. Sie haben keinerlei Ahnung, wie man ein professionelles Gestüt führt. Und dieser Quatsch mit dem bisschen Ackerbau wirft doch ohnehin kein Geld ab. Davon abgesehen haben Sie Ihren Job als Kriminalbeamter, der Sie voll und ganz auslastet.«

Er wandte sich an Isabel. »Und Sie erwarten ein Kind. Glauben Sie denn ernsthaft, Sie hätten dann Zeit, sich um all das hier zu kümmern? Singen Sie lieber in Ihrer Band oder kümmern Sie sich um Ihre Mutter, die ein bisschen mehr Hilfe sicher gebrauchen kann. Aber überlassen Sie den Rest besser den Profis. In Wahrheit können Sie Ihrem Bruder Cord dankbar sein, dass er so weitsichtig gehandelt hat. Mit meinem Geld und den Leuten, die Sie hier sehen, werden wir etwas ganz Besonderes aus diesem Anwesen machen. Gehen wir, dann erkläre ich Ihnen meine Pläne.«

Der Wurstbaron schob sich an Jan vorbei und ging gefolgt von seiner Entourage quer über den Hof in Richtung der Reithalle, neben der sich ein Raum befand, der für kleinere Veranstaltungen genutzt werden konnte.

Was zum Teufel passierte hier?, fuhr es Jan durch den Kopf. Er war fassungslos. An Isabels entgeistertem Blick erkannte er, dass es ihr mindestens ähnlich ging.

»Wir werden hier alles verlieren«, sagte Isabel, nachdem sie sich wieder etwas gefangen hatte. »Glaubst du, wir haben noch eine Chance gegen Piepenbrock?«

»Ich hatte befürchtet, dass es schwierig werden würde, aber dass er uns mit ein paar Sätzen komplett erledigt, fühlt sich an wie ein heftiger Schlag in die Magengrube«, wich Jan der Frage aus. »Fehlt nur noch, dass hier gleich die Bulldozer anrollen und alles platt machen. Ich möchte mir gar nicht vorstellen, wie Mutter reagiert, wenn sie hört, dass wir ab sofort fremdbestimmt werden. Dass hier womöglich nichts mehr bleibt, wie es einmal war.«

»Du hörst dich an, als hättest du dich bereits damit abgefunden.«

»So ungern ich es zugebe, aber das Problem ist leider, dass alles, was er gesagt hat, richtig ist«, antwortete Jan niedergeschlagen. »Denn seien wir mal ehrlich, weder du noch ich werden uns dauerhaft vernünftig um den Hof kümmern können. Und natürlich bestünde die Gefahr, dass wir all das hier aufs Spiel setzen, weil uns die finanziellen Mittel fehlen. Piepenbrocks Leute sind Profis, davon können wir ausgehen. Die wollen unser Gestüt ausbauen und mit dem Ackerbau abschließen. Auf Pferdesport und Pferdezucht wollen sie sich konzentrieren, so stand es in dem Brief. Lass uns zuhören, was genau sie vorhaben.«

»Mehr fällt dir nicht dazu ein?«

»Nein, leider nicht. Dass Cord uns in diese Situation gebracht hat, werde ich ihm nie verzeihen. Aber vielleicht gibt es eine Chance, dass wir am Ende sogar davon profitieren, wenn Piepenbrock das Gestüt ausbaut.«

»Okay, du hast also offenbar resigniert.«

»Ich würde nichts lieber tun, als Piepenbrock sofort von unserem Hof zu jagen. Aber wir müssen wohl oder übel versuchen, das Beste aus dem Ganzen zu machen. Und wir sollten geschickt vorgehen, damit wir ein paar Entwicklungen in die richtige Richtung lenken.«

»Deine Zuversicht würde ich gerne teilen. Aber der Glaube daran fehlt mir.«

»Wir müssen uns jedenfalls dafür präparieren, dass hier …« Jan hielt inne, als er sah, dass Piepenbrock auf einmal kehrtmachte und zurück in seine Richtung kam. Das Handy am Ohr, vermittelte er plötzlich einen gänzlich anderen Eindruck als noch vor wenigen Augenblicken. Er war blass und schwitzte stärker, aber vor allem sein Blick hatte sich verändert. Er wirkte mit einem Mal nervös.

Hastig winkte er seinem Fahrer zu. Ohne sich noch einmal umzudrehen, stieg er in die Mercedes-S-Klasse. Wenige Sekunden später rauschte der Wagen davon und verschwand auf der langen Auffahrt des Hofes, wobei er einen perplexen Jan und die gesamte Entourage des Wurstbarons zurückließ.

Robotermodus

Um kurz vor zwölf parkten Cengiz und Jan an der Herforder Straße, in unmittelbarer Nähe des Willy-Brandt-Platzes. Sie hatten beim Bielefelder Stadtmarketing angerufen und nachgefragt, ob sie Alina Nitsche heute antreffen würden. Nachdem ein junger Mann dies bestätigt hatte und wissen wollte, worum es denn gehe, hatten sie sich herausgeredet und angekündigt, gleich vorbeizukommen, um mit ihr in einer dringenden Angelegenheit zu sprechen.

Jan war froh gewesen, als Cengiz darauf gedrängt hatte, dass er für weitere Ermittlungen nach Bielefeld kommen solle. Die Situation mit Piepenbrock war belastend für die ganze Familie. Einerseits seine Pläne für den Hof und dann sein abrupter Aufbruch, den sich niemand der Anwesenden erklären konnte. Das erste Kennenlernen hatte jedenfalls nicht dazu beigetragen, dass Jan positiver in die Zukunft blickte.

An dem mehrstöckigen Bürogebäude am Willy-Brandt-Platz war Jan in den letzten Jahren unzählige Male vorbeigefahren. Er hatte sich nie Gedanken darüber gemacht, wie es darin aussehen könnte, aber als sie mit dem Aufzug in den dritten Stock gefahren waren und durch eine moderne Glasfront in das Foyer traten, war es genau so, wie er es sich vorgestellt hätte, wenn er darüber nachgedacht hätte. Hell und modern, ganz anders als das Polizeipräsidium, aber irgendwie auch ziemlich steril und nicht unbedingt einladend.

Alina Nitsches Büro befand sich gleich hinter dem Empfang. Ein unspektakulärer kleiner Raum mit drei Schreibtischen, der nicht den Eindruck machte, als hätte sich hier jemand seit Längerem eingerichtet. Vielleicht einer dieser Shared Working Spaces, auf die Unternehmen in Zeiten flexiblerer Arbeitszeiten heutzutage setzten.

Umso mehr stach jedoch Alina Nitsche als Person hervor. Mit ihren langen, leicht gewellten dunkelbraunen Haaren und dem etwas zu übertrieben geschminkten Gesicht erinnerte sie Jan an eine Sängerin, deren Name ihm nicht einfiel. Er schätzte sie auf Mitte zwanzig, angesichts der vielen Schminke blieb allerdings ein ziemlicher Unsicherheitsfaktor.

Zweifellos sah sie hübsch aus, aber etwas an ihrem Gesichtsausdruck schien Jan seltsam aufgesetzt. Gleichzeitig sah sie Cengiz und ihn mit einem Misstrauen an, dass er sich direkt bemüßigt fühlte, entschuldigend die Hände zu heben. Jan schloss aus ihrem Blick, dass sie bislang offenbar nicht wusste, was passiert war.

»Jan Oldinghaus, Kripo Bielefeld«, sagte er ruhig. »Und das hier ist mein Kollege Cengiz Ergün. Dürfen wir uns setzen?« Jan zeigte auf die freien Bürostühle an den anderen Schreibtischen.

»Kripo? Was wollen Sie von mir?« Sie ignorierte seine Frage. Aber ihr Blick hatte sich verändert.

»Wir sind wegen Fabian Sieveking hier«, sagte Jan.

»Was ist mit ihm?« Alina Nitsche fuhr sich nervös durchs Haar.

»Sie haben gestern Abend versucht, ihn zu erreichen, ist das richtig?«

»Ja, ich habe ihm geschrieben, aber er hat mir nicht geantwortet.«

»Das hatte einen Grund«, sagte Jan und senkte seine Stimme. »Wir wurden gestern Abend zu seiner Wohnung gerufen. Fabian Sieveking ist tot, und wir müssen leider davon ausgehen, dass wir es mit einem Tötungsdelikt zu tun haben.« Er hielt kurz inne, um seinem Gegenüber die Chance zu geben, das Gesagte zu verarbeiten. Aber Alina Nitsche zeigte keinerlei Reaktion.

»Haben Sie mich verstanden?«

Wieder keine Reaktion.

»Wir möchten Ihnen ein paar Fragen stellen«, fuhr er ungerührt fort. »Wie gut kannten Sie ihn? Standen Sie sich nahe?«

Nichts.

»Hören Sie, Fabian Sieveking wurde vor seiner Wohnungstür erschossen. Ihre Nachricht auf seinem Handy ist einer der wenigen Hinweise, denen wir bislang nachgehen können. Also helfen Sie uns bitte.«

»Ich habe insgeheim geahnt, dass das geschehen wird«, sagte sie plötzlich. »Und als er gestern Abend nicht geantwortet hat, war mir im Grunde klar, dass etwas Schreckliches passiert ist.«

Jan beobachtete Alina Nitsche. Ihre Worte klangen monoton, wie eine Roboterstimme, die auf Moll programmiert war. Viel wichtiger war jedoch, was sie gesagt hatte. Was konkret meinte sie damit?

»Würden Sie das bitte etwas näher erläutern? Welchen Verdacht hatten Sie?«

»Ich hatte schon immer das Gefühl, dass er irgendwann austickt, lange bevor ich Fabian überhaupt kennengelernt habe. Trotzdem habe ich gehofft, dass er es einsieht. Dass er aufhört mit dem Stalking und den Drohungen gegen Fabian und mich. Dass er uns einfach in Ruhe lässt. Aber offenbar hat er tatsächlich …« Sie brach ab. Die Roboterstimme war mittlerweile einem tränenerstickten Schlucken gewichen. Die Fassade, die sie aufrechtzuerhalten versucht hatte, bröckelte schneller, als ihr wahrscheinlich lieb war.

Was Alina Nitsche hatte sagen wollen, war aber ganz klar. Sie und Sieveking waren ein Paar gewesen. Und offenbar verdächtigte sie ihren ehemaligen Partner, Sieveking getötet zu haben.

»Würden Sie uns bitte sagen, von wem Sie sprechen?«, forderte Jan sie auf.

»Von meinem Ex«, antwortete sie kaum verständlich. Sie schluchzte inzwischen. »Sein Name ist Robert Hartel. Wir waren fünf Jahre zusammen. Anfangs war alles gut, ich war mir sicher, ihn eines Tages zu heiraten. Aber vor etwa zwei Jahren hat sich Robert verändert. Das war zu der Zeit, als ich meine Ausbildung beendet und hier angefangen habe. Er wurde plötzlich immer eifersüchtiger, hat mein Handy kontrolliert. Er ist mir nach der Arbeit hinterhergelaufen, um zu sehen, ob und mit wem ich mich in der Stadt noch treffe. Es hat viel zu lange gedauert, bis ich mich vor ein paar Monaten dann von ihm getrennt habe.«

»Weil Sie jemand Neues kennengelernt hatten? Fabian Sieveking?«

Alina Nitsche nickte und griff nach einem Taschentuch aus der Packung, die auf ihrem Schreibtisch lag. Vorsichtig trocknete sie die Tränen, darauf bedacht, ihr Make-up nicht zum Verlaufen zu bringen.

»Ich hätte mich auch sonst getrennt, es ging einfach nicht mehr«, sagte sie. »Trotzdem waren Fabian und ich sehr vorsichtig. Wir sind nicht gemeinsam ausgegangen, um zu vermeiden, dass Robert uns sieht. Aber er wusste natürlich, was zwischen uns läuft. Er hat mir gedroht, dass er es nicht zulassen werde, dass ich mit einem anderen Mann zusammen bin. In den vergangenen Wochen war dann tatsächlich Ruhe. Ich hatte gehofft, er wäre endlich zur Vernunft gekommen, aber das Gegenteil ...« Wieder erstarben ihre Worte unter einem Schluchzen. Diesmal hatte auch das Make-up keine Chance mehr. Es lief an ihren Wangen herunter.

»Sie glauben also, dass Ihr Ex-Freund Ihren neuen Partner umgebracht hat?«, fragte Jan. »Ihnen ist bewusst, dass wir mit dieser Aussage einen Haftbefehl gegen Robert Hartel erwirken können?«

»Natürlich.«

»Woher wusste er über Ihre neue Beziehung Bescheid?«

»Bielefeld ist letztlich auch nur ein Dorf«, antwortete sie seufzend. »Außerdem bin ich mir sicher, dass er mir heimlich gefolgt ist, wenn ich das Haus verlassen habe.«

»Gibt es denn vielleicht auch Beweise für die Drohungen von Ihrem Ex?«

»Ich habe jede Menge Textnachrichten und E-Mails.«

»Das ist gut.« Jan suchte den Blickkontakt mit Cengiz, um herauszufinden, ob er noch dringende Fragen an Alina Nitsche hatte. Dass sie so schnell einen Namen hatten, war alles andere als zu erwarten gewesen. Zwei Morde an einem Abend, und beide schienen binnen weniger Stunden geklärt. Konnte das wirklich sein?

Als hätte Cengiz seine Skepsis gespürt, setzte er plötzlich noch einmal an. »Wie meinten Sie das vorhin eigentlich? Sie sagten, sie hätten gewusst, dass gestern etwas Schlimmes passiert sei, als sich Fabian Sieveking nicht bei Ihnen zurückmeldete. Weshalb haben Sie nichts weiter unternommen?«

»Wie meinen Sie das?«, fragte sie irritiert.

»Wenn Sie sich Sorgen gemacht haben, sollte man meinen, Sie versuchen weiterhin, ihn zu erreichen. Oder sehen nach ihm. Oder wählen irgendwann den Notruf.«

Alina Nitsche rang um die richtigen Worte, aber es gelang ihr nicht. Stattdessen zuckte sie nur mit den Schultern.

»Möchten Sie noch etwas dazu sagen?«

»Fabian war manchmal gerne allein, ganz einfach. Wir haben uns nicht jeden Tag gesehen.«

»Aber gestern haben Sie sich Sorgen gemacht. Warum?«

»Es war so ein Gefühl, denn normalerweise hat Fabian mir immer sofort auf meine Nachrichten geantwortet. Wir haben viel miteinander geschrieben.«

»Na schön, dann sagen Sie uns bitte, wo Ihr Ex-Freund wohnt«, übernahm Jan mit dezenter Dringlichkeit.

»August-Bebel-Straße 98.«

»Wir werden ihn befragen müssen. Arbeitet er tagsüber? Wenn ja, wo?«

»Aktuell nicht, glaube ich. Früher hat er in verschiedenen Bars gejobbt.«

»Okay, dann würde ich Sie jetzt bitten, mir Ihr Handy zu geben. Wir brauchen die Nachrichten, die er Ihnen geschrieben hat, um einen Haftbefehl zu erwirken.«

»Mein Handy? Aber –«

»Keine Sorge, Sie bekommen es so schnell wie möglich wieder. Unsere Kollegen aus der IT werden die Beweismittel wahrscheinlich noch heute sichern.«

»Na schön, wenn es denn sein muss.«

»Und schreiben Sie bitte die PIN auf«, sagte Jan mit einem Zwinkern.

Etwas widerwillig tat Alina Nitsche, was er sagte, und schob ihm schließlich das Handy und einen kleinen Zettel über den Tisch.

»Danke schön.« Jan stand auf und streckte ihr die Hand zur

Verabschiedung hin. Aber sie reagierte gar nicht. Es schien, als sei sie auf einmal wieder in Gedanken verloren. Der Robotermodus hatte erneut Besitz von ihr ergriffen.

»Wir werden eventuell weitere Gespräche mit Ihnen führen müssen«, teilte Jan pflichtgemäß mit, obwohl er wusste, dass sie ihm gar nicht mehr zuhörte. »Darum würden wir Sie bitten, vorerst in der Stadt und erreichbar zu bleiben.«

Er gab Cengiz ein Zeichen und wollte das Büro verlassen, als Alina Nitsche erneut einen Weinkrampf bekam.

»Warum hat er denn nicht wenigstens mich anstatt Fabian umgebracht?«, flüsterte sie mit tränenerstickter Stimme. Sie sackte auf ihrem Stuhl jetzt regelrecht zusammen.

»Es tut mir wirklich leid, was passiert ist«, sagte Jan. Einen Moment war er versucht, zu ihr hinzugehen und den Arm um sie zu legen, aber er zögerte. Er war immer gut damit gefahren, einen gewissen seelischen Abstand zu Opfern oder auch Tätern zu wahren, auch wenn das nicht immer klappte.

Von der aufgesetzten Miene, die er noch vor wenigen Minuten bei Alina Nitsche ausgemacht hatte, war jedenfalls nichts mehr übrig. Die Erkenntnis, dass ihre schlimmsten Befürchtungen wahr geworden waren, schien sie heftig zu treffen.

»Wir schicken auf jeden Fall jemanden, der sich um Sie kümmert«, sagte Jan schließlich. Er bedankte sich noch kurz, dann verließen sie das Büro. Diesmal nahmen sie die Treppe.

Cengiz schnaubte plötzlich wütend.

»Was ist?«

»Hätten wir das Phantombild vorliegen, könnten wir mit ihrer Hilfe wohl sicher feststellen, dass dieser Robert Hartel der Täter ist.«

»Ja, das mag stimmen, aber Tom ist und bleibt einfach ein unzuverlässiger kleiner Kiffer.«

»Am liebsten würde ich jetzt zu ihm fahren und ihm –«

»Beruhig dich, Cengiz«, sagte Jan. »Ich gehe davon aus, dass er längst auf dem Präsidium sitzt, um seine Beschreibung zu Protokoll zu geben.«

»Und trotzdem erscheint mir das fast zu einfach. Erst die Sache gestern Abend, bei der plötzlich klar wird, dass Moreau uns angelogen und mit großer Wahrscheinlichkeit Tessa Gräfe erschossen hat, und jetzt nach nur einem Gespräch soll sich herausgestellt haben, wer der Mörder von Fabian Sieveking ist. Ich kann mich nicht daran erinnern, dass wir Mordermittlungen schon einmal derart schnell abgeschlossen haben. Das macht mich stutzig.«

»Ich hätte nichts dagegen, wenn es diesmal tatsächlich so wäre.«

Als sie Sekunden später wieder nach draußen an die frische Luft traten, waren Cengiz' Worte längst in Jans Gedanken eingesickert. Vielleicht verlief das alles wirklich etwas zu reibungslos.

(K)eine gute Idee

Die Auswertung der Nachrichten auf dem Handy von Alina Nitsche war nach einer halben Stunde abgeschlossen gewesen. Jan hatte sich einige der SMS durchgelesen und war sich einigermaßen sicher, dass der Wortlaut ausreichen würde, um einen Haftbefehl gegen Robert Hartel zu erwirken. Gleich in mehreren Nachrichten hatte er sehr konkrete Drohungen gegen sie ausgesprochen. Vor ein paar Wochen hatte er etwa geschrieben, dass Alina schon bald bereuen werde, was sie getan hatte, und ihres Lebens nicht mehr froh werden würde. In einer weiteren Nachricht stand, er werde verhindern, dass sie mit diesem Typen zusammenbleibe.

Trotz des dringenden Tatverdachts wollte Jan nicht darauf vertrauen, dass sie den Haftbefehl sehr zeitnah bekamen, immerhin wusste er, wie langsam die Mühlen bei der Staatsanwaltschaft manchmal mahlten. Deshalb hatten Cengiz und er im Präsidium kurzerhand beschlossen, sofort Richtung August-Bebel-Straße zu fahren und Robert Hartel einen Besuch abzustatten.

Tatsächlich war der Ex-Freund von Alina Nitsche zu Hause und ließ sie herein, nachdem Jan über die Gegensprechanlage angekündigt hatte, dass sie wegen einer wichtigen Sache mit ihm sprechen wollten. Auf Nachfrage, worum es denn gehe, hatte Jan darauf bestanden, darüber von Angesicht zu Angesicht reden zu wollen.

Robert Hartel machte einen fahrigen Eindruck, als er die Wohnungstür öffnete. Immer wieder fuhr er sich über seinen kurz geschorenen Kopf. Nur mit T-Shirt und kurzer Hose bekleidet und einen Becher Kaffee in der Hand, schien der groß gewachsene Mann erst vor nicht allzu langer Zeit wach geworden zu sein.

»Dürfen wir hereinkommen?«, fragte Jan, nachdem er Cengiz und sich kurz vorgestellt hatte. Er war sofort auf der Hut. Wenn Hartel tatsächlich derjenige war, den sie suchten, bestand die Möglichkeit, dass er bewaffnet und zu allem fähig war.

»Worum geht es denn nun?« Robert Hartel wirkte ungeduldig und hielt noch immer den Griff in der Hand, um die Tür im Zweifel vor ihrer Nase zuschlagen zu können.

»Wir ermitteln in einem Mordfall«, kam Jan jetzt zur Sache. »Gestern Abend wurde Fabian Sieveking tot aufgefunden. Kennen Sie ihn?«

»Wer soll das sein?«

»Sparen Sie sich das Theater«, ging Cengiz unvermittelt dazwischen. Jan und er hatten abgesprochen, dass er Hartel notfalls härter anpacken sollte. »Wir wissen, dass Sie und Alina Nitsche ein Paar gewesen sind. Und dass Alina zuletzt mit Fabian Sieveking zusammen war.«

»Darüber weiß ich nichts«, sagte Hartel ausweichend. »Und das mit Alina ist schon lange vorbei.«

»›Lange‹ scheint an dieser Stelle relativ zu sein. Unseren Informationen nach sind nämlich gerade einmal ein paar Monate seit Ihrer Trennung vergangen. Und natürlich wissen Sie genau, dass Alina einen neuen Partner hatte.«

»Ach ja?«

»Ja.«

»Reden wir doch am besten in Ihrer Wohnung weiter«, ergriff Jan wieder das Wort. Noch immer befürchtete er, dass Hartel jeden Moment die Tür zuschlagen würde.

»Ich glaube kaum, dass ich Ihnen helfen kann, also wüsste ich auch nicht, weshalb wir uns noch weiter unterhalten sollten.«

»Wir haben einige Fragen und brauchen dringend Antworten«, sagte Jan. Er versuchte, ruhig zu bleiben. »Es wäre wirklich hilfreich, wenn Sie sich ein paar Minuten Zeit nehmen würden.«

Er biss sich auf die Lippen, am liebsten hätte er Hartel direkt auf die Vorwürfe von Alina Nitsche angesprochen, aber es erschien ihm sinnvoller, behutsam vorzugehen. Sollte doch Hartel einen Fehler begehen, bevor sie zu offensiv waren und am Ende Probleme bekamen, weil der Haftbefehl noch nicht vorlag.

»Meine Wohnung ist nicht aufgeräumt, stellen Sie bitte hier Ihre Fragen«, redete Hartel sich heraus. »Auch wenn ich keine Ahnung habe, wie ich Ihnen helfen könnte.«

»Wir haben Ihre Textnachrichten gelesen, die Sie Alina Nitsche geschickt haben«, sagte Cengiz plötzlich. »Nicht gerade ein Beleg dafür, dass Sie nichts zur Sache beitragen können, eher im Gegenteil. Sie drohen darin Alina und kündigen an, es nicht zuzulassen, dass sie mit Fabian Sieveking zusammen ist.«

»Ich war sauer auf sie, ganz einfach. Da schreibt man manchmal Dinge, die man nicht so meint. Was denken Sie eigentlich? Dass ich etwas mit diesem Mord an ihm zu tun habe?«

»Da Sie uns nicht hereinlassen, erfahren Sie es eben zwischen Tür und Angel«, sagte Cengiz. »Es besteht der dringende Tatverdacht, dass Sie Fabian Sieveking umgebracht haben.«

Einige Sekunden lang herrschte komplettes Schweigen. Dann lächelte Robert Hartel unsicher. »Sie meinen das wirklich ernst?«, fragte er.

»Bei so etwas mache ich keine Späße«, antwortete Cengiz.

»Er macht eigentlich niemals Späße«, ergänzte Jan.

»Alina hat uns sehr ausführlich davon berichtet, wie es zwischen Ihnen beiden gelaufen ist. Während Ihrer Beziehung und vor allem in den Wochen danach, als Sie sie bedroht und gestalkt haben.«

»Das hat sie gesagt?« Hartel versuchte, süffisant zu grinsen, aber seine Gesichtszüge entglitten zunehmend.

Aus dem Augenwinkel erkannte Jan, dass Cengiz einen Schritt nach vorn trat und seinen Fuß in die Tür stellte.

»Sie hätten jetzt die Chance, uns Ihre Sicht der Dinge zu erzählen«, sagte Jan. »Stimmen die Vorwürfe von Frau Nitsche etwa nicht?«

»Spielt das noch eine Rolle? Dieses Miststück hat nichts anderes verdient.« Plötzlich wurde Hartel laut, seine Stimme überschlug sich beinahe. Im nächsten Moment schlug er die Tür heftig zu, wandte sich ab und verschwand aus ihrem Blickfeld.

»Los, lauf hinterher!« Cengiz hob seinen Fuß und verzog sofort vor Schmerz das Gesicht. Er gab Jan ein Zeichen, dass er allein in die Wohnung gehen sollte.

Jan hielt kurz inne. Wahrscheinlich war es besser, sich zurückzuziehen und Verstärkung anzufordern. Aber wenn Hartel irgendeine Möglichkeit hatte, aus der Wohnung abzuhauen, ohne durch die Tür zu gehen, die so heftig gegen Cengiz' Fuß geknallt war, hatten sie ein noch größeres Problem. Vielleicht gab es einen Balkon oder eine Feuerleiter, über die er flüchten konnte.

Jan zog seine Waffe aus dem Hosenbund und schob die Tür langsam auf. Dahinter erstreckte sich ein längerer Flur, der nach links abknickte. Er zählte drei Türen auf der rechten Seite, keine von ihnen stand offen. Leise schlich er den Gang entlang. An der ersten Tür hielt er inne, sie war nur angelehnt. Durch den kleinen Spalt konnte er erkennen, dass es sich um die Küche handelte. Jan ging weiter, als er plötzlich Geräusche hörte. Wie ein leises Gemurmel. Befanden sich außer Hartel etwa noch weitere Personen in der Wohnung? Die Stimme, er konnte nicht sagen, ob es eine oder mehrere waren, kam offenbar aus dem hintersten Raum. Auch hier war die Tür angelehnt.

Er näherte sich mit seiner Waffe im Anschlag. Als er nur noch eine halbe Körperlänge entfernt war, beschlich ihn der Verdacht, dass die Stimmen aus einem Fernseher oder Radio kamen. Jan fuhr augenblicklich herum, weil er plötzlich sicher war, in eine Falle getappt zu sein. Aber niemand war zu sehen.

Mit einem Mal erschien wieder der Anblick des zerfetzten Gesichts von Fabian Sieveking vor seinen Augen. Es war keine gute Idee, hier allein nach Hartel zu suchen. Es war sogar eine ganz und gar schlechte Idee.

»Cengiz?«, rief er leise. »Hörst du mich?«

Keine Antwort.

Die Wohnungstür lag wenige Meter entfernt, am besten, er ginge einfach zurück.

Ein lauter Knall hallte im nächsten Augenblick aus einem der Räume. Jan war sich einigermaßen sicher, dass es der mittlere war. Hier war die Tür vollständig geschlossen. Es hatte sich nach einem Fenster angehört, das vom Windzug zugefallen war.

Wieder rief er nach Cengiz, aber der antwortete einfach nicht. Jan musste handeln, irgendetwas tun. Sich zurückziehen oder die Tür zu dem Raum öffnen, in dem womöglich ein bewaffneter Robert Hartel auf ihn wartete.

Er atmete tief durch, umfasste seine Dienstwaffe, so fest er konnte, und griff nach der Klinke. Energisch schob er die Tür schließlich auf, bereit zu schießen, falls nötig. Aber sofort erkannte er, dass sich niemand in diesem Raum, bei dem es sich um das Wohnzimmer handelte, aufhielt.

Der Balkon.

Jan rannte die wenigen Meter bis zur Balkontür, die jetzt nur noch leise, aber beständig zuschlug, und riss sie auf.

Sofort erkannte er Hartel. Er musste sich tatsächlich von seinem Balkon zu den beiden darunterliegenden hinuntergehangelt haben und war gerade auf die Schotterfläche im Hinterhof gesprungen. Jan versuchte, auf ihn zu zielen, aber es gelang ihm nicht, ihn aus dieser Entfernung richtig zu fixieren.

Plötzlich verharrte Hartel, als hätte er Probleme, aufzustehen, weil er sich beim Sprung verletzt hatte. Jan zögerte, jetzt könnte er schießen. Er musste eine Entscheidung fällen und ließ die Waffe schließlich sinken.

Es vergingen einige Sekunden, ehe sich Hartel aufrichtete und durch einen Hausdurchgang in Richtung Straße davonlief. Jan drehte sich abrupt um und rannte durch das Wohnzimmer und den Flur zurück ins Treppenhaus.

Cengiz war nicht mehr da. Vielleicht hatte ihn die Verletzung am Fuß außer Gefecht gesetzt. Im besten Fall war er zurück zum Auto gegangen und hatte Verstärkung gerufen. Über den schlechteren Fall, nämlich dass ihm irgendetwas zugestoßen war, wollte Jan sich keine Gedanken machen. Stattdessen lief er die Treppenstufen so schnell wie möglich hinunter.

Unten angekommen sah er sich um. Auf dem Bürgersteig vor dem Haus war wenig los, ein paar Jugendliche grölten in einiger Entfernung herum. Der Durchgang des Hauses lag nur ein paar Meter rechts von ihm. Hartel war mit Sicherheit längst davongekommen und in den anliegenden Straßen verschwunden. Trotzdem lief Jan los, in der vagen Hoffnung, ihn doch noch abzufangen.

Plötzlich hielt er inne. Da vorn trat Robert Hartel gerade aus dem Durchgang, der zwischen den Häusern auf die Straße führte.

Weshalb er nicht davonrannte und seine Hände stattdessen auf dem Rücken verschränkte, wurde Jan im nächsten Augenblick klar. Denn Cengiz folgte Hartel in kurzem Abstand und richtete seine Waffe auf ihn. Während er selbst in der Wohnung gewesen war, musste sein Kollege also trotz der Schmerzen im Fuß auf die Straße gelaufen sein und Hartel dingfest gemacht haben.

Gerade als er auf die beiden zugehen wollte, vibrierte Jans Handy in der Hosentasche. Ein ungünstiger Moment, trotzdem zog er das Telefon hervor.

Eine SMS war eingegangen. Von den Kollegen aus der Technik, genauer gesagt von Nadja, der Phantombildzeichnerin.

Er öffnete die Nachricht. Zu sehen war das am Computer erstellte Bild eines Mannes mit sehr kurzen Haaren und eng stehenden Augen. Jans Blick blieb einige Sekunden auf dem Display hängen, dann hob er seinen Kopf und sah Cengiz gemeinsam mit dem kurz geschorenen Robert Hartel näher kommen.

Zettelwirtschaft

Lara hatte das nächtliche Telefonat bereits in der Sekunde bereut, als sie aufgelegt hatte. Wie konnte sie sich vor Jan bloß derart entblößen? Ihm die ganze Wahrheit erzählen, etwas, das sie noch nie zuvor getan hatte. Auch wenn es sich in dem Moment gut angefühlt hatte. Gewissermaßen befreiend und beinahe so, als würde sie damit die Fugue für immer abschütteln können.

Erst als sie wieder allein mit ihren Gedanken war, war ihr bewusst geworden, dass es ein Fehler gewesen war, so viel von sich preiszugeben. Denn nun war sie angreifbar. Wann immer die Krankheit das nächste Mal über sie hereinbrechen würde, Jan wusste jetzt Bescheid. Und somit hatte sie nicht mehr in der Hand, wer davon erfahren würde. Eine Situation, die sie eigentlich immer hatte vermeiden wollen. Auch deshalb war sie aus Hamburg weggegangen, weil die Gefahr damals zu groß geworden war, dass ihr Chef Wind von der Sache bekam. Und natürlich auch wegen der anderen Sache. Wenigstens die hatte sie gestern Nacht noch für sich behalten.

Zum Glück hatte Kregel sie heute nur für Recherchearbeiten eingeteilt. Zu mehr wäre sie wohl kaum in der Lage, und schon gar nicht wollte sie mit Jan irgendwelche Gespräche mit Angehörigen und Bekannten der Opfer führen.

Lara hatte die Tür zu ihrem Büro zugezogen und wühlte sich seit mehr als einer Stunde durch einige Dokumente, die sie sich gleich heute Morgen besorgt hatte. Auch einige Notizzettel lagen auf dem Schreibtisch vor ihr. Sie hatte ein paar Telefonate geführt und alles, was sie erfahren hatte, fein säuberlich mitgeschrieben.

In erster Linie handelte es sich um berufliche Eckdaten zu Fabian Sieveking, aber der Vollständigkeit halber hatte sie auch über das zweite Mordopfer Tessa Gräfe recherchiert. Solange kein Geständnis von Henri Moreau vorlag, mussten sie andere Optionen zumindest ausschließen.

Fabian Sieveking hatte, seinem Lebenslauf nach zu urteilen,

bislang eine sehr glatte und zielstrebige Karriere hingelegt. Nach seinem Abitur in Halle hatte er in Münster Betriebswirtschaftslehre studiert und vor fast zehn Jahren mit einem Master abgeschlossen. Anschließend hatte er ein halbes Jahr bei einer Steuerberatung gearbeitet, für die er bereits während seines Studiums gejobbt hatte. Vor neun Jahren war er dann zu TBA gewechselt. Tiemann&Brockmeyer Auditing, eine international agierende Wirtschafts- und Steuerprüfungsgesellschaft. Er hatte sich auf Tax Modelling, SPA Reviews und Due-Diligence-Berichte spezialisiert, was immer das auch bedeutete. Lara hatte ein paar der Begriffe zwar schon einmal gehört, was sich dahinter verbarg, konnte sie jedoch nur erahnen.

Beim Telefonat mit dem Leiter der Bielefelder Niederlassung von TBA hatte sie zudem erfahren, dass Sieveking durchaus für einige der wichtigsten Großkunden in Ostwestfalen tätig gewesen war. Neben den bekannten Küchenbauern gehörte auch das Fleischverarbeitungsunternehmen Piepenbrock aus Porta Westfalica dazu. Sie wusste nicht mehr genau, weshalb, aber in den letzten Monaten hatte sie des Öfteren etwas über diese Firma gehört. Und wenn sie sich richtig erinnerte, war es nichts Positives gewesen.

Ansonsten war das Leben von Fabian Sieveking vergleichsweise unspektakulär, beinahe belanglos gewesen, wie Lara feststellen musste. Es gab nichts, was ihr einen Ansatzpunkt für weitere Nachforschungen geliefert hätte. Das Private schien ohnehin eine untergeordnete Rolle gespielt zu haben, sein Chef hatte ausgesagt, dass Sieveking nicht selten bis neunzehn Uhr oder länger gearbeitet hatte. Das Bild, das sich bis hierher ergab, war jedenfalls wenig erhellend. Vielleicht war sie an diesem Vormittag auch einfach nur nicht in der Lage, die wenigen Informationen, die ihr vorlagen, akribisch durchzugehen und Ergebnisse daraus abzuleiten.

Sie zog stattdessen den kleinen Stapel an Zetteln über Tessa Gräfe zu sich heran. Hier schien die Sache eindeutig. Es ging im Grunde nur noch darum, das Motiv für den Mord herauszufinden. Ob es ausschließlich um einen geschäftlichen Disput zwischen ihr und diesem Moreau gegangen war oder vielleicht auch um eine private Angelegenheit der beiden, galt es noch zu beantworten.

Tessa Gräfe war eine der bekanntesten Unternehmerpersönlichkeiten der Region gewesen. Aufgewachsen in Würzburg, hatte sie Ende der neunziger Jahre ihr Diplom in Betriebswirtschaftslehre mit dem Schwerpunkt Finanzwesen erlangt und war anschließend einige Jahre in verschiedenen Unternehmen vor allem als Abteilungsleiterin und Geschäftsführerin mit dem Schwerpunkt Finanzen tätig gewesen. Nach und nach schien sie dabei immer mehr Verantwortung übernommen zu haben, ehe sie vor fünf Jahren schließlich die Geschäftsführerin der Modefirma Cala geworden war, die zuletzt trotz eines schwierigen Marktumfelds ständig gewachsen war und mittlerweile zu den größten Arbeitgebern der Stadt gehörte. Dass Tessa Gräfe die Person war, die das Unternehmen binnen kürzester Zeit umgekrempelt und auf die Erfolgsspur gebracht hatte, schien unbestritten. Zahlreiche Medienberichte, Titelstorys in großen Magazinen und nicht zuletzt einige bedeutende Auszeichnungen waren Beweis genug für den Bekanntheitsgrad, den sie in der Region besessen hatte.

Vor Lara lag auch ein Zettel mit ein paar Daten über Henri Moreau. Seitdem er in Untersuchungshaft saß, schwieg der Mann, deshalb lag es an ihnen und war es umso wichtiger, so schnell wie möglich einen Hinweis auf ein potenzielles Motiv für den Mord an Tessa Gräfe zu finden.

Lara zögerte plötzlich. Da war etwas, das sie seit einigen Minuten unterbewusst beschäftigte. Sie wurde den Gedanken nicht los, etwas Wichtiges überlesen zu haben.

Sie griff noch einmal nach ein paar Papieren zum Lebenslauf von Tessa Gräfe. Erneut begann sie, ihn Zeile für Zeile durchzugehen. Aber da war nichts, was ihr ins Auge stach.

Sie blätterte zur letzten Seite, fuhr mit dem Finger über weitere Stationen ihrer Karriere. Der letzte Job, bevor Gräfe vor vier Jahren zu Cala gewechselt war. Zwischen 2012 und 2016 war sie stellvertretender Finanzvorstand gewesen, und zwar bei der Westfalenwurst GmbH.

Einen Moment lang versuchte Lara zu verstehen, ob sie da gerade etwas Wichtiges entdeckt hatte. War es überhaupt erwähnenswert, oder war der Schnittpunkt nur ein simpler Zufall? Sowohl Fabian Sieveking als auch Tessa Gräfe besaßen eine Verbindung zu der Firma Piepenbrock. Je länger sie darüber nachdachte, desto unwahrscheinlicher erschien es ihr, dass es tatsächlich relevant war. Das Unternehmen Piepenbrock war eines der größten Ostwestfalens, und es schien Lara durchaus im Bereich des Möglichen, dass dieser Name in den Ermittlungen beider Mordfälle auftauchte, ohne dass es einen Zusammenhang gab.

Dennoch griff sie kurzerhand nach ihrem Handy, um Jan zu informieren. Dann zögerte sie noch einmal und wählte stattdessen eine andere Nummer.

U-Haft

Jan sah gedankenverloren aus dem Seitenfenster von Cengiz'
Dienstwagen, während die Felder, Höfe und Firmengebäude
entlang der Bielefelder Straße an ihm vorbeirauschten.

In Begleitung eines Streifenwagens hatten sie Robert Hartel
in die JVA Bielefeld-Brackwede gefahren, wo sie ihn vernehmen
wollten. Der Haftbefehl lag mittlerweile immerhin vor, aber Hartel hatte sich in Abstimmung mit seinem Anwalt, der nur wenige
Minuten nach ihnen erschienen war, dafür entschieden, vorerst
nichts zu sagen. Mit der einzigen Ausnahme, dass er vehement
bestritt, etwas mit dem Tod von Fabian Sieveking zu tun zu
haben.

Das Phantombild war leider nicht eindeutig. Einige Merkmale
passten ziemlich exakt zu Hartel, andere, wie die eng stehenden
Augen, dagegen weniger. Anhand dieser Rekonstruktion des
Gesichts des Mannes, den Tom in das Wohnhaus am Klosterplatz hatte huschen sehen, war eine Identifizierung jedenfalls nur
schwer möglich. Vielmehr musste Tom dringend noch einmal für
eine Gegenüberstellung aufs Präsidium kommen. Falls Hartel
der Unbekannte gewesen war, bestand die Möglichkeit, dass sie
ihn auf diese Weise überführen konnten. Wenn der Zeuge nur
nicht Tom Krämer heißen würde, dachte Jan und seufzte.

Stahlhut hatte sich um kurz nach eins telefonisch bei ihnen
gemeldet. Er befand sich bereits auf dem Weg in die JVA Herford, wo wiederum Henri Moreau seit heute Morgen vorläufig
in Untersuchungshaft saß. Moreau hatte über seinen Anwalt mitteilen lassen, dass er eine Aussage machen wolle. Was immer das
auch heißen mochte, Details hatte er nicht genannt.

Die Wahrscheinlichkeit, dass es ihnen tatsächlich gelungen
war, für beide Morde binnen weniger Stunden einen Hauptverdächtigen dingfest zu machen, war nicht gerade gering. Und
trotzdem nagte an Jan inzwischen das Gefühl, dass das alles viel
zu einfach war. So wie Cengiz es gesagt hatte. Selten war ihnen

so schnell ein Fahndungserfolg in einem Mordfall gelungen. Und schon gar nicht in zwei parallelen Ermittlungen. Was, wenn sie vollkommen falschlagen?

Das Ortseingangsschild Herfords raste an ihm vorbei, als sein Handy klingelte. Es war Lara.

»Wie läuft es bei euch?«, fragte sie, nachdem Jan den Anruf angenommen hatte.

»Im Grunde ganz gut, wir haben im Fall Sieveking jetzt auch einen Hauptverdächtigen. Es scheint sich um eine Beziehungstat zu handeln. Der ehemalige Lebensgefährte von Sievekings Freundin sitzt seit heute Mittag in U-Haft. Sein Name ist Robert Hartel.«

»Wie sicher seid ihr euch?«

»Es spricht einiges dafür«, antwortete Jan. »Er hat Alina Nitsche mehrfach bedroht und sich bei unserer Befragung massiv zur Wehr gesetzt. Und wir haben mittlerweile ein Phantombild, das zu ihm passen könnte.«

»Könnte?«

»Wir haben noch kein Geständnis, er verweigert die Aussage«, erklärte Jan. »Und es gibt noch ein paar andere Unwägbarkeiten, der Abgleich mit dem Phantombild war nicht ganz eindeutig. Aber derzeit deutet so einiges daraufhin, dass wir –«

»Ich möchte nur ungern anzweifeln, dass ihr auf dem richtigen Weg seid, aber ich bin auf etwas gestoßen, das durchaus interessant für euch sein könnte und das Ganze möglicherweise in eine ganz andere Richtung lenkt.«

»Was soll das heißen?«

»Ich habe den ganzen Vormittag damit verbracht, Informationen über Fabian Sieveking und Tessa Gräfe zusammenzutragen. Ich habe kaum etwas gefunden, das besonders erwähnenswert wäre. Bis auf diese eine Sache.«

»Und die wäre?«

»Es gibt da eine berufliche Verbindung, über die ich gestolpert bin«, erklärte Lara. »Sagt dir der Name Hagen Piepenbrock etwas?«

Jan glaubte für einen Moment, sich verhört zu haben. Hatte

Lara ihn tatsächlich nach Hagen Piepenbrock gefragt? Ausgerechnet Piepenbrock. »Natürlich kenne ich den, was ist mit ihm?«, fragte er argwöhnisch.

»Tessa Gräfe war eine ganze Zeit lang als Abteilungsleiterin für Finanzen in seiner Firma beschäftigt. Sie muss dort im Prinzip Seite an Seite mit Piepenbrock gearbeitet haben. Das ist etwa sechs Jahre her.«

In Jan ratterte es. Konnte es sein, dass das der Grund für Piepenbrocks überstürzten Abgang heute Morgen gewesen war? Hatte er in dem Moment erfahren, dass Tessa Gräfe tot war?

»Fabian Sieveking wiederum hat bei Tiemann&Brockmeyer Auditing vor allem Großkunden betreut«, fuhr Lara unterdessen fort. »Und dreimal darfst du raten, welches Unternehmen dazugehört hat?«

Jan antwortete nicht. Er versuchte sich noch immer zu vergegenwärtigen, was die Informationen von Lara bedeuten konnten.

»Ich habe ja gar nicht nach einer Verbindung zwischen den beiden Fällen gesucht«, redete Lara weiter. »Weshalb auch? Es war in meinen Augen wahrscheinlich, dass das gar nichts zu bedeuten hat und bloß ein Zufall ist. In Piepenbrocks Firma und den Tochterunternehmen arbeiten immerhin mehr als zweitausend Menschen, habe ich gelesen. Und es gibt sicherlich viele Leute in der Region, die irgendwie mit Piepenbrock zu tun haben.«

»Allerdings«, warf Jan ein.

»Wie auch immer.« Lara ignorierte seinen Kommentar. »Ich bin dann in den Unterlagen aber darauf gestoßen, dass sich die Beratungstätigkeit von Tiemann&Brockmeyer für die Firma Piepenbrock und die Tätigkeit von Tessa Gräfe als Abteilungsleiterin dort zeitlich überschnitten haben. Es deutet sogar einiges darauf hin, dass sie diesen Auftrag an TBA vergeben hat, denn nach ihrem Ausstieg aus dem Unternehmen Piepenbrock wurde ein anderes Wirtschaftsprüfungs- und Steuerbüro engagiert.«

»Du meinst also –«

»Es kommt noch besser«, unterbrach sie seine zögerlichen Worte. »Ich habe noch ein weiteres Mal bei Tiemann&Brock-

meyer angerufen und mich zu einer Kollegin von Sieveking durchstellen lassen. Sie war sogar redseliger, als ich mir erhofft hatte. Jedenfalls hat sie mir verraten, dass Sievekings direkte Ansprechpartnerin bei ihrem damaligen Kunden, der Firma Piepenbrock, niemand Geringeres als Tessa Gräfe gewesen sei. In Anbetracht der Tatsache, dass beide gestern Abend erschossen wurden, erscheint mir das somit doch kein Zufall mehr zu sein.«

»Wir haben zwei Tatverdächtige«, sagte Jan. Mehr um sich selbst zu bestätigen, dass die beiden Mordfälle doch hoffentlich längst geklärt waren. Dass es diesmal wirklich wesentlich einfacher als sonst war. Und vor allem, dass Hagen Piepenbrock, mit dem er sich neuerdings auch privat herumschlagen musste, nun doch bitte schön nichts mit diesen Ermittlungen zu tun hatte.

Augenblicklich kamen die Bilder des gestrigen Abends zurück, während Cengiz durch den Kreisverkehr in der Goebenstraße fuhr und sie den Tatort vor dem »4900« rechts liegen ließen. War es wirklich möglich, dass sie mit ihren Ermittlungen bislang komplett falschlagen?

»Ich habe dir so schnell wie möglich Bescheid geben wollen, nachdem ich diesen Zusammenhang festgestellt hatte«, sagte Lara. »Was das zu bedeuten hat, kann ich nicht sagen, aber ich glaube, wir sollten das nicht ignorieren, solange sich der Verdacht gegen die beiden potenziellen Täter nicht vollständig erhärtet hat.«

»Ich gehe davon aus, dass sich das schnell klären wird«, sagte Jan. »Wir sind gerade auf dem Weg in die JVA, um Henri Moreau zu vernehmen.«

»In Ordnung, viel Erfolg. Sag Bescheid, wenn ich euch noch unterstützen kann.«

»Es wäre gut, wenn du so viel wie möglich über Robert Hartel herausfinden könntest«, sagte Jan. »Jede Information kann wichtig sein.«

»Ich versuche mein Bestes.«

Jan bedankte sich und beendete das Gespräch. Gerade eben waren sie an dem großen Gebäude der Kreispolizeibehörde in Herford vorbeigefahren, jetzt bog Cengiz bereits in die Eimterstraße ab. Nach wenigen Metern tauchten links von ihnen die hohen Mauern der JVA Herford auf. Schon als Kind hatte es Jan gleichermaßen fasziniert wie verängstigt, dass sich gewissermaßen mitten in der Stadt ein so großes Gefängnis befand. Die JVA Herford war eine reine Jugendstrafanstalt, gehörte aber zu den größten in ganz Nordrhein-Westfalen. So wie er es verstanden hatte, würde Henri Moreau hier wahrscheinlich nur vorübergehend inhaftiert sein.

Nachdem sie geparkt und sich am Empfang vorgestellt hatten, erschien kurz darauf ein Angestellter der JVA.

»Hat man Ihnen nichts gesagt?«, wandte er sich überrascht an sie.

»Was meinen Sie?«, fragte Jan.

»Der Insasse Henri Moreau wurde heute Mittag entlassen. Die Staatsanwaltschaft hat angegeben, dass kein dringender Tatverdacht mehr besteht.«

»Wie bitte?« Jan sah den uniformierten Mann und Cengiz abwechselnd an. Wie zum Teufel konnte es sein, dass sie nichts davon wussten? Und welche neuen Informationen lagen denn vor, dass die Staatsanwaltschaft es nicht mehr für nötig hielt, Moreau in U-Haft zu behalten?

»Tut mir leid, mehr weiß ich auch nicht.«

»Fehlt nur noch, dass es Tom nicht gelingt, Hartel bei der Gegenüberstellung zu identifizieren«, sagte Jan leise. »Dann fangen wir komplett von vorne an.«

»Wie bitte?«

»Nichts, schon gut. Wir waren guter Dinge, dass wir mit Moreau den Richtigen haben. Wir sind natürlich etwas irritiert darüber, dass die Staatsanwaltschaft hier so eigenmächtig entscheidet, ohne uns zumindest zu informieren.«

»Dazu kann ich nichts sagen«, entgegnete der Mann. »Was mir jedoch an diesem Moreau aufgefallen ist – er war ziemlich aufgewühlt heute Morgen, als ich meinen Dienst angetreten habe.«

»Worauf wollen Sie hinaus?«

»Anfangs hat er mehrfach darauf gedrängt, dass der Gefängnisarzt nach ihm sieht. Er klagte über Kopfschmerzen und allgemeines Unwohlsein. Als es ihm dann nicht schnell genug ging, wollte er unbedingt seinen Anwalt sprechen. Und weil der nicht erreichbar war, bestand er darauf, mit seiner Familie zu telefonieren. Auffällig war, dass er ununterbrochen betont hat, nichts mit dem Mord zu tun zu haben. Er wurde von Minute zu Minute verzweifelter darüber, hier einzusitzen.«

»Und wirkte er dabei authentisch?«

»Ich bin weder Psychologe noch Kriminalbeamter, aber mein Bauchgefühl sagt mir, dass er kein Mörder ist. Und ein wenig kenne ich mich mit Schwerverbrechern aus, wie Sie sich vorstellen können.«

»Das bezweifele ich nicht, aber nicht jeder Mörder sieht auch aus wie einer oder verhält sich so.«

»Natürlich nicht. Wir haben es tagtäglich mit Jugendlichen zu tun, denen man nicht direkt ansieht, was sie getan haben.«

»Was wiederum dafür spricht, dass auch jemand wie Moreau ein Mörder sein kann.«

»Nichts ist auszuschließen, aber ich glaube, Sie sollten Ihre Ermittlungen breiter anlegen und sich nicht auf diesen Mann versteifen.«

Jan nickte wortlos. Aus dem Augenwinkel sah er, dass es in Cengiz brodelte. Er hatte die ganze Zeit geschwiegen. Lange schien er sich aber nicht mehr zurückhalten zu können.

»Gehen wir«, sagte Jan leise. »Unseren Ärger sollten wir woanders abladen.«

Eine halbe Stunde später war ihr Ärger noch nicht verflogen, aber angesichts der Erkenntnis, dass Tessa Gräfes Mörder womöglich noch nicht gefunden war, durften sie keine Zeit damit verschwenden, sich über die mangelnde Kommunikation seitens der Staatsanwaltschaft aufzuregen.

Moreaus Anwalt war es gelungen, einen Zeugen aus dem »4900« aufzutreiben, der ausgesagt hatte, dass der Verdächtige das Restaurant zwar verlassen, aber dort lediglich, so wie er selbst es auch angegeben hatte, telefoniert habe. Es klang durchaus etwas fragwürdig, dass der Zeuge Moreau während des kompletten

Telefonats bis zu seiner Rückkehr ins Lokal beobachtet haben wollte, aber sie konnten die Aussage nicht einfach ignorieren. Es gab keinerlei Hinweise darauf, dass der Zeuge nicht die Wahrheit sagte oder irgendeine persönliche Verbindung zu Moreau bestand.

Im Präsidium hatte das gesamte Team der Mordkommission noch einmal intensiv darüber diskutiert, wie sie die Ermittlungen fortsetzen wollten. Lara berichtete ausführlich, was sie über Fabian Sieveking und Tessa Gräfe herausgefunden hatte. Und obwohl allen klar war, dass die Verbindung über die Firma Piepenbrock purer Zufall sein konnte, stimmten sie überein, dass sie dieser Spur nachgehen mussten. Jan hatte darauf verzichtet, von seinen privaten Erfahrungen mit Hagen Piepenbrock zu erzählen. Er wollte vermeiden, dass Kregel ihn wegen Befangenheit von dem Fall abzog oder auch nur Bedenken äußerte, dass Cengiz und er sich in Piepenbrocks Firma umhörten. Oder dass er ein paar Sprüche von Stahlhut kassierte.

Die Stimmung war seltsam angespannt, als sie gegen kurz nach drei auseinandergingen. Jeder ahnte, dass die Ermittlungen komplizierter werden würden, als sie heute Morgen noch geglaubt hatten. Und noch etwas trug dazu bei, dass Jan mittlerweile alles andere als zuversichtlich war.

Das Phantombild, das nach der Beschreibung von Tom entstanden war, passte, wenn er ehrlich war, nicht wirklich auf Robert Hartel. Als er das Bild auf seinem Handy zum ersten Mal gesehen und Hartel nur ein paar Meter von ihm entfernt gestanden hatte, waren Jan im Grunde sofort Zweifel gekommen. Wenn Tom mit seiner Erinnerung nicht vollkommen falschlag, handelte es sich bei dem Mann, den er beobachtet hatte, nicht um Robert Hartel. Die Unterschiede waren zu offensichtlich, und Jan war sich sicher, dass Cengiz das genauso sah. Nur ausgesprochen hatten sie es noch nicht. Dabei mussten sie längst in Erwägung ziehen, dass auch im Mordfall Sieveking womöglich nicht der Richtige in U-Haft saß.

Tom war vor ein paar Minuten endlich auf dem Präsidium erschienen. Jan hatte ihn kurz begrüßt und erklärt, wie wichtig seine Aussage sei. Aber irgendwie hatte er nicht das Gefühl gehabt, dass Tom überhaupt verstand, worum es ihm ging.

Sie hatten versucht, für die Gegenüberstellung neben Hartel, der extra in einem Mannschaftswagen aus der JVA geholt worden war, auf die Schnelle vier andere Personen zu finden, die ihm ähnlich sahen. Aber die Auswahl war alles andere als gut gelungen. Zu verschieden waren die Männer, die hinter dem venezianischen Spiegel im Vernehmungsraum aufgereiht vor ihnen standen. Eigentlich kam außer Hartel niemand in Frage, aber Tom machte keinerlei Anstalten, sich auf ihn festzulegen. Stattdessen zögerte er und schüttelte immer wieder den Kopf.

»Tut mir leid, aber ich glaube, derjenige, den ich gesehen habe, ist nicht dabei«, sagte er schließlich.

»Wie sicher bist du dir?«

»Ziemlich.«

»Dir ist klar, was das bedeutet?«, fragte Jan streng. »Einer der fünf ist unser Hauptverdächtiger in dem Fall. Wenn du ihn nicht identifizieren kannst, werden wir ihn laufen lassen müssen.«

»Was soll ich denn machen? Etwa auf irgendeinen von denen zeigen, obwohl ich mir sicher bin, dass er es nicht ist?«

»Nein, natürlich nicht. Ich frage mich nur, wie sicher wir uns sein können, dass du –«

»Ach, sag doch gleich, worauf du hinauswillst. Du denkst, dass ich, nur weil ich ab und zu mal ein wenig kiffe, nicht in der Lage sei, mir ein Gesicht einzuprägen?«

»So wie ich dich kenne, würde es mich nicht überraschen, wenn du ab und zu ein bisschen was durcheinanderbringst.«

»Jan Oldinghaus, weißt du was? Du kannst mich mal.«

Für einen kurzen Augenblick befürchtete Jan, dass sein ehemaliger Bandkollege die Kontrolle über sich verlieren und handgreiflich werden würde, aber stattdessen lächelte Tom nur schräg und drängte sich an ihm vorbei, um den Raum zu verlassen.

Jan verzichtete darauf, ihn aufzuhalten. Die Erkenntnis, dass sich auch im Mordfall Sieveking der Verdacht gegen den mutmaßlichen Täter nicht erhärtete, ließ plötzlich sämtliche Energie aus seinem Körper strömen. Es frustrierte ihn, dass ihre Ermittlungen in den vergangenen zwanzig Stunden offenbar komplett ins Leere gelaufen waren.

Es war bereits halb fünf, als er sich auf den Stuhl in seinem Büro fallen ließ und die Füße auf dem Schreibtisch ablegte. Wie in alten amerikanischen Krimiserien, fuhr es ihm durch den Kopf. Er schmunzelte sarkastisch, über sich selbst und auch über ihre Ermittlungen.

Als Lara ihn auf dem Weg in die JVA Herford anrief, hatte er noch gedacht, dass an ihrer Theorie gar nichts dran sei. Bloß eine rein zufällige Verbindung zwischen Fabian Sieveking und Tessa Gräfe. Und zu allem Überfluss auch noch zu Hagen Piepenbrock. Aber jetzt, ein paar Stunden später, sah die Situation komplett anders aus. Sie mussten dringend mit Piepenbrock sprechen und ihn nach dieser Verbindung befragen, sofern er überhaupt etwas dazu sagen konnte. Und sie mussten verstehen, was ein mögliches Motiv für die Morde an den beiden sein konnte.

Jan stand auf, griff nach seinem Telefonhörer und legte ihn sofort wieder auf. Letzte Nacht hatte er lange genug mit Lara telefoniert, er wollte jetzt von Angesicht zu Angesicht mit ihr reden.

Er packte sich seine Jacke, die er auf den Besucherstuhl geworfen hatte, und verließ das Büro. Mit einer Idee für den heutigen Abend. Wahrscheinlich einer sehr schlechten, aber in diesem Moment kam sie ihm einfach nur gut und richtig vor.

Der Mäzen

Von dem Geschehen des gestrigen Abends zeugte vor allem der über mehrere Meter abgesperrte Bereich auf dem Bürgersteig vor dem »4900«. Noltes Techniker hatten den Rest des Bereiches und das Restaurant selbst schon am frühen Morgen wieder freigegeben.

Die Besitzer hatten den Laden heute tatsächlich wieder geöffnet, obwohl das mediale Echo gewaltig war. Auch an diesem Abend standen noch zwei Kamerateams und Reporter auf der gegenüberliegenden Straßenseite und berichteten wahrscheinlich mit reißerischer Aufmachung über die aktuellen Entwicklungen.

Jan erkannte den Barkeeper von gestern sofort wieder, als Lara und er das Restaurant betraten. Dessen Gesichtsausdruck verriet allerdings alles außer Freude, ihn wiederzusehen.

»Guten Abend«, sagte Jan. »Keine Sorge, wir sind heute nicht hier, um Ihnen weitere Fragen zu stellen. Wir hätten gerne einen Tisch für zwei Personen. Und zwar einen mit Blick auf die Schillerstraße.«

»Sie haben fast freie Wahl. Es traut sich heute ja leider kaum jemand zu uns herein.«

»Das wird sich erfahrungsgemäß legen«, sagte Jan. »Spätestens, wenn wir wissen, was passiert ist. Also wer Tessa Gräfe erschossen hat.«

»Es war also nicht der Mann, mit dem sie gestern hier gewesen ist?«

»Dazu kann ich nichts sagen«, antwortete Jan. »Wir gehen momentan mehreren Spuren nach.«

»Es wäre schön, wenn so schnell wie möglich wieder Normalität einkehren würde. Die Pressemeute auf der Straße ist da nicht gerade förderlich.«

»Wir sind auf einem guten Weg«, sagte Jan. »Aber heute Abend bin ich privat hier und würde gerne mit meiner Begleitung einfach in Ruhe etwas trinken.«

»Natürlich, wie gesagt, suchen Sie sich einfach einen Platz aus.«

»Gibt es in Herford etwa nur diesen einen Laden?«, fragte Lara, nachdem sie sich an einen Tisch an der Fensterfront gesetzt hatten.

»Um ehrlich zu sein, ich weiß gar nicht mehr genau, wo man hier so ausgeht. Früher gab es in der Innenstadt immer drei bis vier Kneipen oder Bars, in denen ich anzutreffen war. Aktuell scheint das ›4900‹ aber wohl ziemlich angesagt zu sein. Der heißeste Scheiß in Herford.«

Lara zeigte keinerlei Reaktion.

Überhaupt war sie auf der Fahrt nach Herford sehr in sich gekehrt gewesen. Jan hatte einiges an Überredungskunst gebraucht, um sie dazu zu bringen, heute Abend mit ihm auszugehen. Aber mit dem Argument, auch über die beiden Mordfälle sprechen zu wollen, war es ihm schließlich gelungen.

»Wieso sind wir wirklich hier?«, fragte sie, nachdem sie sich gesetzt hatten. »Über die Ermittlungen hätten wir auch im Präsidium reden können.«

»Es war eine spontane Idee«, antwortete Jan ehrlich. »Auch weil ich nach gestern Nacht das Gefühl hatte, dass es gut wäre, wenn wir noch einmal über uns beide sprechen.«

»Über uns beide?«

»Ich habe mich gestern ganz schön nackig vor dir gemacht, falls du dich daran erinnerst.«

»In meiner Erinnerung habe vor allem ich mich ziemlich nackig gemacht«, antwortete Lara. »Und ich bezweifele inzwischen, dass es richtig war, dir so viel von mir zu erzählen.«

Jan lächelte und schüttelte den Kopf. Es war auch heute wieder wie immer. Lara ließ es einfach nicht zu, dass er über sich selbst oder seine Gefühle sprach. Sofort lenkte sie die Aufmerksamkeit wieder auf sich.

»Ich habe dir gesagt, was ich für dich empfinde«, ließ er trotzdem nicht locker. »Mehr nackig machen geht ja gar nicht. Und ich möchte, dass du weißt, dass deine Erkrankung an meinen Gefühlen nichts ändert. Zugegebenermaßen sagt sich das leicht, da ich eine akute Phase bei dir noch gar nicht erlebt habe, aber ich bin mir sicher, dass ich damit schon klarkäme.«

»Das wäre schön, aber du weißt tatsächlich nicht, wovon du redest. Lass uns heute Abend bitte über etwas anderes sprechen. Mir geht das alles etwas zu schnell.«

»Wann erfahre ich denn die ganze Wahrheit?«, drängte Jan.

»Nicht heute und auch nicht morgen.« Lara blieb reserviert. »Dräng mich bitte zu nichts, das führt bei mir nur dazu, dass ich dichtmache. Dann bereue ich ganz schnell, dich gestern Nacht angerufen zu haben.«

»Also gibst ausschließlich du den Takt vor, wie das Ganze zwischen uns läuft?«

»Du kannst es akzeptieren oder auch nicht. Wie gesagt, ich könnte es sehr gut verstehen, wenn du keine Lust mehr auf mich und meine Macken hast.«

»Ich habe große Lust auf dich«, sagte Jan. »Aber nur, wenn das keine Einbahnstraße ist. Und ich glaube auch kaum, dass es gut für dich ist, wenn du keine Kompromisse eingehst und immer nur deine Befindlichkeiten zählen.«

»Befindlichkeiten?«, fragte Lara mit einer Empörung in der Stimme, die ihm gespielt vorkam.

»Du weißt, wie ich das meine.«

»Noch einmal, lass uns bitte heute Abend nicht mehr über mich oder uns beide reden. Es tut mir wirklich leid, aber ich brauche Zeit, um mir klar darüber zu werden, was ich möchte. Und Zeit bedeutet Wochen oder vielleicht sogar Monate. Ich weiß es einfach nicht.«

Jan seufzte innerlich, ließ sich seine Enttäuschung jedoch nicht ansehen. Das hoffte er zumindest. Gleichzeitig fragte er sich, ob es vielleicht auch an ihm selbst lag, dass sich die Beziehung zu Lara, die noch nicht mal eine war, so kompliziert gestaltete. Mit Unbehagen dachte er an seine letzte Beziehung vor ein paar Jahren, die im Grunde nie so richtig über den Status einer Affäre hinausgekommen war. Lange Zeit war er Katharina von Allwörden, mittlerweile Leiterin des Rechtsmedizinischen Instituts in Münster, hinterhergelaufen. Er hatte sich Hoffnungen gemacht, war aber an ihrem langen Arm gewissermaßen verhungert. Und dann hatte sie ihn plötzlich damit überrascht, einen festen Freund zu haben und ihn heiraten zu wollen.

»So wie ich das sehe, ist die Firma Piepenbrock einen genauen Blick wert«, sagte Lara plötzlich. »Mich wundert es, dass in den Medien nicht viel mehr über die Missstände und die bisweilen rüde Art der Unternehmensführung berichtet wird.«

»Okay, das ist ein heftiger Themenwechsel.« Jan rutschte auf seinem Stuhl herum. Der Name Piepenbrock löste sofort wieder Unbehagen in ihm aus. Darum war er froh, dass im nächsten Moment ein junger Mann an ihren Tisch trat.

»Guten Abend, haben Sie sich schon entschieden?«

»Also ich …« Jan zögerte und griff nach der Karte. »Einen ganz einfachen Gin Tonic«, sagte er schließlich, nachdem er merkte, dass ihn das Angebot überforderte.

»Wir haben mehr als zwanzig verschiedene Gins und fünf –«

»Bitte den, den Sie am häufigsten verkaufen.«

Die Bedienung verzog den Mund und sah Lara erwartungsvoll an.

»Einen Negroni bitte.«

»Sehr gerne.«

»Du kennst dich offenbar aus«, sagte Jan, als der Mann wieder verschwunden war.

»Wermut ist der neue Gin.«

»Klar.« Jan tat so, als wüsste er, was sie meinte, aber tatsächlich hatte er keine Ahnung von Longdrinks oder Cocktails. Er trank in der Regel nur Bier.

»Piepenbrock«, sagte Lara. »Was weißt du über ihn? Du hast gesagt, du kennst ihn gut.«

»Na ja, eigentlich erst seit heute Morgen, um genau zu sein, und das reicht mir auch schon. Piepenbrock ist nämlich jetzt mein Geschäftspartner.«

»Wie meinst du das?«

»Dass mein Vater vor ein paar Monaten gestorben ist, weißt du, ja?«

»Natürlich.«

»Sein Testament hat in unserer Familie für einigen Wirbel gesorgt. Ich habe die Hälfte des Hofes, auf dem ich aufgewachsen bin, geerbt, obwohl ich dort in den letzten Jahren gar nicht mehr gelebt und mich da um nichts gekümmert habe. Mein Bruder hat sich so sehr darüber aufgeregt, dass er seinen Anteil, ohne sich mit mir und dem Rest der Familie abzustimmen, vor einigen Wochen verkauft hat. Und zwar an niemand Geringeren als Hagen Piepenbrock. Heute Morgen war er dann zum ersten Mal bei uns auf dem Hof.«

»War es sehr schlimm?«

»Ich weiß noch immer nicht so ganz, was ich von seinen Vorstellungen halten soll. Das, was Piepenbrock und seine Leute planen, klingt sehr professionell. Aber natürlich geht es ihm vor allem um Profit. Andererseits würden wir als Familie es wohl kaum schaffen, den Hof dauerhaft am Leben zu erhalten.«

»Nach allem, was ich gelesen habe, scheint das ein für Piepenbrock typisches Vorgehen zu sein«, sagte Lara. »Bislang natürlich nicht in Bezug auf Reiterhöfe, aber er hat in den letzten Jahren zahlreiche kleinere fleischverarbeitende Betriebe in der Region aufgekauft und in sein Unternehmen integriert. Kennst du eigentlich seinen Spitznamen?«

»Der Wurstbaron, natürlich.«

»Es gibt auch Zeitungsartikel, die sich mit den Produktionsbedingungen und vor allem mit der Hygiene in der Firma beschäftigt haben. Aber zu einem großen Aufschrei scheinen die Berichte nicht geführt zu haben.«

»Was genau wurde Piepenbrock in den Artikeln vorgeworfen?«

»Es ging in erster Linie um die generellen Arbeitsbedingungen, viel zu niedrige Löhne und Probleme mit der Einhaltung von Hygienevorschriften bei der Fleischverarbeitung und in der Kühlkette.«

»Das deckt sich mit dem, was ich über die Firma gehört habe, bevor ich Piepenbrock kennengelernt habe. Jetzt kann ich mir vorstellen, dass alles davon der Wahrheit entspricht. Die Frage ist nur, hat das irgendetwas mit unserem Fall zu tun?«

»Das kann ich auch nicht beantworten«, sagte Lara. »Fakt ist aber, dass Piepenbrock in der Zeit, als Tessa Gräfe Abteilungsleiterin und Sieveking beratend tätig gewesen ist, noch ziemlich allein die Strippen im Unternehmen gezogen hat. Darum könnte ich mir durchaus vorstellen, dass er sich an das ein oder andere erinnert, was uns helfen kann.«

»Hat er die Fäden jetzt etwa nicht mehr in der Hand?«, fragte Jan verwundert.

»Er ist noch immer der einzige Gesellschafter der GmbH, aber seit 2018 gibt es einen Geschäftsführer, der sich im Wesentlichen um das operative Geschäft kümmert. Sein Name ist Jörg Brinkhaus. Ein von ihm eingesetzter Handlanger, schätze ich. Brinkhaus arbeitet schon seit über zehn Jahren in dem Unternehmen.«

»Handlanger hat er jede Menge. Heute Morgen kam er mit einer ganzen Entourage zu uns auf den Hof.«

»Piepenbrock scheint sich in letzter Zeit für so einige Dinge fernab der Wurstindustrie zu interessieren«, fuhr Lara fort. »Über seine Vorliebe für Pferde habe ich zwar nichts gefunden, aber er scheint auch ein Faible für asiatische Kunst zu haben. Er sammelt teure Vasen, Statuen und Gemälde. Und dann engagiert er sich seit zwei Jahren noch bei einem hiesigen Handballzweitligisten als Mäzen.«

»Hast du über seine Familienverhältnisse etwas herausgefunden?«

»Vergleichsweise wenig. Er ist in dritter Ehe verheiratet, die Frau heißt Helena und ist zwanzig Jahre jünger als er. Kinder hat er aus erster und zweiter Ehe, sie leben jedoch bei den Müttern.«

»Wenn die Morde an Tessa Gräfe und Fabian Sieveking tatsächlich etwas mit ihrer Tätigkeit für Piepenbrock zu tun haben, müssen wir herausfinden, ob und was damals passiert ist. Weshalb sollte Jahre später jemand die beiden umbringen?«

»Spontan fallen mir nur zwei Gründe ein«, sagte Lara. »Entweder es liegt ein persönliches Motiv vor, also irgendetwas, das die beiden miteinander verbunden hat, womit jemand vielleicht ein Problem hatte. Oder es geht um die Firma Piepenbrock und

Dinge, für die Gräfe und Sieveking damals verantwortlich waren. In beiden Fällen kommen wir mit unseren Ermittlungen jedenfalls nicht an dieser einen Person vorbei.«

Hagen Piepenbrock. Dem Wurstbaron.

Jan stöhnte auf. Der Tag hatte mit einer E-Mail von Piepenbrocks Sekretärin und seinem anschließenden Besuch auf dem Hof angefangen. Und er endete mit der Erkenntnis, dass sie womöglich im Umfeld dieses Mannes, einer der einflussreichsten und wohlhabendsten Personen Ostwestfalens, die gleichzeitig auch noch sein neuer Geschäftspartner war, ermitteln mussten.

Kurzerhand winkte er die Bedienung an den Tisch, um noch etwas zu trinken zu bestellen. Diesmal jedoch ein frisch gezapftes Bier.

Rache

Wie oft er hier in den vergangenen Wochen schon gestanden hatte, konnte er gar nicht mehr sagen. Bestimmt Dutzende Male, so gut wie jeden Tag. Aber mit Ausnahme weniger Abende immer dann, wenn es noch hell gewesen war.

Heute war alles anders. Er war erst nach Mitternacht losgefahren, weil er dieses Mal auf keinen Fall gesehen werden durfte. Er war auch sonst immer sehr aufmerksam gewesen, aber heute würde er besonders vorsichtig sein müssen. Heute würde er das Anwesen nicht nur beobachten, sondern auch eine Botschaft hinterlassen.

Damit ihm keine Spaziergänger in die Quere kamen, hatte er sich für diese späte Uhrzeit entschieden, andererseits musste er auch die Kameras auf der Mauer und an dem großen Eisentor im Blick haben.

Er hatte sie alle ausspioniert, wusste genau, in welche Richtung und in welchen zeitlichen Abständen sie sich bewegten. Sein Zeitfenster für das, was er vorhatte, war knapp. Maximal sechzig Sekunden, dann würde die Kamera wieder zurück auf ihn schwenken.

Gestern Abend waren ihm noch einmal Zweifel gekommen. Ob er ihm diese Chance überhaupt geben sollte. Nicht sofort zu drastischeren Mitteln greifen sollte. Aber er wollte es erst noch einmal so versuchen. In der Hoffnung, dass er anbeißen würde. Denn trotz allem, was passiert war, fiel es ihm schwer, über diese eine Grenze hinwegzugehen. Er war niemand, der anderen etwas antun konnte. Nicht einmal jemandem drohen oder auch nur jemanden beleidigen. Er war in schwierigen Situationen immer leise gewesen und hatte lieber den Rückzug angetreten. Weil er niemand war, der Ärger mit anderen haben wollte. Vielleicht auch, weil er Angst davor hatte, was passieren könnte, wenn er die Konfrontation suchte. Denn das hatte er schließlich sein Leben lang nie getan. Und umso mehr Überwindung kostete ihn nun das, was er vorhatte. Aber er musste es tun. Für Maria. Und für sich selbst.

Die Schützenstraße in Bad Oeynhausen war um diese Uhrzeit so gut wie gar nicht mehr befahren. Von oben näherte sich aber eine ältere Frau mit einem kleinen Hund. Er trat noch ein Stück weiter hinter den Busch, bei dem er sich versteckt hielt. Hier war er sicher, diese Stelle war nicht einsehbar. Und er kannte jeden Quadratzentimeter, in diesem Moment war er sich sogar sicher, seine eigenen Fußspuren der letzten Tage wiedererkennen zu können.

Hunde waren grundsätzlich ein Problem. Er konnte nicht ausschließen, dass sie sich vom Bürgersteig entfernten und anfingen zu schnüffeln, weil sie ihn rochen. Und heute war das Risiko besonders hoch, angesichts dessen, was er in seinem Rucksack bei sich trug.

Er vertraute jedoch seinen Hundeflüsterertugenden. Er konnte sich nicht daran erinnern, dass jemals ein Hund bei seinem Anblick mit Bellen reagiert hätte. Im Gegenteil, es schien ihm manchmal fast so, als hätte er eine ganz besonders beruhigende Wirkung auf diese Tiere.

Die Frau kam näher. Er ging in die Hocke und spürte die Nervosität, die seinen Körper langsam in Besitz nahm. Die Schritte waren nur noch wenige Meter entfernt. Das leise Bimmeln eines Glöckchens war zu hören. Jetzt hielt er die Luft an.

Sie gingen offenbar weiter. Die Geräusche wurden zumindest wieder leiser. Er atmete aus und merkte sofort, dass sein Körper sich entspannte. Nach einer halben Minute, die er noch wartete, um sicherzugehen, erhob er sich schließlich und ging langsam um den Busch herum.

Im nächsten Moment schrak er derart zusammen, dass ihm ein kurzer Laut über die Lippen fuhr. An ihm vorbei lief ein Jogger mit einer Taschenlampe, die er sich um den Kopf gebunden hatte. Für einen kurzen Augenblick blendete ihn das Licht, schien ihm direkt ins Gesicht.

Der Mann schüttelte irritiert den Kopf und rannte weiter. Aber sein Herz pochte jetzt. Zum ersten Mal in den letzten Wochen hatte ihn jemand hier gesehen, und das ausgerechnet an dem Abend, an dem er sich zeigen wollte. Nur symbolisch natürlich, und das auch nur gegenüber dem Mann, der ihm alles genommen hatte. Aber auf gar keinen Fall wollte er, dass ihn jemand Fremdes sah.

Das Adrenalin pumpte noch immer durch seinen Körper. Das war nicht gut. Er musste ruhig bleiben, wenn er sein Zeitfenster nutzen wollte, ohne dass ihn die Kameras erfassten. Oder sollte er das Ganze in dieser Nacht doch besser abblasen?

Er spürte das Gewicht in seinem Rucksack. Ein Zeichen dafür, dass es keinen Weg zurück gab.

Er hatte so lange mit sich gerungen, und vor ein paar Wochen hatte er schließlich eine Entscheidung getroffen, wie er vorgehen wollte. Er hatte nichts dem Zufall überlassen, aber der Zufall in Form eines nächtlichen Joggers war dann doch nicht vorhersehbar gewesen. Nein, ein Zurück gab es nicht mehr. Er war es ihr schuldig. Weil es das Letzte war, was er tun konnte. Er hatte sie zu Lebzeiten einfach nicht schützen können, darum musste er wenigstens jetzt für Gerechtigkeit sorgen.

Das Tor zum Haus lag etwa zehn Meter von ihm entfernt. Er musste die Straße überqueren und dann den richtigen Moment abwarten. Wenn die Kamera am Torpfosten, die den Zaun abscannte, abdrehte.

Es war kein Auto zu sehen. Und kein Fußgänger. Der Moment war also gekommen.

Er schlich über die Straße und blieb außerhalb der Blickwinkel der Kameras stehen. Jetzt nur noch warten, bis sie weg von der Straße Richtung Haus schwenkte.

Eine Minute blieb ihm.

Gleich war es so weit. Nur noch ein paar Sekunden.

Er öffnete den Rucksack und holte die Tüte heraus. Sie wog schwer, doch schlimmer war der Gestank, der aus ihr strömte. Einen kurzen Würgereiz konnte er gerade noch so unterdrücken, als er hineingriff und das in der Hand hielt, womit er ihm seine Botschaft übermitteln wollte.

Die Kamera schwenkte um. Ab jetzt galt es. Er legte den leeren

Rucksack ab und lief die letzten Meter in gebückter Haltung. Angestrengt achtete er darauf, dass ihm der Gegenstand nicht aus den Händen rutschte. Dann kletterte er vorsichtig an dem großen Eisentor hinauf, bis er die Spitze in knapp drei Metern Höhe erreichte.

Es ging einfacher, als er geglaubt hatte. Obwohl er sich nur mit einer Hand festhalten konnte, gelang es ihm relativ mühelos, den Schweinekopf auf den beiden Spitzen des Tors aufzustecken. Er richtete ihn zur Villa hin aus und steckte noch schnell den kleinen Zettel in sein Maul. Dann schwang er sich hinunter und sprang aus mehr als einem Meter Höhe auf den gepflasterten Weg. Er knickte mit dem linken Fuß ein wenig weg, aber der kurze Schmerz wurde sofort von dem Gefühl der Genugtuung verdrängt. Sein Plan war aufgegangen, die Kamera drehte sich erst jetzt langsam wieder zurück. Er hatte nicht einmal dreißig Sekunden gebraucht.

Zum ersten Mal, seitdem Maria tot war, huschte ein Lächeln über seine Lippen. Eine leise Hoffnung, dass sein Racheplan aufging. Dass dieses Mal nicht er der Verlierer sein würde.

Er schnappte sich seinen Rucksack und verschwand so unauffällig, wie er gekommen war, in der Dunkelheit. Und in nicht einmal zwölf Stunden würde er wissen, ob diese Botschaft ausreichend gewesen war oder ob er weitere Grenzen überschreiten musste. Grenzen, hinter die zu schauen er sich im Moment noch immer nur schwer vorzustellen vermochte.

Grüner Saft

Ein wenig Genugtuung hatte Jan in dem Moment durchaus empfunden, als Regina Schmidt, die Sekretärin von Hagen Piepenbrock, seinen Anruf entgegennahm und sich mit ihrer resoluten
Stimme meldete. Denn so unmissverständlich, wie sie es gestern
getan hatte, hatte er ihr direkt klargemacht, dass die Kripo heute
Morgen mit Piepenbrock sprechen wolle. Den Grund dafür hatte
er so vage wie möglich gelassen, damit Piepenbrock keine Chance
besaß, sich seine Antworten bereits im Vorfeld zurechtzulegen.
Antworten auf Fragen, über die Cengiz und er in den letzten
zwanzig Minuten auf der Fahrt zum Firmensitz von Piepenbrock
gesprochen hatten. Jan hatte Lara gebeten mitzukommen, aber
sie wollte sich fürs Erste auf Recherchearbeiten konzentrieren.
Zu groß war ihre Befürchtung, dass der Stress der Ermittlungen
zu einer akuten Verschlechterung ihrer Krankheit führte, und er
konnte ihre Bedenken absolut verstehen.

Der gestrige Abend hatte sein bislang noch verschwommenes
Bild über Piepenbrock etwas aufgeklart. Nicht nur das, was Lara
erzählt hatte, war aufschlussreich gewesen. Weil Jan nach dem
Besuch im »4900« nicht einschlafen konnte, hatte er im Internet selbst noch eine ganze Weile über den Wurstbaron und sein
Imperium recherchiert.

Der Sitz der Westfalenwurst GmbH lag am Fuße des Kaiser-
Wilhelm-Denkmals in einem zu Porta Westfalica gehörenden
Industriegebiet. Es handelte sich um den Hauptsitz der Firma,
allerdings existierten in der weiteren Umgebung noch einige
kleinere Betriebe, die Piepenbrock in den letzten Jahren aufgekauft hatte. Nicht wenige waren kurz nach der Übernahme aber
auch geschlossen worden. Piepenbrock war es allem Anschein
nach nur darum gegangen, möglichst viele Wettbewerber auszuschalten. Die profitablen Betriebe hatte er sich einverleibt, alle
anderen so schnell wie möglich abgewickelt, sodass die ehemaligen Eigentümer bestenfalls noch nach einer rechtlichen Lücke

suchen konnten, um das Ganze wieder rückgängig zu machen. Den wirtschaftlichen Erfolg konnte man Piepenbrock nicht absprechen, im vergangenen Jahr gehörte das Unternehmen zu den drei größten wurstverarbeitenden Betrieben Deutschlands.

»Die Situation wird schwierig für mich«, sagte Jan, als sie den Firmensitz von Weitem erkannten. Das glückliche Schwein auf dem Logo schien ihm nicht nur unpassend, sondern geschmacklos.

»Wenn du dich mit ihm privat arrangieren musst, wäre es in der Tat sinnvoll, dass du dich etwas zurückhältst. Ich darf also?«, fragte Cengiz.

»Du darfst immer. Oder fühlst du dich in meiner Anwesenheit neuerdings eingeschränkt?«

»Ohne dich an meiner Seite würde ich wahrscheinlich öfter mal richtig zubeißen. Darum ist es meistens wohl ganz gut, wenn ich nur aus dem Hintergrund belle.«

»Heißt das, ich muss dir gleich einen Maulkorb anlegen? Oder wirst du dich unter Kontrolle haben?«

»Keine Sorge, ich kann schon einschätzen, worum es hier geht«, erwiderte Cengiz. »Allerdings werde ich Piepenbrock nicht verschonen. Er bekommt die Fragen, die er verdient. Und vielleicht noch ein bisschen mehr.«

»Wenn es mir zu viel wird, huste ich so diskret wie möglich.«

»Aber bitte so laut, dass ich es merke.«

Jan lächelte. Er beobachte Cengiz, der gerade auf den Parkplatz der Westfalenwurst GmbH einbog. Vielleicht war es genau richtig, ausgerechnet ihn auf Piepenbrock loszulassen. Jemanden, der unvoreingenommener als er selbst war. Dem es gelang, diesem Mann Kontra zu geben, ohne persönliche Konsequenzen befürchten zu müssen. Und gleichzeitig so viel Souveränität und Selbstbewusstsein ausstrahlte, dass er Piepenbrock genau an den Punkt treiben würde, an dem er ihn haben wollte.

Das Firmengebäude bestand aus einer Produktionshalle, die mindestens so groß wie zwei Fußballfelder und so hoch wie ein zehnstöckiges Haus war. Direkt daneben befand sich ein Verwaltungsgebäude, das optisch den Charme der achtziger Jahre versprühte. Funktional und einfach gehalten. Auch der Eingangsbereich strahlte wenig Einladendes aus.

Am Empfang saß ein Mann von Mitte dreißig und blickte sie mit einer Mischung aus Skepsis und Gleichgültigkeit an.

»Kripo Bielefeld«, sagte Cengiz. »Wir haben einen Termin bei Herrn Piepenbrock.« Jan und er zückten ihre Dienstausweise.

»Mit wem haben Sie den Termin denn abgestimmt?«

»Wir ermitteln in einem wichtigen Fall.«

»Bevor ich die Nummer des Chefbüros wähle, würde ich gerne sichergehen, dass alles seine Richtigkeit hat. Wir haben strenge Vorschriften, aus guten Gründen.«

»Ich habe mit Frau Schmidt gesprochen«, sagte Jan. »Sie wird sich an unser Telefonat erinnern.«

»Einen Moment.« Der Mann griff nach dem Telefonhörer und rollte auf seinem Bürostuhl ein Stück zurück. Doch so wie es aussah, schien er niemanden zu erreichen.

»Hören Sie«, sagte Cengiz plötzlich. »Wir sind hier, weil wir in zwei Mordfällen ermitteln. Ihre Vorschriften in allen Ehren, aber das interessiert uns nicht. Versuchen Sie gerne, das Sekretariat von Herrn Piepenbrock zu erreichen und Bescheid zu geben, dass wir hier sind. Wir nehmen in der Zeit schon mal den Fahrstuhl und fahren in die Chefetage.«

So kannte Jan ihn. Direkt und unbarmherzig, aber nur wenn es um die Ermittlungen ging. Cengiz war der beste Kollege, den er sich vorstellen konnte, und er war im Lauf der Jahre zu einem Freund geworden, auch wenn sie privat noch nie etwas gemeinsam unternommen hatten.

Während der Mann am Empfang offenbar ständig neue Nummern wählte, stiegen Jan und Cengiz einfach in den Fahrstuhl. Die Geschäftsführung befand sich in der vierten und gleichzeitig obersten Etage. Die Tür öffnete sich nach einer kurzen Fahrt, vor ihnen breitete sich ein moderner, halbrunder Empfangstresen aus. Es schien fast so, als wären sämtliche Investitionen in den vergangenen Jahrzehnten ausschließlich in die Chefetage geflossen. Exquisite Möbel, eine lockere Aufteilung der Räumlichkeiten und warme Farben – hier machte tatsächlich gar nichts den Eindruck, als würde das Unternehmen sein Geld damit verdienen, Schweinehälften zu Wurst zu verarbeiten.

Hinter dem Tresen saßen zwei junge Frauen mit Headsets, halb versteckt hinter mehreren Monitoren. Sie telefonierten und tippten in ihre Tastaturen, ohne dass sie Kenntnis von den Besuchern nahmen. Es fiel Jan schwer zu glauben, dass eine von ihnen Regina Schmidt war.

Als ob Piepenbrocks Sekretärin seine Gedanken gelesen hätte, tauchte im nächsten Augenblick eine Frau mit kurzen grauen Haaren im hinteren Bereich der Etage auf und trat entschlossen auf sie zu.

»Frau Schmidt«, sagte Jan, ohne in Frage zu stellen, wem er die Hand entgegenstreckte. »Schön, dass wir uns nun mal persönlich kennenlernen. Auch wenn der Anlass nicht gerade erfreulich ist.«

Der Blick, den sie ihm zuwarf, war wie eine Ladung giftiger Pfeile, die auf ihn abgefeuert wurde. Untermalt mit einem eingefrorenen Lächeln.

»Freude empfinde ich bei anderen Gelegenheiten«, sagte sie. »Ich muss Sie leider enttäuschen. Herr Piepenbrock steht heute Morgen nicht für ein Gespräch zur Verfügung.«

»Vielleicht habe ich mich am Telefon nicht klar genug ausgedrückt, aber wir haben nicht um ein Gespräch gebeten, sondern –«

»Das habe ich verstanden«, unterbrach sie ihn. »Da Herr Piepenbrock heute Morgen allerdings nicht hier ist, kann ich Ihnen nicht weiterhelfen.«

»Was soll das heißen, er ist nicht hier?«, fragte Cengiz nach. »Wenn er einen Termin hat, hätten Sie uns das doch wohl am Telefon gesagt?«

»Nein, er sollte eigentlich hier sein«, erklärte Regina Schmidt. »Aber das ist er nicht.«

»Wir können warten, falls er sich verspätet.«

»Das können Sie gerne tun, aber da ich Herrn Piepenbrock nicht erreichen kann und heute auch noch nichts von ihm gehört habe, gehe ich davon aus, dass er anderen Verpflichtungen nachkommt.«

Anderen Verpflichtungen? Jan lag ein Kommentar auf der Zunge, aber er schluckte ihn hinunter.

»Was ist mit Herrn Brinkhaus?«, fragte Cengiz. »Ist er zu sprechen?«

»Jörg Brinkhaus? Weshalb wollen Sie denn mit ihm reden?«

»Weil wir hier sind, um zu verstehen, welche Rolle Tessa Gräfe in diesem Unternehmen gespielt hat. Und wenn wir nicht völlig falschliegen, sollte Jörg Brinkhaus uns dabei helfen können.«

»Ich kann fragen, ob er Zeit für Sie hat. Aber Herr Brinkhaus ist ein viel beschäftigter Mann.«

»Wer ist das nicht«, sagte Cengiz. »Sagen Sie ihm, dass wir ihn in spätestens zwei Minuten sprechen möchten.«

»Ich glaube nicht –«

»Doch, sagen Sie es ihm genauso.«

Regina Schmidt haderte, wandte sich aber schließlich ab und verschwand auf dem Gang, von dem sie gekommen war. Eine Weile später erschien sie wieder und gab Jan und Cengiz per Handzeichen zu verstehen, dass sie ihr folgen sollten.

Der Weg in das Büro des Geschäftsführers der Westfalenwurst GmbH war weiter, als Jan sich vorgestellt hatte. Hinter dem Empfangstresen führte ein lang gestreckter Gang in den hinteren Bereich, von wo er dann noch einmal links abzweigte und in ein Büro mündete, das im Grunde gar nicht mehr als solches erkennbar war. Die große Sitzlounge, eine kleine Bar, mehrere Topfpalmen und ein durch eine Glasscheibe abgetrennter Bereich, der offenbar für Raucher vorgesehen war, sorgten zwar für eine entspannte Atmosphäre, aber auf Jan wirkte die Einrichtung irgendwie unpassend. Für die Chefetage eines wurstverarbeitenden Betriebs hatte er nicht die Innenausstattung einer angesagten Bar erwartet.

»Sie müssen sich noch ein wenig gedulden, Herr Brinkhaus kommt in ein paar Minuten. Kaffee oder Tee?«

»Kaffee«, sagte Cengiz.

»Für mich gerne einen Schwarztee.«

Regina Schmidt nickte und wollte gerade wieder gehen, als Jan sie noch einmal ansprach. »Beeindruckende Räumlichkeiten«, sagte er. »Wo befindet sich denn eigentlich das Büro von Herrn Piepenbrock?«

»Wir sind vorhin daran vorbeigegangen«, antwortete sie. »Herr Piepenbrock hat hier ein kleines Büro, er ist nur noch sporadisch hier. Er arbeitet hauptsächlich aus dem Homeoffice.«

»Bedeutet das auch, dass er mit dem operativen Geschäft eigentlich gar nichts mehr zu tun hat?«

»Ich weiß nicht, ob man das so sagen kann. Aber Sie wissen ja, dass Herr Piepenbrock sich neben diesem Unternehmen seit einiger Zeit durchaus auch anderen Dingen widmet.«

»Allerdings.«

»Dann ist es also so, dass Herr Brinkhaus der starke Mann der Firma ist?«, fragte Cengiz provokant.

»Das haben Sie gut erkannt.« Aus dem Hintergrund trat ein großer, schlanker Mann auf sie zu. Jan fixierte ihn. Mit seiner kurzen angegrauten Seitenscheitelfrisur, dem dunklen Dreitagebart und dem schicken dunkelblauen Anzug über einem weißen Hemd mit bronzefarbenen Manschettenknöpfen machte er eher den Eindruck, Geschäftsführer eines Medienunternehmens oder einer Werbeagentur zu sein. Andererseits passte sein Auftreten zur Einrichtung dieses Büros der Westfalenwurst GmbH.

Jan gab Cengiz ein Zeichen und ließ ihm den Vortritt, so wie sie es abgesprochen hatten. Auch wenn das eigentlich für die Befragung von Hagen Piepenbrock gegolten hatte.

»Schade, dass es keinen Barkeeper gibt«, sagte er. »Mit einem guten Longdrink in der Hand würde ich mich noch viel lieber unterhalten. Andererseits ist der Grund unseres Besuches nicht dazu geeignet, es sich mit Ihnen in Ihrer schönen Loungegarnitur gemütlich zu machen.«

»Wären Sie am Nachmittag gekommen, hätten wir Ihnen mit Sicherheit einen passenden Drink angeboten, aber dass bei der Kripo schon um diese Uhrzeit Alkohol fließen muss, war mir neu.« Brinkhaus lächelte überlegen und zeigte mit einer Handbewegung auf die Hocker an der Bar. »Bitte, nehmen Sie Platz.«

Er ging um den Tresen herum und setzte sich selbst auf einen Hocker auf der anderen Seite. »Worum geht es denn? Ich hörte, Sie wollten eigentlich mit Hagen sprechen.«

»Das war unsere Idee«, sagte Cengiz, »aber da wir mittlerweile gelernt haben, dass Sie hier das Sagen haben, passt ein Gespräch mit Ihnen im Grunde noch viel besser.«

»Dann Feuer frei!« Wieder lächelte Brinkhaus. »Ich bin sehr gespannt, wie ich Ihnen helfen kann.«

»Sie haben keinerlei Vermutung?«

»Um ehrlich zu sein, nein.«

»Wie lange arbeiten Sie bereits in diesem Unternehmen?«

»Ohne despektierlich zu klingen – wahrscheinlich waren Sie beide damals noch in der Ausbildung.«

»Das glaube ich zwar nicht«, sagte Jan, »aber es würde bedeuten, Sie kennen dieses Unternehmen wahrscheinlich genauso gut wie sein Gründer?«

»Das würde ich nicht bestreiten.«

»Sie wissen, dass Tessa Gräfe vorgestern Abend erschossen wurde?«

»Die Berichterstattung in den Medien war weder zu überlesen noch zu überhören.«

»Ich gehe davon aus, dass Sie damals eng mit ihr als Vorstandsmitglied zusammengearbeitet haben?«

»Das würde ich so nicht behaupten«, antwortete Brinkhaus. »Ich war jahrelang vor allem für den Markenauftritt und die Unternehmensstrategie verantwortlich, Tessa hat dagegen vor allem an Hagens Seite gearbeitet.«

»Und um die Finanzen hat sich Herr Piepenbrock selbst gekümmert?«, hakte Jan ein. »Mehr als um die Marke und die Strategie?«

»Ihm geht es in erster Linie um die Zahlen, das ist richtig. Wenn jemand den Begriff ›Profit‹ noch erfinden müsste, dann wohl Hagen. So hat er es geschafft, das Unternehmen deutschlandweit nicht nur zu etablieren, sondern ganz nach vorne zu bringen. Wir gehören in Europa mittlerweile zu den Top Ten.«

»Glückwunsch«, sagte Jan sarkastisch.

»Wir sind stolz darauf, was wir erreicht haben. Und die Produkte kommen immer noch bei den Verbrauchern an, wir trotzen sozusagen den Vegetariern und Veganern. Obwohl sich eines unserer Tochterunternehmen mittlerweile tatsächlich auf vegane Waren spezialisiert hat.« Brinkhaus lächelte süffisant.

Das leise Geräusch von Absätzen auf dem Parkettboden hallte durch den großen Raum. Im nächsten Moment erschien Regina Schmidt mit einem Tablett in den Händen.

»Kaffee, Tee und grüner Saft.« Sie stellte die Getränke auf der Theke ab und nickte ihnen zu.

»Danke, Regina.« Brinkhaus nickte zurück, dann wandte er sich mit zufriedener Miene wieder Cengiz und Jan zu. »Granny Smith, Sellerie, Spinat und Minze. Ein Glas, und Sie fühlen sich wie neugeboren. Wenn schon Fleisch, dann müssen wenigstens die Getränke gesund sein.«

»Ich bleibe beim Kaffee«, sagte Cengiz unbeeindruckt. »Kommen wir zu Tessa Gräfe zurück. Weshalb hat sie das Unternehmen damals eigentlich verlassen?«

»Soweit ich mich erinnere, ging das von ihr aus. Sie hatte ein besseres Angebot bekommen, aber so genau habe ich das nicht verfolgt.«

»Was sagt Ihnen der Name Fabian Sieveking?«

»Nie gehört.« Brinkhaus runzelte die Stirn. »Müsste ich ihn kennen?«

»Er war als Steuerberater für Ihr Unternehmen tätig, in der Zeit, als auch Tessa Gräfe noch hier gearbeitet hat.«

»Ist er etwa einer von Tiemann&Brockmeyer?«, fragte Brinkhaus überrascht. »Von denen haben wir uns getrennt, als ich die Geschäftsführung übernommen habe.«

»Weshalb?«

»Wir haben uns für ein kleineres Büro aus Bad Oeynhausen entschieden. Ein persönlicherer Kontakt. Kurze Wege, wenn wir etwas Wichtiges zu besprechen haben.«

»Waren Sie mit Tiemann&Brockmeyer unzufrieden?«

»Nein, eigentlich nicht.«

»Wir wissen, dass Tessa Gräfe dafür verantwortlich war, dass

Tiemann&Brockmeyer Auditing als Wirtschaftsprüfer und Steuerberater für die Westfalenwurst GmbH tätig gewesen ist. Auch wenn Sie damals nicht so tief in die Finanzen eingebunden waren, erinnern Sie sich vielleicht dennoch an irgendwelche Vorkommnisse? Mögliche Unregelmäßigkeiten? Probleme mit dem Finanzamt oder der Börsenaufsicht?«

»Nein, gar nichts dergleichen. Ihre Fragen irritieren mich. Wie kommen Sie darauf?«

»Weil auch Fabian Sieveking tot ist«, antwortete Cengiz nüchtern. »Er wurde ebenfalls vorgestern Abend erschossen. Und wir fragen uns, was es zu bedeuten hat, wenn zwei Menschen, die vor ein paar Jahren zur selben Zeit für die Westfalenwurst GmbH gearbeitet haben, an ein und demselben Abend sterben müssen.«

»Und deshalb wollten Sie mit Hagen sprechen und löchern jetzt mich mit Ihren Fragen? Ich bitte Sie, es ist wirklich verdammt viel Zeit vergangen, seitdem Tessa Gräfe hier angestellt war. Von der anderen Person habe ich noch nie etwas gehört. Das Ganze hört sich ziemlich weit hergeholt an, finden Sie nicht?«

»Wir gehen Spuren nach und überprüfen diese«, sagte Cengiz mit ruhiger Stimme. »Und eine Spur führt hierher, in dieses Unternehmen. Ob zwischen dem Tod der beiden und ihrer Tätigkeit für diese Firma ein Zusammenhang besteht, ist noch offen. Und wenn Sie uns dabei helfen können, Näheres herauszufinden, wären wir Ihnen dankbar.«

»Es tut mir leid, aber ich befürchte, da bin ich der Falsche«, sagte Brinkhaus und stieg von dem modern geschwungenen Barhocker herunter. Er schien plötzlich das Interesse an dem Gespräch verloren zu haben. »Wenn Sie keine weiteren Fragen an mich haben, würde ich mich dann entschuldigen. Trinken Sie gerne in Ruhe aus.« Er schnappte sich sein Glas und leerte es in einem Zug. Nur mit Mühe gelang es ihm, sein Gesicht nicht zu verziehen.

»Ich hätte noch zwei Fragen«, stoppte Jan ihn. »Zum einen würde mich interessieren, ob Sie sich jemals mit Tessa Gräfe privat getroffen haben?«

»Was soll die Frage?« Brinkhoff reagierte vehementer, als Jan erwartet hatte. »Ich habe Ihnen doch gerade eben gesagt, dass ich mit Tessa Gräfe kaum etwas zu tun hatte. Nicht hier im Unternehmen und schon gar nicht privat.«

»Aber vielleicht wissen Sie, ob Herr Piepenbrock näheren Kontakt zu ihr gepflegt hat?«

»Denken Sie etwa, er hatte ein Verhältnis mit ihr? Hagen ist verheiratet.«

»In dritter Ehe«, entgegnete Jan.

»Es tut mir leid, ich kann Ihnen auch hier nicht weiterhelfen«, sagte Brinkhaus. »Und ich werde mich nicht an irgendwelchen Spekulationen zu Hagens Privatleben beteiligen.«

»Weil Sie ihn schützen wollen oder weil Sie ihn nicht gut genug kennen?«

»Das ist jetzt schon die dritte Frage.«

»Nein, sie gehört noch zur ersten. Also?«

»Hagen und ich kennen uns seit zwanzig Jahren. Er ist mein Vorbild gewesen. Und irgendwann so etwas wie mein Mentor. Ich glaube, dass wir beruflich so ziemlich alles von dem anderen wissen. Wir hatten immer ein gutes Verhältnis, auch wenn wir in letzter Zeit deutlich weniger miteinander zu tun hatten.«

»Dann komme ich zu meiner zweiten Frage: Wie verlief der Übergang von Piepenbrock als alleinigem Chef der Firma hin zu Ihnen als Geschäftsführer? Wieso hat er sich für Sie entschieden? Und gab es auch andere Kandidaten?«

»Das waren jetzt drei Fragen auf einmal, aber ich antworte Ihnen, so gut ich kann.« Brinkhaus setzte sich wieder. »Vor knapp vier Jahren äußerte Hagen zum ersten Mal, dass er sich aus dem operativen Geschäft zurückziehen möchte. Er hat damals alle Abteilungsleiter eingeweiht und anschließend viele Gespräche geführt. Es gab auch externe Kandidaten. Ich hatte eigentlich keine großen Hoffnungen, weil ich im Gegensatz zu ihm nun mal kein Zahlenmensch bin, aber er hat sich schließlich für mich entschieden. Das werde ich niemals vergessen.«

»Glauben Sie, dass er seine Entscheidung jemals bereut hat?«, fragte Cengiz plötzlich.

»Wie bitte?«

»Sie machen selbst keinen Hehl daraus, dass Sie beide aktuell kein enges Verhältnis zueinander haben«, sagte Cengiz. »Umso bemerkenswerter finde ich, dass das früher einmal anders gewesen ist.«

»Sie versuchen da, eine Geschichte zu konstruieren, die es nicht gibt«, entgegnete Brinkhaus kühl. »Wir hatten nie eine enge persönliche Verbindung, haben aber immer professionell zusammengearbeitet. Und in den letzten Jahren hat sich Hagen, wie Sie wissen, immer mehr aus der Firma zurückgezogen.«

»Na schön, dann wollen wir Sie nicht länger aufhalten«, sagte Jan und erhob sich jetzt von seinem Hocker. Den leicht irritierten Blick von Cengiz entgegnete er mit einem Kopfschütteln.

»Ich wünsche Ihnen viel Erfolg bei Ihren Ermittlungen«, sagte Brinkhaus. »Frau Schmidt wird Sie gleich hinausführen.« Er stand auf und ging zum anderen Ende des Raums.

»Ich lasse Ihnen meine Karte liegen, falls Ihnen doch noch etwas einfällt«, rief Jan hinterher, aber Brinkhaus schien ihm schon nicht mehr zugehört zu haben.

»Er hätte uns nichts Interessantes mehr erzählt«, sagte er zu Cengiz, nachdem Brinkhaus verschwunden war. Jetzt erst wurde ihm bewusst, dass es in der in bunten Farben gehaltenen Tapetenwand im Raum offenbar eine Tür gab, durch die der Geschäftsführer der Westfalenwurst GmbH verschwunden war.

»Weil er nicht konnte oder nicht wollte?«, fragte Cengiz.

»Genau das müssen wir herausfinden. Mein Gefühl ist zumindest, dass er nicht alles gesagt hat, was er weiß. Am sinnvollsten erscheint mir aber nach wie vor, dass wir so schnell wie möglich mit Piepenbrock sprechen.«

Von Regina Schmidt erfuhren sie, dass sich Hagen Piepenbrock noch immer nicht gemeldet hatte und auch telefonisch nach wie vor nicht zu erreichen war. Auf Jans Nachfrage versprach sie, die Unterlagen zu den damaligen Auditings, an denen Gräfe und Sieveking beteiligt gewesen waren, herauszusuchen und ihnen so schnell wie möglich zukommen zu lassen. Während Jan und

Cengiz das Gebäude verließen, sah sie der Mann am Empfang mit einem durchdringenden Blick an.

»Ich glaube, noch mal kommen wir hier nicht so einfach rein«, sagte Jan und lachte.

»Es wäre schön, wir müssten es auch gar nicht«, entgegnete Cengiz trocken.

Als sie nach draußen traten, hatte leichter Nieselregen eingesetzt. Ein untrügliches Zeichen, dass der Herbst vor der Tür stand.

Aber noch etwas anderes hatte sich verändert, seit sie vor einer knappen Stunde das Gebäude betreten hatten. Aus der Ferne waren auf einmal Trillerpfeifen und laute Rufe zu hören. Sie brauchten einige Sekunden, ehe sie begriffen, dass der Lärm von einer Gruppe Menschen kam, die knapp zweihundert Meter von ihnen entfernt vor dem Tor zur Fabrikhalle standen und lautstark protestierten.

»Scheint wohl doch nicht alles so rosig zu laufen, wie Brinkhaus uns das weismachen wollte«, sagte Cengiz.

Jan kratzte sich nachdenklich am Kopf. Er rief sich vor Augen, was er gestern Abend erfahren hatte. Es gab einige Zeitungsartikel über die Westfalenwurst GmbH, in denen darüber berichtet wurde, dass die Hygienebedingungen in der Produktion zu wünschen übrig ließen. Auch die Löhne der überwiegend ausländischen Arbeiter wurden immer wieder kritisiert.

»Ich könnte mir durchaus vorstellen, weshalb diese Leute dort protestieren«, sagte er schließlich. »Lass uns mal rübergehen und uns ein wenig umhören.«

Schon aus einiger Entfernung erkannte Jan, dass er mit seiner Vermutung wohl nicht ganz falschlag. Die überwiegend jüngeren Demonstranten hielten Schilder hoch, auf denen die Westfalenwurst GmbH ziemlich radikal kritisiert wurde.

Allerdings handelte es sich bei den Demonstranten nicht um Mitarbeiter und Mitarbeiterinnen, die sich gegen ihre Arbeitsbedingungen auflehnten. Hier schienen vielmehr Aktivisten gegen das Unternehmen vorzugehen. Auf den Plakaten wurde der Westfalenwurst GmbH vor allem vorgeworfen, Billigfleisch zu verarbeiten. Von Schweinen, die in unzumutbaren Zuständen gehalten wurden. Das mache zudem die Fleischpreise kaputt, und die Bauern müssten bei der Haltung der Tiere immer mehr einsparen.

»Wundert mich nicht, dass Brinkhaus davon nichts erzählt hat«, sagte Jan. »Unangenehmes Thema, das man wahrscheinlich so klein wie möglich halten will.«

»Ich weiß schon, warum ich kein Schweinefleisch esse.« Cengiz verzog den Mund. »Aber davon abgesehen ist es mir auch ein Rätsel, wieso die Menschen diese Billigwurst kaufen. Macht sich denn niemand Gedanken darüber, zu welchen Bedingungen das hergestellt wird?«

»Ich befürchte nicht«, antwortete Jan. »Aber wenn ich ehrlich bin, schaffe ich es auch nicht immer, genau zu verfolgen, was für Wurst oder Fleisch ich esse.«

»Das solltest du aber.«

»Ich wusste gar nicht, dass du so genau auf deine Ernährung achtest.«

»Was meinst du, weshalb ich immer so grimmig gucke, während ihr euch Currywurst und Mettbrötchen reinschiebt?«

»Du kannst mir bei Gelegenheit ja mal zeigen, wo ich bessere Alternativen in Bielefeld finde.«

»Nichts leichter als das.«

»Auch wenn die Leute hier vielleicht nicht ganz unrecht haben, sollten wir ein paar Kollegen dazu rufen, damit diese Versammlung gesichert wird«, wechselte Jan das Thema. »Wenn ich mir die beiden Sicherheitsleute ansehe, befürchte ich, dass sie nicht unbedingt zur Befriedung der Stimmung beitragen.« Er nickte in Richtung der breitschultrigen, schwarz gekleideten Männer, die sich hinter dem Werkstor postiert hatten. »Ich gehe mal hin und gebe denen Bescheid, dass sie die Füße stillhalten sollen.«

Jan ging mit etwas Abstand an den etwa zwei Dutzend Demonstranten vorbei. Das Geräusch der Trillerpfeifen schrillte dabei in seinen Ohren. Kurz vor dem Tor drängte er sich an ein paar jungen Leuten vorbei und trat direkt an die Gitterstäbe.

»Kripo Bielefeld«, kam Jan direkt zur Sache. »Wir waren wegen einer anderen Sache bei der Geschäftsführung und haben dann gesehen, was hier los ist. Unser Vorschlag wäre, dass wir ein paar Streifenwagen anfordern. Falls Sie das nicht schon getan haben?«

»Keine Polizei«, antwortete der linke der beiden Sicherheitsleute mit tiefer Stimme. Ein osteuropäischer Akzent war deutlich herauszuhören. »Anweisung von oben.«

»Und was ist in diesem Fall von oben?«

»Oben ist oben.«

»Sind Sie sich denn sicher, dass Sie die Lage hier im Griff haben?«

»Natürlich, das ist ja nicht das erste Mal.«

»Was meinen Sie damit?«, fragte Jan überrascht.

»Diese Leute kommen seit ein paar Tagen vor das Tor. Deswegen stehen wir beide ja hier.«

Jan runzelte die Stirn. Die Proteste dieser Aktivisten dauerten also offenbar schon länger an. Stellte sich die Frage, weshalb Jörg Brinkhaus das vorhin eigentlich gar nicht erwähnt hatte.

Worst Case

Das Haus von Hagen Piepenbrock in der Schützenstraße war mit Sicherheit eines der imposantesten in ganz Bad Oeynhausen. Als Cengiz und Jan sich am späten Vormittag der Villa näherten, hofften sie darauf, ihren Besitzer anzutreffen, nachdem sie es telefonisch bislang erfolglos versucht hatten.

Jan kannte die Gegend. Sein Vater hatte vor mehr als dreißig Jahren eine mehrwöchige Kur in Bad Oeynhausen gemacht. Die ganze Familie hatte ihn jedes Wochenende besucht und viele lange Spaziergänge durch den imposanten Kurpark und die Umgebung gemacht. Nicht, dass er als Kind Spaß dabei empfunden hätte, aber die Parkanlage mit den Wasserspielen und den prachtvollen Gebäuden waren ihm in Erinnerung geblieben.

Es war so, wie Jan befürchtet hatte. Niemand öffnete das große Eisentor, hinter dem eine gepflasterte Auffahrt zum Haus von Piepenbrock führte. Und auch über die Gegensprechanlage, die links in einem der steinernen Pfeiler verbaut war, meldete sich keiner.

»Nicht mal, wenn ich Milliardär wäre, würde ich mir so eine Hütte zulegen«, sagte Cengiz. »Wäre mir viel zu stressig. Allein kannst du so viele Quadratmeter doch gar nicht in Schuss halten, also laufen ständig irgendwelche Menschen in deinem Haus herum, die du gar nicht richtig kennst.«

»Irgendwie muss man das viele Geld ja ausgeben.« Jan zuckte mit den Schultern.

»Es gibt genügend Möglichkeiten, seine Millionen für gute Dinge auszugeben. In einer Villa zu leben, die mehr als achthundert Quadratmeter groß ist, gehört für mich nicht gerade dazu.«

»Für mich auch nicht, aber man kann ihn ja schlecht enteignen«, sagte Jan lächelnd. »Auch wenn ich mir wünschte, er wäre nicht der Teilhaber unseres Hofes geworden.«

»Vielleicht sollte man solche Menschen besser stoppen.«

Jan blickte seinen Kollegen an und versuchte, dessen Worte einzuordnen. Multimillionäre stoppen? Sich gegen schlechte Tierhaltung positionieren? So hatte er Cengiz noch nie erlebt. Er konnte sich nicht daran erinnern, jemals mit ihm über politische oder gesellschaftliche Themen abseits ihrer Ermittlungen gesprochen zu haben.

»Schwieriges Thema«, sagte er schließlich. »Aber leider ist es wohl so, dass die Ungerechtigkeit auf der Welt nicht gelöst wird, indem man den Millionären ihren Reichtum wegnimmt.«

»Mark Zuckerberg und Jeff Bezos würden dir sofort einen Like geben.«

Jan wollte etwas erwidern, zum Beispiel dass es natürlich gar keinen Sinn hatte, überhaupt Milliardär zu sein, weil kein Mensch auf dieser Welt so viel Geld benötigte. Und dass dieses Thema ohnehin wahnsinnig komplex sei, aber er entschied sich dafür, lieber nichts zu sagen. Eine Diskussion um derart aufgeladene Themen war an sich schon schwierig. Erst recht hatte es keinen Sinn, sie genau dann zu führen, während sie versuchten, in die Villa einer möglicherweise in einen Mordfall involvierten Person eingelassen zu werden.

Im nächsten Moment schrak Jan zusammen. Das mächtige Eisentor machte ein Geräusch und öffnete sich wie von Geisterhand. Er fuhr herum und sah, dass eine Mercedes-S-Klasse von der Straße in ihre Richtung abbog. Trotz der leicht verdunkelten Scheiben war er sich sofort sicher, dass Hagen Piepenbrock hinter dem Steuer saß. Daneben eine Frau mit dunklen Haaren.

Jan und Cengiz stellten sich in den Weg und gaben Piepenbrock ein Zeichen, anzuhalten. Der machte jedoch gar keine Anstalten und steuerte voll auf die beiden zu, sodass sie zur Seite springen mussten. Dann gab er Gas und fuhr auf die Auffahrt, die zu seinem Haus führte.

»Was war das denn bitte?«, fragte Cengiz wütend.

»Nun, ich bin Piepenbrock bislang ja erst einmal begegnet, aber auch da ist mir schon aufgefallen, dass er ziemlich unbeherrscht reagieren kann. Ich denke mal, er hat mich nicht erkannt. Zumindest hoffe ich das. Vielleicht dachte er, wir gehören zu den Demonstranten, die jetzt auch noch seine Privateinfahrt belagern.«

»Mir ist ehrlich gesagt vollkommen egal, was er gedacht hat«, sagte Cengiz noch immer aufgebracht. »Der hätte uns gerade knallhart über den Haufen gefahren. Willst du dir das etwa gefallen lassen?«

»Wenn wir ihm in Ruhe unsere Fragen stellen wollen, wäre es vielleicht ganz sinnvoll, nicht auf Konfrontation zu ihm zu gehen.«

»Dann nehme ich ihn mir eben zur Brust, sobald wir wissen, ob er uns bei unseren Ermittlungen weiterhelfen kann oder nicht.«

»Ich erinnere dich daran, dass ich mit Piepenbrock in Zukunft auch privat noch zu tun haben werde. Es muss also nicht unbedingt sein, dass wir ihn komplett gegen mich aufbringen.«

»Wenn du dich von ihm dauerhaft so behandeln lassen willst, ist das dein Problem. Ich glaube, dass es für dich besser ist, wenn du ihm von Anfang an seine Grenzen aufzeigst. Lass uns jetzt gehen.«

Jan blieb noch einen Moment stehen und sah hinter seinem Kollegen her. Hatte er ihn überhaupt schon einmal so angefasst gesehen? Einerseits absolut verständlich, aber in dieser Situation nicht unbedingt hilfreich. Er musste aufpassen, dass Cengiz sich weiter im Griff hatte. Dass er nicht seine gesellschaftlichen Ansichten mit den Ermittlungen vermischte, zusätzlich getriggert durch die Provokation von Piepenbrock.

Jan lief die letzten Meter über die Auffahrt, die den Eindruck einer kleinen Allee machte, sodass Cengiz und er gemeinsam an der S-Klasse ankamen, aus der Piepenbrock gerade ausstieg.

»Verlassen Sie sofort mein Grundstück«, rief er, ohne sich ihnen zuzuwenden. »Ich habe mein Handy griffbereit und rufe sofort die Polizei.«

»Das ist gar nicht nötig«, rief Jan zurück. »Wir sind schon da. Und eigentlich hatte ich gehofft, Sie würden Ihren neuen Geschäftspartner etwas freundlicher begrüßen.«

Jetzt drehte sich Hagen Piepenbrock abrupt um und blickte

Jan mit Augen an, die eine Mischung aus Konsternation und Ablehnung ausstrahlten. »Was machen Sie denn hier?«, fragte der Wurstbaron. »Ich kann mich an einem Tag wie heute nicht um Pferde und den Hof kümmern.«

»Deswegen sind wir gar nicht hier.«

»Sondern?«

»Es geht um unsere Ermittlungen im Fall der getöteten Tessa Gräfe und –«

»Hören Sie, auch dafür habe ich im Moment wirklich keinen Kopf. Heute Morgen steckte ein Schweinekopf auf dem Tor dort hinten, und vor meiner Firma steht ein wild gewordener Mob. Darüber können wir sehr gerne sprechen.«

»Wir waren vorhin dort, es hieß, die Polizei sei nicht erwünscht«, sagte Jan, während er versuchte, die Worte von Piepenbrock einzuordnen.

»Natürlich nicht, oder meinen Sie, ich will, dass das auch noch hohe Wellen schlägt! In solchen Momenten hilft doch nur, das Ganze auszusitzen.«

Piepenbrocks Beifahrerin stieg aus dem Mercedes und warf ihnen einen argwöhnischen Blick zu. Dann schwenkte sie ihre schwarzen Haare mit einer übertriebenen Handbewegung nach hinten und setzte sich einen ausladenden Hut auf. Zu sehen waren jetzt nur noch ihre knallrot geschminkten Lippen, die sie zu einer gelangweilten Grimasse verzog.

»Ihre Frau?«

Piepenbrock nickte. »Glauben Sie mir, der Anblick am Tor heute Morgen war auch für sie nicht gerade schön. Sie fühlt sich nicht mehr sicher, seitdem es diese Verrückten auf uns abgesehen haben.«

»Sie glauben also, dass das mit dem Schweinekopf dieselben Leute waren, die auch gegen Ihr Unternehmen demonstrieren?«

»Wer denn sonst?«

»Jemand, der Tessa Gräfe umgebracht hat. Oder Fabian Sieveking, der Name sollte Ihnen auch noch etwas sagen.«

»Was soll das jetzt?«

»Auch er ist tot, wir haben seine Leiche am selben Abend

wie die von Tessa Gräfe gefunden. Beide wurden erschossen. Wir wissen mittlerweile, dass Sieveking für Ihr Unternehmen als Steuerberater tätig gewesen ist. Zur selben Zeit, in der auch Tessa Gräfe für Sie gearbeitet hat. Sie war damals offenbar verantwortlich dafür, dass das Unternehmen Tiemann&Brockmeyer Auditing von Ihnen beauftragt wurde.«

»Keine Ahnung, darum habe ich mich nicht gekümmert. Was wollen Sie denn jetzt überhaupt von mir?«

»Stellen Sie sich nicht dümmer, als Sie sind«, sagte Cengiz plötzlich in einem Tonfall, der klang, als würde er im nächsten Moment zu ganz anderen Mitteln greifen, um die gewünschten Antworten aus Piepenbrock herauszubekommen. »Erzählen Sie uns, was damals zwischen Tessa Gräfe und Sieveking vorgefallen ist, dass beide jetzt sterben mussten. Oder denken Sie allen Ernstes, dass die beiden Morde nur zufällig am selben Abend passiert sind?«

»Verdammt noch mal, ich höre zum ersten Mal davon«, sagte Piepenbrock erbost. Ihm war anzusehen, dass er nur schwer an sich halten konnte. Am liebsten wäre er Cengiz wohl an die Gurgel gegangen. »Tessa Gräfe ist vor Jahren auf eigenen Wunsch bei uns ausgestiegen. Sie war eine hervorragende Führungskraft. Vielleicht stünde sie heute an der Spitze des Unternehmens. Den Namen Sieveking habe ich damals wahrscheinlich mal gehört, aber fragen Sie mich bitte nicht mehr, in welchem Zusammenhang.«

»Aber Sie erinnern sich doch daran, dass Ihr Unternehmen externe Dienstleistungen in steuerlichen Angelegenheiten in Anspruch genommen hat?«, fragte Cengiz.

»Wir haben ständig Steuerberater und Wirtschaftsprüfer im Hause, ein ganz normaler Vorgang. Aber aus diesen Dingen halte ich mich in der Regel heraus. Damals lag das in Tessa Gräfes Händen und später dann in denen des jetzigen Geschäftsführers.«

»Jörg Brinkhaus?«

»Einen anderen haben wir nicht.«

»Mit ihm haben wir vorhin gesprochen. Er behauptet, dass Sie und Tessa Gräfe eng zusammengearbeitet hätten. Wie passt das zusammen?«

»Aus seiner Sicht mag das vielleicht so ausgesehen haben«, reagierte Piepenbrock schroff. »Tatsächlich haben wir öfter zusammengesessen als Jörg und ich. Beim Thema Steuern habe ich aber wie gesagt Tessa komplett vertraut. Das war nie ein Thema zwischen uns.«

»Worauf mein Kollege hinausmöchte«, griff Jan wieder in das Gespräch ein: »Wir können nicht ausschließen, dass es einen Zusammenhang zwischen den beiden Todesfällen gibt. Und daher stellt sich die Frage, ob das Motiv mit Tessa Gräfes Tätigkeit in Ihrem Unternehmen zu tun haben könnte.«

»Und was bitte schön soll das sein?«

»Versuchen Sie, sich zu erinnern, womit Tessa Gräfe damals beschäftigt war. Wobei genau wurde sie durch Tiemann&Brockmeyer Auditing unterstützt? Gab es vielleicht irgendwelche Probleme?«

»Wenn etwas nicht planmäßig verlaufen wäre, hätte ich es gewusst. Tessa und ich hatten in dieser Hinsicht ein vertrauensvolles Verhältnis. Ich kann mir beim besten Willen nicht vorstellen, dass sie etwas zu verantworten hat, das …« Piepenbrock hielt kurz inne, ehe er weitersprach. »Worauf wollen Sie eigentlich wirklich hinaus?«, fragte er skeptisch.

»Alles, was ich darauf antworten würde, wäre rein spekulativ. Aber Sie können sich sicher sein, dass wir durchaus einige Theorien haben.«

»Und alle haben gemein, dass sie in Ihr Unternehmen führen«, ergänzte Cengiz.

»Ich habe mir jetzt lange genug Ihre kruden Ausführungen angehört«, sagte Piepenbrock. »Es wäre schön, wenn Sie mich und meine Frau nun wieder in Ruhe lassen.«

Noch immer blieb der Wurstbaron einigermaßen ruhig. Jan hatte erwartet, dass er ungehaltener auf ihre Anwesenheit und den Gesprächsverlauf reagieren würde.

»Eine letzte Frage habe ich noch«, sagte er. »Die Entscheidung, wer die Geschäftsführung Ihres Unternehmens übernimmt, wie ist die damals gefallen?«

»Wie bitte?«

»Weshalb haben Sie sich für Jörg Brinkhaus entschieden?«

»Ich verstehe die Frage nicht.«

»Doch, das tun Sie. Es gab einen Auswahlprozess, wieso also er?«

»Jörg kennt die Firma wie kein anderer. Das war der entscheidende Grund, ihm den Job anzuvertrauen. Und er führt das Unternehmen seitdem genauso, wie ich es mir gewünscht habe.«

»Es gab also keinen speziellen Grund, dass Sie sich für ihn entschieden haben?«

»Ich war überzeugt von ihm, ganz einfach.«

»Haben Sie die Entscheidung jemals bereut?«

»Wenn es so wäre, würde ich es Ihnen sicherlich nicht sagen.«

»Diese Antwort lässt natürlich viel Raum für Spekulationen.«

»Mir ist völlig egal, was Sie in meine Worte hineininterpretieren. Das Verhältnis von Jörg und mir ist absolut intakt.«

»Natürlich«, sagte Jan in einem Tonfall, der keinerlei Zweifel daran aufkommen ließ, dass er Piepenbrock nicht glaubte. Obwohl er eigentlich nicht so weit gehen wollte, ließ er sich von dessen Art provozieren. »Wie nahe standen Tessa Gräfe und Sie sich damals?«

Jan wartete darauf, dass Piepenbrock jetzt in die Luft gehen würde, aber stattdessen grinste er ihn mit einem überlegenen Lächeln an.

»Ich hätte gedacht, dass Sie Ihre privaten Angelegenheiten und die polizeilichen Ermittlungen besser trennen können«, sagte er. »Ich gebe Ihnen jetzt einen guten Rat: Wenn wir beide eine vernünftige Geschäftsbeziehung haben wollen, sollten Sie sich genau überlegen, wie Sie sich mir gegenüber äußern. Und vor allem, was Sie mir unterstellen.«

»Ist das eine Drohung?«

»Das ist ein Ausblick darauf, was Sie erwarten kann, wenn ich das Gefühl habe, dass Sie ein falsches Spiel treiben.«

»Wir gehen unserer Arbeit nach und versuchen, den Mord an zwei Menschen aufzuklären, deren Vergangenheit sich in Ihrem Unternehmen kreuzt.«

»Ich glaube kaum, dass Ihnen diese Tatsache das Recht gibt, mir Fragen nach meinem Verhältnis zu Tessa zu stellen, während meine Frau ein paar Meter entfernt steht. Haben Sie das jetzt verstanden?«

Cengiz trat einen Schritt vor und baute sich vor Piepenbrock auf. Jan zog ihn jedoch sofort am Arm zurück.

»Lass gut sein«, sagte er. »Seien wir doch mal ehrlich, wir hatten ja auch nicht erwartet, dass er uns helfen wird.«

»Du hast recht.«

»Sie übertreiben es«, sagte Piepenbrock. »Es liegt in Ihrer Hand, wie wir in Zukunft miteinander klarkommen.«

»Das bezweifele ich«, entgegnete Jan. »Aber darum geht es hier nicht. Für uns hat es den Anschein, dass weder Herr Brinkhaus noch Sie uns alles sagen, was Sie über Tessa Gräfe und Fabian Sieveking wissen. Aber selbstverständlich werden wir auch ohne Ihre Hilfe die Wahrheit herausfinden. Einen schönen Tag noch!«

Jan und Cengiz wandten sich ab, ohne auf eine Reaktion von Piepenbrock zu warten. Während sie die lange Auffahrt zurück zur Straße gingen, wechselten sie kein Wort miteinander. Jans Gedanken kreisten um Piepenbrock.

Dass ihr privates Geschäft und die Ermittlungen derart aufeinanderprallten, war der absolute Worst Case. Natürlich durfte er beides nicht miteinander vermengen. Nicht nur wegen des Falls, auch die Zukunft des Hofs stand auf dem Spiel. Und dennoch wollten ihm zwei Sachen einfach nicht aus dem Kopf gehen. Zum einen ärgerte es ihn, dass er sich von Piepenbrock nach wie vor an der Nase herumführen ließ. Zum anderen war er sich aber auch sicher, dass jemand hier nicht die Wahrheit sagte. Ob es Piepenbrock war, wusste er noch nicht. Gut möglich, dass auch Brinkhaus Dinge verschwiegen hatte.

Noch wussten sie viel zu wenig über das, was Tessa Gräfe und Fabian Sieveking verband. Genau wie über diese Aktivisten, die heute Morgen nicht nur vor dem Werkstor der Firma protestiert, sondern auch einen Schweinekopf auf dem Grundstück von Hagen Piepenbrock hinterlassen hatten. Und ob die beiden anfänglichen Hauptverdächtigen tatsächlich nichts mit den Morden zu tun hatten, würden sie auch noch einmal überprüfen müssen. Je länger die Ermittlungen dauerten, desto undurchsichtiger wurden sie. Die Hoffnung auf einen schnellen Erfolg hatte Jan inzwischen verloren.

Als sie ins Auto stiegen und er spürte, dass sein Magen knurrte, hatte er eine Idee. Wenn sie schon in Bad Oeynhausen waren, musste ein kurzer Abstecher zu Stahls Imbiss doch drin sein. Dass es dort die vielleicht beste Bratwurst der Region gab, war weit über die Stadtgrenze hinaus bekannt.

Als Cengiz sich der der B 61 näherte, an der die Imbissbude lag, fiel Jan wieder ihr Gespräch von heute Vormittag ein. Dass sein Kollege aus religiösen Gründen mit der heimischen Bratwurst ein Problem hatte, war das eine. Allerdings schien er, was seine Ernährung anging, auch sonst sehr darauf zu achten, was gut für ihn war. Eine Seite, die er nicht an ihm gekannt hatte.

Aber was hieß schon »gut«? Aus seiner Sicht war eine gute Bratwurst von einer Imbissbude selbstverständlich so etwas wie Soul Food. Allerdings hatte Cengiz auch etwas anderes gemeint. Ihm ging es darum, dass für die Wurst kein Tier leiden musste.

Als sie die wie aus einem anderen Jahrzehnt gefallene Imbissbude mit dem türkisfarbenen Schriftzug passierten, sagte Jan nichts. Die Bratwurst würde warten müssen, aber aufgeschoben war auf keinen Fall aufgehoben.

Erkenntnisgewinne

Jan konnte sich nicht daran erinnern, dass er aus Besprechungen in einer größeren Runde jemals einen entscheidenden Erkenntnisgewinn gezogen hatte, der ihn in einer Ermittlung weiterbrachte. Meistens ging es nur darum, alle im Team auf denselben Stand zu bringen. Oder auch zu erläutern, was noch nicht klar war oder weshalb die Ermittlungen nicht wie erhofft vorankamen.

Stand ein Fall kurz vor der Aufklärung, musste dagegen alles so schnell wie möglich gehen. Abstimmungen erfolgten dann auf kurzem Weg, zusätzliche Kräfte wurden angefordert, und der Zugriff auf den oder die Täter musste sichergestellt werden. Besprechungen wie die, die für heute Nachmittag angesetzt war, fanden dann nämlich nicht mehr statt.

Er ging davon aus, dass es keine wirklichen Neuigkeiten geben würde. Lediglich Lara sah so aus, als hätte sie Dinge herausgefunden, die sie unbedingt loswerden musste. Bettina und Stahlhut machten dagegen nicht den Eindruck, mit Neuigkeiten aufwarten zu können.

Während Ben Kregel den Anfang machte und das Team begrüßte, betrat Kriminaltechniker Julian Becker den Raum und komplettierte die Runde. Kregel bedankte sich bei allen für den Einsatz in den letzten Stunden und machte gleichzeitig deutlich, dass ihnen die nächsten Tage viel abverlangen würden. Dann übergab er das Wort auch gleich an Jan.

»Ich will gar nicht lange herumreden und fasse mal kurz zusammen, was seit gestern passiert ist«, begann er. »Im Mordfall Fabian Sieveking hat sich infolge einer Gegenüberstellung der Tatverdacht gegen Robert Hartel, den Ex-Partner von Sievekings Freundin, leider nicht erhärtet. Wir mussten ihn aus der U-Haft entlassen. Das Gleiche gilt für Henri Moreau, unseren Hauptverdächtigen im Fall Tessa Gräfe. Es ist ein Zeuge aufgetaucht, der ihn entlastet. Wir müssen davon ausgehen, dass dessen Aussage stimmt, auch wenn Moreaus Anwalt sicherlich alles dafür getan haben wird, eine Person aufzutreiben, die ihm ein Alibi gibt. Da uns bei Moreau grundsätzlich allerdings ein Motiv fehlt, scheint es mir nicht unwahrscheinlich, dass er tatsächlich unschuldig ist.«

Jan griff nach einem Glas Wasser auf dem Tisch und nahm einen kräftigen Schluck. Dann sprach er weiter. »Lara hat einen Zusammenhang zwischen den beiden Morden hergestellt, der im ersten Moment vielleicht noch wie ein Zufall wirkt, aber bei genauerem Hinsehen viel mehr als das sein könnte. Cengiz und ich waren heute bei der Westfalenwurst GmbH, für die Tessa Gräfe vor einigen Jahren gearbeitet hat, während Sieveking als externer Berater in steuerlichen Fragestellungen für sie tätig war. Später waren wir noch zu Hause bei dem alleinigen Gesellschafter der Firma, Hagen Piepenbrock. Leider ist es uns nicht gelungen, Informationen herauszukitzeln, die uns weiterbringen. Sowohl der Geschäftsführer, Jörg Brinkhaus, als auch Piepenbrock selbst haben gemauert. Aber bevor ich die Einzelheiten erzähle, wäre es sinnvoll, wenn Lara kurz berichtet, was sie bislang recherchiert hat. Magst du?«

»Natürlich«, antwortete sie und rutschte auf ihrem Stuhl ein Stück nach vorn.

Jan hatte ein wenig das Gefühl, sie wäre noch immer nicht richtig angekommen. Als fühlte sie sich noch nicht als vollwertiges Mitglied des Teams, aber wahrscheinlich hatte es mehr mit ihrem privaten Schicksal als mit den Kollegen zu tun.

»Wir wissen also, dass Tessa Gräfe und Fabian Sieveking vor einigen Jahren sehr eng zusammengearbeitet haben. Sieveking war als Mitarbeiter der Firma Tiemann&Brockmeyer für diverse steuerliche Themen und die jährliche Wirtschaftsprüfung der Westfalenwurst GmbH zuständig. Uns liegen mittlerweile auch einige Auditberichte aus dieser Zeit vor, aber bislang konnte ich nichts Auffälliges darin finden. Was wir also nicht wissen, ist, ob es in diesem Zeitraum irgendein Vorkommnis gegeben hat, das jetzt Jahre später dazu geführt hat, dass beide innerhalb kürzester Zeit sterben mussten.«

»An der Stelle würde ich gerne einhaken«, sagte Julian Becker. Der junge Techniker ließ seinen Blick bedeutungsvoll durch die Runde schweifen. »Das ballistische Gutachten und die Schmauchspuranalyse liegen mittlerweile vor. Das Wichtigste zuerst: Wir haben die Projektile untersucht. Es wurden zwei unterschiedliche Waffen verwendet. Während Fabian Sieveking mit einer Grand Power K100 erschossen wurde, war es bei Tessa Gräfe eine HS Produkt XDM-9, auch bekannt als Springfield Armory XD.«

»Und das sagst du erst jetzt so ganz nebenbei?«, fragte Jan gleichermaßen erstaunt wie vorwurfsvoll.

»Ich habe es auch erst eben erfahren und bin sofort hergekommen.« Becker hob entschuldigend die Hände.

»Ja, schon gut, war nicht so gemeint«, sagte Jan. »Das bedeutet allerdings, dass unsere Theorie, es mit ein und demselben Täter zu tun zu haben, doch ziemlich fraglich ist.«

»Kommt drauf an«, entgegnete Becker. »Es wurden Auffälligkeiten bei den Schmauchspuren entdeckt. Zugegebenermaßen ist die Analyse nicht immer eindeutig und eine gewisse Fehlertoleranz vollkommen normal, aber es scheint zumindest so zu sein, dass in beiden Fällen ein Schalldämpfer benutzt wurde.«

»Was erklären könnte, weshalb weder Sievekings Nachbar noch die Gäste im ›4900‹ einen Schuss gehört haben«, warf Cengiz ein.

»Dennoch irritiert mich, dass mit zwei verschiedenen Pistolen geschossen wurde«, sagte Jan. »Im besten Fall ist das passiert, damit wir keine Verbindung zwischen den beiden Fällen herstellen. Der weitaus schlechtere Grund wäre allerdings, dass es gar keine Verbindung gibt.« Er wollte schon weiterreden, als ihm einfiel, dass er ursprünglich Lara das Wort gegeben hatte. Aufmunternd nickte er ihr zu.

»Wir sollten die nächsten Stunden dazu nutzen, so viel wie möglich darüber in Erfahrung zu bringen, wie gut sich Sieveking und Tessa Gräfe kannten«, sagte sie. »Das kann sowohl die berufliche Beziehung als auch die private betreffen.«

»Hatten die beiden denn was miteinander?«, fragte Stahlhut in seiner gewohnt plumpen Art. »Ist sie nicht fünfzehn Jahre älter als er gewesen?«

»Dreizehn«, antwortete Lara. »Aber das muss ja nichts bedeuten.«

»Im Laufe unserer Gespräche mit Brinkhaus und Piepenbrock haben wir das Thema übrigens auch gestreift«, warf Jan ein. »Wir haben beide gefragt, wie nahe sie Tessa Gräfe standen. Zwar hat niemand zugegeben, eine Affäre mit ihr gehabt zu haben, aber vehement bestritten haben sie es auch nicht.«

»Was hat euch veranlasst, sie danach zu fragen?« Bettina saß Jan mit verschränkten Armen gegenüber und warf ihm einen bösen Blick zu.

»Das hat sich aus der Gesprächssituation ergeben.«

»Na klar, das hättet ihr euch andersherum doch niemals getraut. Ist schließlich normal – eine erfolgreiche, attraktive Frau steigt mit ihren Vorgesetzten ins Bett, um Karriere zu machen. Ganz schön sexistisch, was ihr da macht. Vielleicht sollte es zukünftig nur noch gemischte Ermittlerduos geben.«

Jan fühlte sich komplett auf dem falschen Fuß erwischt. Er kannte Bettina wahrscheinlich besser als jeder andere im Team. Und er wusste, dass sie sich an Dingen, die ihr ein Dorn im Auge waren, festbeißen konnte. Vielleicht hatte sie sogar recht mit ihrem Einwurf, aber jetzt gerade war nicht unbedingt der beste Moment dafür.

»Das sollten wir mal in Ruhe besprechen«, sagte er nach einigen Sekunden des Schweigens. »Ich bin mir aber sicher, dass Cengiz sich freuen würde, durchaus mal dich, anstatt mich an seiner Seite zu haben.«

»Sehr witzig.«

»Können wir bitte weitermachen?«, drängte Kregel. »Hat noch jemand etwas Wichtiges zu berichten?«

»Es gibt noch einen anderen Ansatz, dem wir nachgehen müssen«, sagte Cengiz. »Offenbar steht die Westfalenwurst GmbH momentan im Fadenkreuz einiger Aktivisten, die dem Unternehmen vorwerfen, Billigfleisch zu verarbeiten und keinerlei Rücksicht auf artgerechte Tierhaltung zu nehmen. Vor dem Werkstor gab es heute eine lautstarke Demonstration, und als wir Piepenbrock vor seiner Villa in Bad Oeynhausen abgefangen haben, hat er uns erzählt, dass heute Morgen ein Schweinekopf auf dem Tor vor seinem Anwesen steckte. Die Wahrscheinlichkeit, dass wir es dabei mit ein und denselben Leuten zu tun haben, ist nicht gerade gering.«

»Geht es jetzt etwa plötzlich um politisch motivierte Morde? Ich komme langsam nicht mehr mit.«

Stahlhuts lapidarer Kommentar spiegelte leider tatsächlich die aktuelle Situation wider. Angefangen mit persönlichen Motiven bis hin zu einem geschäftlichen Hintergrund gab es nun auch noch eine politische Ebene, der sie nachgehen mussten. Und wenn der Vorfall mit dem Schweinekopf der Wahrheit entsprach, war das ein Anschlag auf Hagen Piepenbrock, den sie sehr ernst nehmen mussten und der nicht mehr nur mit ein paar lautstarken Demonstranten vor dem Werkstor der Firma zu tun hatte.

»Im Moment können wir nichts ausschließen«, hörte er Cengiz sagen. »Für mich steht aber außer Frage, dass Piepenbrock und auch Brinkhaus diese Proteste vollkommen egal sind. Die scheren sich einen Dreck darum, ob das Fleisch der Tiere, die sie verarbeiten, aus einer guten Haltung stammt.«

»Dazu kommen die hygienischen Verhältnisse, die offenbar zu wünschen übrig lassen«, ergänzte Lara. »Es gibt jede Menge Berichte darüber, dass bei der Westfalenwurst GmbH vieles im Argen liegt. Es wird Fleisch aus fragwürdiger Tierhaltung verarbeitet, die Anlagen entsprechen zum Teil längst nicht mehr den notwendigen hygienischen Standards, und offenbar sind auch die Bedingungen für die Beschäftigten alles andere als vorbildlich.«

»Was heißt das?«, hakte Jan nach.

»Schlechter Lohn und jede Menge Überstunden. Die Mitarbeiter stammen größtenteils aus Osteuropa und leben in einem Containerdorf in der Nähe der Fabrik. Die können sich nicht wehren und machen das, was man ihnen sagt.«

»Wahrscheinlich wohnen die ähnlich zusammengepfercht wie die Schweine, die sie verarbeiten«, warf Cengiz ein und zeigte eine angewiderte Miene.

»Es gibt da noch eine weitere Sache, die vielleicht interessant ist«, sagte Lara. »Es geht um die Finanzen des Unternehmens. Wirklich viel lässt sich dazu leider nicht recherchieren, aber ich habe einen drei Jahre alten Artikel in einem Wirtschaftsmagazin gefunden, der darauf eingeht, dass sich Piepenbrock infolge der vielen Übernahmen von kleineren Firmen möglicherweise verhoben hat. Mit Billigfleisch lässt sich nämlich kaum Geld verdienen, was irgendwie auch logisch klingt. Dadurch versucht das Unternehmen, noch mehr zu sparen und Investitionen in den Betrieb so lange wie möglich zu vermeiden. Ein Teufelskreis für alle Beteiligten.«

»Wie schwer die Schieflage ist, wissen wir aber nicht, oder?«, fragte Jan.

»Nein, aktuelle Zahlen habe ich nicht gefunden.«

»Noch mal zurück zu diesen Demonstranten vor dem Werkstor«, warf Kregel ein. »Was wissen wir eigentlich über sie?«

»Bislang nichts«, antwortete Jan. »Aber wenn sie wirklich für die Sache mit dem Schweinekopf verantwortlich sind, kommen wir nicht daran vorbei, sie genauer zu beobachten.«

»Wenn wir wissen, wer dahintersteckt, sollten wir auch sofort prüfen, ob es irgendeine Verbindung zu Tessa Gräfe oder Fabian Sieveking gibt«, schlug Kregel vor. »Lara, kümmerst du dich darum?«

»Kann ich machen, aber denkst du wirklich, dass es da einen Zusammenhang gibt?«

»Noch heute Morgen hatten wir zwei Hauptverdächtige, und jetzt stehen wir mit leeren Händen da. Es wäre durchaus von Vorteil, wenn ich bei der morgigen Pressekonferenz irgendetwas präsentieren könnte.«

Jan sah seinen Chef verwundert an. Hatte er das wirklich gerade gesagt? Er wollte etwas präsentieren, nur um der Presse Futter zu liefern? War das sein Ernst?

»Versteht mich nicht falsch, mir geht es nicht darum, unbedingt einen neuen Namen zu nennen, aber der Wind wird uns morgen ziemlich heftig ins Gesicht wehen«, erklärte Kregel umgehend. »Es werden Fragen kommen, auf die ich Antworten geben muss. Vielleicht haben wir mit dieser Aktivistengruppierung aber tatsächlich einen neuen Ansatz.«

»Es besteht auch die Möglichkeit, sich aus ermittlungstaktischen Gründen erst einmal nicht zu äußern«, sagte Jan. »Ich glaube nämlich nicht, dass wir bis morgen in der Lage sind, ernsthaft zu sagen, ob diese Demonstranten etwas mit den beiden Morden zu tun haben.«

»Dann schlage ich vor, dass du bei der PK morgen auch mit dabei bist«, sagte Kregel kurz angebunden. »Gibt es noch mehr, über das wir sprechen müssen? Ansonsten würde ich sagen, dass wir für heute Schluss machen.«

Da niemand am Tisch etwas erwiderte, stand der Leiter der Mordkommission auf, nickte einmal in die Runde und verließ den Raum.

Jan war der Erste, der sich ebenfalls erhob und Kregel folgte. Die Besprechung hatte durchaus neue Details geliefert, auch wenn der entscheidende Erkenntnisgewinn nicht dabei gewesen war. Eigentlich war es wie immer gewesen – wenn am Ende nicht ausgerechnet Kregel ein neues Gesicht gezeigt hätte. Leider ein etwas irritierendes.

Gerade als er auf den Flur trat, kam ihm Nolte entgegen. Der Leiter der Kriminaltechnik wirkte ungewohnt hektisch.

»Was ist los?«, fragte Jan. »Du siehst aus, als hättest du gerade herausgefunden, dass unser Täter ein bekannter Massenmörder ist.«

»So ähnlich«, entgegnete Nolte und ging schnurstracks an ihm vorbei in den Besprechungsraum. »Komm mit, es gibt Neuigkeiten, die es in sich haben.«

Die App

Er lehnte an der Säule des Parkhauses, nur ein paar Meter von ihrem mintfarbenen Fiat 500 entfernt, und wartete auf sie. Seit einer knappen Stunde mittlerweile.

Normalerweise machte sie spätestens um halb fünf Feierabend, aber jetzt zeigte die Uhr auf seinem Handy an, dass es bereits zwanzig nach fünf war.

Wie konnte sie überhaupt zur Arbeit gehen nach dem, was passiert war? Ihr Freund war tot, ihre große Liebe, wie sie behauptet hatte. Er lächelte bitter. Große Liebe, wie lächerlich das geklungen hatte. Gerade mal ein paar Monate hatten sich die beiden gekannt. Das war nichts anderes als eine Affäre gewesen, weil sie kalte Füße bekommen hatte, als es darum ging, ihn zu heiraten. Wie viel Fabian ihr wirklich bedeutet hatte, zeigte sich darin, dass sie lieber Überstunden schob, als um ihn zu trauern.

Die Gegenüberstellung war seine Rettung gewesen. Was passiert war, erschien ihm noch immer vollkommen verrückt. Während der endlosen Stunden in der U-Haft hatte er kaum Hoffnung gehabt, dass sich die Situation für ihn noch zum Besseren wenden würde. Im Gegenteil, wenn die Bullen an die Textnachrichten von ihm gelangt wären, hätte er einpacken können. Stattdessen hatte dieser Nachbar von Fabian ihn bei einer Gegenüberstellung nicht als Tatverdächtigen ausmachen können. Vollkommen absurd, wieso die Kripo überhaupt auf diese Idee gekommen war. Aber ihm sollte es recht sein.

Die Sache mit den Textnachrichten ließ ihm jedoch keine Ruhe. Sein eigenes Handy hatte er während der Flucht aus seiner Wohnung zerstört und hoffentlich für immer verschwinden lassen, indem er es bei einem seiner besten Kumpel auf den Balkon geworfen hatte. Aber Alinas Handy konnte zu einem erneuten Problem für ihn werden. Die Vorstellung, dass jemand tatsächlich alles las, was er ihr geschrieben hatte, sorgte für weit mehr als ein Magengrummeln.

Es ging nicht nur um die SMS, die die Bullen offenbar schon gesehen hatten. Da waren auch noch die Nachrichten über diese Messenger-App, die sie beide immer benutzt hatten. Und am letzten Wochenende war es besonders schlimm gewesen. In seiner Wut auf Alina und Fabian hatte er ihr nachts Dinge geschrieben, die selbst für seine Verhältnisse zu krass gewesen waren. Wenn das rauskäme, würden sie ihn wohl erneut festnehmen, und dann würde er mit Sicherheit länger einsitzen.

Siebzehn Uhr dreiundzwanzig. Er hatte vier Zigaretten geraucht und sich jedes Wort, das er sagen wollte, mehrfach zurechtgelegt. Wie lange wollte sie denn heute arbeiten? Oder war sie etwa noch in der Stadt shoppen gegangen? Vielleicht traf sie schon den nächsten Typ. Seine Gedanken waren böse, aber vielleicht nicht einmal abwegig. Nach allem, was sie mit ihm abgezogen hatte.

Da kam jemand – er fuhr plötzlich zusammen. Er hörte Absätze auf dem Asphalt klappern. Für einen kurzen Moment spürte er eine Nervosität, als würde er sich zu einem Date treffen. Er war aufgeregt, Alina wiederzusehen, vor allem weil er nicht wusste, wie sie reagieren würde. Und was sie über ihn dachte.

Die Blinker des Fiats leuchteten auf, sie war es tatsächlich. Im nächsten Augenblick erkannte er sie auch schon. Schwarz gekleidet, aber hübsch wie immer. Gerade als sie ihr Auto erreicht hatte, trat er aus dem Schatten der Säule und ging raschen Schrittes auf sie zu.

»Hallo, Alina«, sagte er. »Schön, dich zu sehen.«

Sie zuckte nicht einmal, sondern erstarrte von einer auf die andere Sekunde.

»Tut mir leid, ich wollte dich nicht erschrecken, aber um mich mit dir ein paar Minuten ungestört zu unterhalten, hielt ich einen neutralen Ort für sinnvoll.«

»Ein Parkhaus nennst du einen neutralen Ort?«

»Wenn du möchtest, können wir etwas essen gehen.«

»Mit Sicherheit nicht. Was willst du von mir?«

»Kannst du dir das nicht denken?«

»Mich ebenfalls erschießen?«

»Das traust du mir zu?«, fragte er herausfordernd. »Ja, ich habe mich dir gegenüber oft schlecht verhalten. Und das tut mir auch leid.«

»Verschone mich mit deinen Entschuldigungen«, entgegnete Alina. »Warum bist du hier und nicht längst im Gefängnis?«

»Sie haben mich wieder gehen lassen«, sagte er. »Dass du mich bei den Bullen verpfeifst, hätte ich nicht gedacht, nach allem, was zwischen uns gewesen ist. Aber ich war natürlich auch nicht immer nett zu dir. Und es gab da so einige Sachen, die ich dir geschrieben habe, die ich ernsthaft bereue. Das kann unter Umständen zu einem Problem für mich werden, wenn …« Er brach ab und versuchte, seine Worte wirken zu lassen. Ohne Erfolg.

»Ich will nichts mehr mit dir zu tun haben, verstehst du das immer noch nicht?«, fragte sie stattdessen und klang plötzlich aufgebrachter. »Ich hasse dich einfach nur noch.«

»Es gibt keine Entschuldigung für das, was ich getan habe«, sagte er reumütig. »Aber ich möchte, dass es zwischen uns wieder besser wird. Vielleicht wieder so, wie es einmal war.«

»Du bist vollkommen irre.« Alina öffnete die Fahrertür und stieg in den Wagen ein.

Er folgte ihr und riss die Beifahrertür auf, merkte aber sofort, dass er sich zurücknehmen musste, um keine Angst bei ihr auszulösen. Aber dafür schien es bereits zu spät zu sein, wie er an ihrem panischen Blick erkennen konnte.

»Dein Handy«, sagte er nun deutlich ruhiger und setzte sich auf den Sitz neben ihr. »Es wäre schön, wenn du es nicht den Bullen gibst, sondern am besten mir. Du kannst dir bestimmt vorstellen, was passiert, wenn sie –«

»Dafür ist es zu spät«, unterbrach sie ihn. »Die Kripo hat das Handy längst untersucht.«

»Das ist nicht dein Ernst«, sagte er fassungslos. »Du weißt genau, was das für mich bedeutet.«

»Du bist doch auf freiem Fuß. Wovor hast du also Angst?«

»Verdammt, ich saß bereits in U-Haft, weil du denen meine SMS gezeigt hast. Wenn die jetzt noch die Chatnachrichten finden, bin ich am Arsch.«

»Welche Chatnachrichten?«, fragte Alina irritiert.

»Samstagnacht habe ich dir doch …« Er sprach nicht weiter, als er verstand, dass sie sie gar nicht gelesen hatte. »Wo ist das Handy jetzt?«, fragte er.

»Wieder bei mir«, antwortete sie und sah ihn argwöhnisch an. »Was meintest du gerade mit diesen Chatnachrichten?«

»Gar nichts, schon gut.« Er atmete erleichtert auf. Sie hätten ihn niemals gehen lassen, wenn sie die Chatnachrichten gelesen hätten.

»Du redest von der App, die wir immer genutzt haben, richtig?«

Er sagte nichts.

»Ich habe sie vor ein paar Wochen gelöscht. Verstehe ich das richtig, das wäre der Beweis, dass du Fabian umgebracht hast?«

Wieder antwortete er nicht.

Hätte er sie bloß nicht darauf angesprochen. Aber woher hätte er wissen sollen, dass sie die App gelöscht hatte? Das Problem war nur, sie konnte sie jederzeit wieder installieren und lesen, was er ihr geschrieben hatte. Und dann zur Polizei gehen, denn sie war ja ohnehin davon überzeugt, dass er Fabian umgebracht hatte.

Er musste irgendetwas tun, am besten ihr das Handy abnehmen. Aber wie, ohne dass es eskalierte?

Es herrschte Schweigen. Beide ahnten, worauf es hinauslaufen würde. Noch hatte Alina die Möglichkeit, nachzugeben, aber würde sie das wirklich tun?

Er schloss die Augen und atmete tief durch. Neben ihm saß eine Person, die er zurückerobern wollte. Die aber gleichzeitig die größte Gefahr für ihn darstellte. Und ob sie wollte oder nicht, er brauchte dieses verdammte Handy.

Paris oder Herford

Jan saß in dem grünen Ledersessel im Kaminzimmer und starrte gedankenverloren an die holzvertäfelte Decke. Früher war es seinem Vater vorbehalten gewesen, sich hier aufzuhalten. Hierher hatte er sich zurückgezogen, wenn er seine Ruhe haben wollte. Dann durfte ihn niemand stören, und wehe, eines der Kinder stürmte doch einmal, ohne anzuklopfen, hinein. Sein Vater war in diesen Momenten nie richtig laut geworden, aber die Missachtung, mit der er vor allem Isabel und ihn gestraft hatte, war schlimmer als jede Standpauke gewesen. Und sie hatte lange, manchmal wochenlang angedauert.

Nicht dieses Zimmer, aber natürlich der Hof war Jans Zuhause gewesen, bis er vor etwas mehr als zwanzig Jahren ausgezogen war. Anschließend hatte er es vermieden, allzu oft herzukommen und seine Familie zu besuchen. Vielleicht fühlte sich hier zu sein, und das nun schon seit einigen Monaten, deshalb nicht so vertraut an, wie es in einem Elternhaus doch eigentlich der Fall sein sollte.

In erster Linie empfand Jan es als eine Pflicht, seine Mutter nicht im Stich zu lassen. Er war hier, um sich um das Desaster zu kümmern, das Cord hinterlassen hatte. Aber wollte er das alles überhaupt? Hier leben und sich um den Hof kümmern? Ganz unabhängig von Cords Entscheidung, seinen Anteil an Hagen Piepenbrock zu verkaufen. Denn im Grunde gab ihm hier doch nichts das Gefühl von Zuhause, Zufriedenheit und Zukunft. Wenn Cord geblieben wäre, hätte er sich mit ihm arrangieren müssen. Was unmöglich gewesen wäre. Er hätte ihm seinen Anteil wahrscheinlich überlassen. Nicht geschenkt, aber auch nicht überteuert verkauft. Sie hätten sich schon irgendwie geeinigt, redete er sich ein. Sein Ziel war es schließlich nie gewesen, zurückzukehren. Und weshalb sollte er dann jetzt auch noch mit einem Menschen zusammenarbeiten, der nicht nur alles verändern wollte, sondern in dessen Anwesenheit er es keine fünf Minuten aushalten würde, wenn der Anlass nicht gerade beruflicher Natur war?

Nein, das fühlte sich nicht richtig an. Mit dem Tod seines Vaters und Cords Entschluss, den Hof zu verlassen, war nicht nur ein Kapitel zu Ende gegangen. Es war an der Zeit, das gesamte Buch zu schließen. Und deshalb musste er dringend mit seiner Mutter reden und sie davon überzeugen, dass es das Beste für alle wäre, einen Neuanfang zu machen und nicht auf ihr lebenslanges Wohnrecht auf dem Hof zu pochen, wie es im Testament seines Vaters festgehalten war. Aber erst, wenn sie diesen Fall – oder waren es womöglich doch zwei? – aufgeklärt hatten. Auch wenn er wusste, dass das noch eine ganze Weile dauern konnte.

Er verdrängte die Gedanken an die Zukunft des Hofes und ließ den heutigen Tag noch einmal vor seinem inneren Auge vorbeilaufen. Binnen weniger Stunden hatte sich die Lage komplett verändert. Die Hauptverdächtigen hatten plötzlich Alibis, dafür hatten sich neue Ansätze ergeben. Und schließlich hatte Nolte dafür gesorgt, dass sie ab jetzt nach jemandem suchten, dessen DNA auch noch in zwei anderen ungeklärten Mordfällen sichergestellt worden war.

Von einem Moment auf den anderen fühlte sich alles, was sie bislang in Erfahrung gebracht hatten, nutzlos an. Noltes Leuten war es im Nachhinein gelungen, kleinste Partikel auf der Jacke von Tessa Gräfe zu identifizieren. Eigentlich hatten sie kaum Hoffnung gehabt, verwertbare Spuren zu finden, umso überraschender waren dann die Ergebnisse aus dem Labor und der Abgleich mit der Datenbank gewesen. Es schien tatsächlich so zu sein, dass der Mörder von Tessa Gräfe auch in Köln und in Düsseldorf bereits jeweils einen Menschen erschossen hatte. Beide Taten lagen schon ein paar Jahre zurück, wiesen aber einen vergleichbaren Ablauf auf. Bei den Opfern handelte es sich um einen achtundvierzigjährigen Rechtsanwalt und einen zweiunddreißigjährigen Besitzer einer Shishabar.

Sie hatten sich umgehend die Akten zu beiden Fällen zukommen lassen und bis nach acht Uhr über den Unterlagen gesessen, um irgendeine Verbindung zwischen den Opfern zu finden. Aber das, was den Kollegen aus dem Rheinland jahrelang nicht gelungen war, hatten sie heute Abend auch nicht geschafft. Auffallend war, dass in allen Fällen unterschiedliche Pistolen benutzt worden waren. Und genau wie der Mord in Herford waren auch die beiden anderen Taten auf offener Straße begangen worden. Ebenfalls aus kürzester Distanz mit einem Schuss mitten ins Gesicht der Opfer.

Dass auch Fabian Sieveking von demselben Unbekannten erschossen worden war, schien zudem nicht unwahrscheinlich. Das Vorgehen deutete jedenfalls darauf hin, auch wenn sie am Tatort keinerlei Spuren des Täters gefunden hatten.

Vier tote Menschen innerhalb von drei Jahren. Die offenbar von ein und derselben Person erschossen worden waren. Ohne ersichtliches Motiv, ohne irgendeine Verbindung zueinander.

Bei Kregel, den sie nach Noltes Neuigkeiten wieder dazugerufen hatten, war die Nervosität sofort und für alle sichtbar gestiegen. Allen war bewusst, was diese neue Spur bedeutete und nach sich ziehen würde, auch wenn völlig unklar war, in welche Richtung sich der Fall tatsächlich entwickelte. Die Dimension war plötzlich so groß geworden, dass nicht einmal mehr sicher war, ob die Ermittlungen morgen früh überhaupt noch bei ihnen lagen oder das LKA übernahm. Kregels Furcht vor der PK war für jeden im Raum zu spüren gewesen. Er wollte Ergebnisse liefern, stattdessen musste er der Presse nun verheimlichen, dass sie in Wahrheit mindestens einen Vierfachmörder suchten. Für alle galt, dass sie mit dieser Information aktuell auf keinen Fall an die Öffentlichkeit gehen konnten.

Sie hatten sich den ganzen Tag auf Piepenbrock und sein Unternehmen versteift, weil dort offenbar die Fäden zusammenliefen. Aber sie hatten sich wohl geirrt. Dass Tessa Gräfe und Fabian Sieveking sich gekannt hatten, war nichts anderes als ein Zufall. Und auch die Aktivisten, auf die Kregel in ihrer Besprechung als mögliche Tatverdächtige gesetzt hatte, schienen keinerlei Bedeutung für ihre Ermittlungen zu haben.

Wie gern hätte er mal wieder etwas Positives erfahren, ging es Jan durch den Kopf. Privat oder beruflich. Frieden in der Familie. Lara, die sich endlich auf ihn einließ. Ermittlungserfolge, die sich unkompliziert und schnell einstellten. Nichts davon war der Fall. Alles schien nur noch komplizierter zu werden.

Sein Handy klingelte. Es lag auf dem Kaminsims.

Jan versuchte, das Geräusch zu ignorieren, aber um diese Uhrzeit gelang ihm das nicht. Wenn jemand nach neun auf seinem Handy anrief, konnte es eigentlich nur jemand aus der Mordkommission sein. Er raffte sich hoch und trat an den Kamin. Auf dem Display sah er, dass es Lara war.

Er zögerte. Erneut ein Gespräch, das ihn zwischenmenschlich aufwühlen würde, wollte er in diesem Augenblick eigentlich gar nicht führen. Aber gleichzeitig wollte er sie nicht vor den Kopf stoßen, indem er das Gespräch nicht annahm. Also meldete er sich doch.

»Spätabends ist dein Handy wohl auf meine Nummer programmiert, was?«

»Sehr witzig«, sagte Lara. »Ich kann auch Cengiz oder direkt Kregel anrufen, wenn dir das lieber ist.«

»So war das doch gar nicht gemeint.«

»Mir hat das einfach keine Ruhe gelassen«, redete sie weiter. »Ich habe noch weiterrecherchiert, ob es nicht doch irgendetwas gibt, das die vier Opfer miteinander verbindet. Zuerst habe ich nichts gefunden …«

»Aber?«

»Aber dann habe ich mir auch die gesamten protokollierten Zeugenaussagen durchgelesen. Irgendwann stolperte ich doch noch über einen Namen. Ich habe versucht zu überprüfen, ob es Zufall sein kann. Und bislang kann ich es nicht ausschließen, aber die Verbindung ist zumindest da. Im Fall des Toten in Düsseldorf habe ich in den Ermittlungsakten den Namen Henri Moreau gefunden. Er wurde als ein Zeuge befragt, jedoch ohne etwas zum Tathergang beitragen zu können. Können wir hier wirklich noch von Zufall reden?«

Jan versuchte, seine Gedanken zu sammeln. Laras Worte rauschten nur so an ihm vorbei. Bedeutete das etwa, dass Moreau doch der Täter war? »Wissen wir, wo er gerade ist? Hält er sich noch in Herford auf?«

»Ich habe in dem Hotel angerufen, in dem er eingecheckt hatte«, antwortete Lara. »Dort ist er heute Mittag abgereist.«

»Schätzungsweise zurück nach Paris«, sagte Jan leise.

»Kann es wirklich sein, dass wir den Täter schon gefasst hatten und ihn wieder haben laufen lassen?«

»Eines habe ich in meinen Jahren bei der Kripo gelernt: Der Glaube an Zufall im Rahmen von Ermittlungen ist kein guter Ratgeber. Wenn ein Name in zwei unterschiedlichen Angelegenheiten auftaucht, müssen wir davon ausgehen, dass mehr dahintersteckt.«

»Und was gedenkst du jetzt zu tun?«

»Ich werde Kregel anrufen und darum bitten, dass wir Interpol einschalten. Wir brauchen einen internationalen Haftbefehl. Denn ab jetzt suchen wir einen Mehrfachmörder, der sich höchstwahrscheinlich längst wieder in Frankreich befindet.«

Gewissheit

Alina zitterte noch immer, obwohl sie schon seit mehr als zwei Stunden auf dem Stuhl in ihrer kleinen Küche saß. Sie starrte auf das Messer, das vor ihr auf dem Tisch lag. Das Blut an der Klinge war mittlerweile getrocknet, aber die Bilder von Roberts gleichermaßen entgeistertem und schmerzverzerrtem Gesicht tanzten unaufhörlich vor ihren Augen. Als er sie an ihrem rechten Handgelenk gepackt hatte, war sie sofort in Panik verfallen. Sie hatte mit links in das Seitenfach der Tür gegriffen und das kleine Klappmesser hervorgeholt. Sie hatte es immer dabei, aber natürlich nicht, um auf einen Menschen einzustechen.

In diesem Moment hatte sie aber keine Sekunde gezögert und Robert das Messer mehrfach in den Oberkörper gerammt. Die Klinge war nicht lang und scharf genug, um ihn zu töten, das hatte sie gleich gemerkt. Aber sein Shirt war trotzdem sofort blutgetränkt gewesen. Im nächsten Augenblick hatte er so laut geschrien, dass sie befürchtete, er würde komplett ausrasten und sie attackieren. So wie er es bestimmt auch bei Fabian getan hatte.

Sie hatte die Fahrertür aufgerissen und war aus ihrem Wagen gestürzt. Sie wollte nur noch weg, in der Hoffnung, dass er schwer genug verletzt war, um ihr nicht folgen zu können. Hinter einem Geländewagen kurz vor der Tür zum Treppenhaus hatte sie kurz innegehalten und sich umgedreht. Robert saß nicht mehr in ihrem Auto, sondern kam langsam und leicht torkelnd, beide Hände auf die blutenden Wunden in der Brust gepresst, in ihre Richtung. Sofort war ihr Pulsschlag wieder nach oben geschnellt. Aber nach ein paar Sekunden war sie sich sicher gewesen, dass er ihr zumindest heute nicht mehr gefährlich werden konnte. Denn so wie er ausgesehen hatte, musste er sich dringend in ärztliche Behandlung begeben.

Alina war in gebückter Haltung zwischen den Autos umhergelaufen, bis sie auf die Idee kam, einfach zu ihrem Fiat zurückzugehen, ohne dass er es merkte. Schließlich hatte sie den Wagen unmöglich dort stehen lassen können. Die Blutspur auf dem Asphalt führte direkt zur Beifahrertür. Und auch im Auto gab es Blutflecken.

Als Robert dann selbst im Treppenhaus verschwunden war, hatte sie rasch die letzten Meter bis zu ihrem Auto zurückgelegt und war mit pochendem Herzen losgefahren. An die zehnminütige Fahrt hatte sie keinerlei Erinnerungen mehr. Wie in Trance hatte sie ihren Wagen durch Bielefeld gesteuert. Mit einer Mischung aus Ungläubigkeit darüber, was sie getan hatte, und Angst davor, dass Robert ihr schon bald wieder auflauern würde, um ihr das Gleiche wie Fabian anzutun.

Zwei Stunden lang war sie nun alles immer und immer wieder im Kopf durchgegangen. Hatte darüber nachgedacht, ob sie vielleicht überreagiert hatte. Ob die Gefahr, die sie im Auto plötzlich verspürt hatte, nur Einbildung gewesen war. Und vor allem darüber, was sie jetzt tun sollte. Etwa zur Polizei gehen und sich stellen? Eigentlich der einzig richtige Schritt, und dennoch hielt sie etwas zurück. Wenn sie ehrlich zu sich selbst war, war es wohl die Unsicherheit über Roberts Schuld, die sie zweifeln ließ. Denn dann wäre es keine Notwehr gewesen.

Neben dem Messer auf dem Tisch lag ihr Handy. Darum war es ihm gegangen, deshalb hatte er ihr aufgelauert. Weil er ihr Nachrichten über diese App geschickt hatte, die sie beide eine Zeit lang genutzt hatten. Und so wie er geklungen hatte, mussten diese Nachrichten so schlimm sein, dass er Angst hatte. Angst davor, dass sie ihn schuldig sprachen.

Sie rang mit sich. Wollte sie wirklich lesen, was er ihr geschickt hatte? Zu erfahren, dass er Fabian getötet hatte, machte ihr auf gewisse Weise Angst. Andererseits war die Ungewissheit noch schlimmer.

Der Zeigefinger ihrer rechten Hand bewegte sich langsam über das Display. Ein kurzes Tippen, um die App aus der Cloud wieder neu zu installieren. Nach wenigen Sekunden erschien das Symbol des Messengers auf dem Display. Sie öffnete die App und wartete, bis die Inhalte geladen waren.

Die Sekunden vergingen, doch dann sah sie, dass Robert ihr

mehrere Nachrichten geschickt hatte. Zuletzt am Wochenende, genauso wie er es gesagt hatte.

Sie schreckte davor zurück, die Worte zu lesen, aber es gab keine Alternative.

Eine Nachricht nach der anderen erschien vor ihren Augen, während sie den Chatverlauf durchscrollte. Sie brauchte nicht lange, um zu verstehen, dass das, was er ihr geschrieben hatte, keine Zweifel übrig ließ. Robert hatte tatsächlich damit gedroht, Fabian umzubringen. Seine Wortwahl war abstoßend und erschreckend zugleich. Der Hass kannte keine Grenze. Aber was am schlimmsten war: Auch sie sollte sterben. Genau so hatte er es formuliert.

Sie hatte es die ganze Zeit geahnt – und jetzt endgültig Gewissheit.

Alina griff nach dem Messer auf dem Tisch und stand langsam auf. Vorsichtig, als befürchte sie, er würde sich bereits in ihrer Wohnung befinden, schlich sie über den Flur. Sie nahm den Schlüssel vom Haken neben dem Spiegel und ging mit zitternden Beinen weiter bis zur Tür. Dann schloss sie hastig zweimal ab. In der Hoffnung, dass es sie beruhigte.

Vergeblich.

Denn die Vorstellung, dass Robert blutverschmiert auf der anderen Seite der Tür stand und nur den passenden Moment abwartete, um sie aufzubrechen, hatte sich längst breitgemacht und ließ sie augenblicklich panisch werden.

Zuckerwatte

Die Frist war verstrichen, ohne dass etwas passiert war. Im Grunde hatte er geahnt, dass es so kommen würde, aber die Vorstellung, dass Piepenbrock das Geld vielleicht doch zum angegebenen Zeitpunkt hinterlegen würde, hatte ihn den ganzen Tag über beschäftigt.

Vor allem als der Wurstbaron, wie ihn die Menschen nannten, mit seiner Frau weggefahren war, hatte er Hoffnung geschöpft. Aber was immer die beiden auch gemacht hatten, das Geld hatten sie nicht beschafft. Zumindest war um zwanzig Uhr, so wie es auf dem Zettel stand, den er in dem Schweinekopf platziert hatte, nichts an dem von ihm genannten Ort im Kurpark hinterlegt worden. Keine Tasche mit Geld, kein kleiner Koffer, keine Tüte. Es war, als hätte Piepenbrock seine Drohung vollkommen kaltgelassen.

Wenn da nicht diese beiden Polizisten gewesen wären, die gegen Mittag plötzlich aufgetaucht waren. Er hatte nicht sofort gewusst, dass es Polizisten waren, aber nach wenigen Minuten keinen Zweifel mehr gehabt. So wie sich die beiden bewegt und auf Piepenbrock eingeredet hatten, konnte es sich weder um Geschäftspartner noch um Männer mit einem kriminellen Hintergrund handeln.

Was sie von Piepenbrock gewollt hatten, wusste er nicht, und das hatte ihn sofort verunsichert. Konnte es sein, dass er tatsächlich der Polizei Bescheid gegeben hatte, um ihnen von dem Schweinekopf und seiner Drohung zu erzählen?

Er konnte diesen Mann einfach nicht einschätzen, aber offenbar fürchtete sich Piepenbrock nicht davor, dass er es ernst meinen konnte. Und das machte ihn noch wütender. Dieses Mal, das stand vollkommen außer Frage, würde er nicht der Verlierer sein. Egal, ob Piepenbrock auf das einging, was er von ihm forderte, oder nicht.

Er hatte sich in den letzten Tagen und Wochen genauestens

überlegt, wie er vorgehen wollte. Eine öffentliche Entschuldigung von Piepenbrock wäre vielleicht die einfachste Lösung, zumindest die für ihn ungefährlichste. Aber je länger er darüber nachgedacht hatte, desto weniger hatte ihn dieser Gedanke zufriedengestellt.

Piepenbrock sollte erfahren, was es hieß, hilflos zu sein. So wie er es gewesen war, als Maria starb.

Ihr Tod war sein Antrieb. Es ging nicht um ihn. Nicht einmal das Geld, das er verlangte, interessierte ihn wirklich. Denn nichts würde ihm Maria zurückbringen.

Was ihn bisher daran gehindert hatte, Piepenbrock zur Rechenschaft zu ziehen, konnte er nicht genau sagen. Wahrscheinlich war es diese diffuse Angst, dass am Ende alles noch viel schlimmer werden würde, als es ohnehin schon war. Aber was sollte überhaupt noch schlimmer werden? Lebenswert waren seine Tage seit Marias Tod doch längst nicht mehr.

Er würde Rache nehmen, er musste es zu Ende bringen. Vielleicht um Frieden zu finden. Oder selbst in Frieden gehen zu können.

Das, was er tun würde, widersprach allem, wofür er sein Leben lang gestanden hatte. Er konnte doch eigentlich keiner Fliege etwas zuleide tun. Vielleicht war er sogar der friedlichste Mensch auf Erden. Von seinem Leben verlangte er nichts weiter, als respektiert zu werden. Jeder sollte tun, was er für richtig hielt. Und niemand hatte das Recht, anderen zu schaden. Schon gar nicht auf diese Weise, wie Piepenbrock es getan hatte. Eines hatte er sich geschworen: dass dieser Mann für das, was er zu verantworten hatte, leiden sollte.

Er hatte bis kurz nach neun gewartet. Dann war er über die hohe Mauer geklettert, an einer Stelle, von der er wusste, dass sie nicht von den Kameras eingefangen wurde. Dafür hatte er das Anwesen lange genug beobachtet.

Auf der anderen Seite angekommen, lehnte er sich gegen einen der großen Bäume und atmete tief durch. Er war kein sportlicher Typ, aber der Grund für seine Kurzatmigkeit war ein anderer. Denn das, was er vorhatte, lastete schwer auf seinem Brustkorb.

Es fühlte sich an, als greife jemand von hinten um seinen Körper und drücke ihm mit voller Kraft die Luft ab.

Nach mehreren Minuten fühlte er sich einigermaßen erholt und raffte sich langsam auf. Dann lief er vorsichtig weiter durch den weitläufigen Bereich, bis er in einigen Metern Entfernung vor dem Haus stehen blieb. Er kannte hier jeden Winkel, sogar in den Garten war er mehrfach vorgedrungen und hatte durch die vielen Fenster auch Blicke ins Innere des Hauses werfen können. Er wusste, was ihn erwartete.

Licht brannte nur im Wohnzimmer, so wie jeden Abend, wenn er ihn beobachtet hatte. Piepenbrock saß dann meistens auf einem Sessel oder der Couch und las in einer Zeitung. Manchmal blätterte er auch irgendwelche Unterlagen durch. Er war dabei meistens allein, seine Frau zog sich abends dagegen in das obere Stockwerk zurück. Sie ging früh zu Bett, und genau das war seine Chance.

Jetzt in diesem Moment war aber auch Piepenbrock nirgends zu sehen, was ihn zunehmend irritierte. Vielleicht holte er sich etwas zu trinken, aber die Küche war dunkel. Oder er war zur Toilette gegangen. Er wäre weniger nervös gewesen, wenn er nicht schon seit zehn Minuten gewartet hätte, dass Piepenbrock auftauchte. Er hatte alles viel zu gut geplant, als dass jetzt etwas dazwischenkommen durfte.

Natürlich hätte er viel lieber nicht hier gestanden, aber nun war dieser Moment gekommen, und ein Zurück war keine Option. Wenn es heute Abend schiefginge oder er den Schwanz einzog, würde er sich das niemals verzeihen können. Das wäre endgültig die eine Niederlage zu viel in seinem Leben. Dann hatte er es nicht mehr verdient, selbst noch weiterleben zu dürfen.

Er hatte keinen Plan B in der Tasche, weil er sich sicher gewesen war, dass nichts dazwischenkäme, was ihn in dieser Situation zum Umdenken zwingen würde. Möglicherweise ein Fehler. Alles bis ins kleinste Detail durchzuplanen war das eine, aber auf alle Eventualitäten vorbereitet zu sein noch viel wichtiger. Vielleicht war diese Blauäugigkeit auch ein Grund, weshalb in seinem Leben immer alles schiefgelaufen war.

Er verdrängte den Gedanken, dass Piepenbrock womöglich gar nicht zu Hause war, auch weil das im Grunde unmöglich war. Nicht nur, dass beide Autos auf der Auffahrt standen, auch kannte er Piepenbrocks Terminplan wahrscheinlich besser als er selbst. Und für heute hatte kein Außentermin angestanden.

Im nächsten Moment erkannte er eine Bewegung im Innern. Erleichtert atmete er auf. Piepenbrock kam zurück, mit einem Cognacschwenker in der Hand. Seine Mimik verriet wie immer wenig über seinen Gemütszustand. Eigentlich sah er durchweg schlecht gelaunt aus.

Jetzt galt es. Er lag bereits ein paar Minuten hinter seinem Zeitplan. Mit einigen raschen Schritten huschte er in gebückter Haltung an den großen Fenstern vorbei, bis er schließlich den beleuchteten Eingangsbereich vor der mächtigen Haustür erreicht hatte. Dann zog er das Foto von Maria aus seiner Jackentasche und legte es etwa eine Körperlänge entfernt von der Tür auf die Granitsteinplatten, die im gelben Licht der am Haus befestigten Strahler glitzerten. Für einen kurzen Moment schloss er die Augen, ging alles noch einmal im Kopf durch und nickte, um sich selbst zu bestätigen, dass er das Richtige tat.

Eine schnelle Bewegung in Richtung Tür, die Hand zur Faust geballt und drei Mal kräftig dagegen geklopft. Dann nach links zur Seite gesprungen und hinter der großen Säule versteckt. Er hoffte einfach nur, dass es funktionieren würde.

Die Sekunden vergingen, ohne dass etwas passierte. Ihm war klar, dass Piepenbrock nicht einfach so öffnen würde, wenn jemand gegen seine Haustür schlug. Verdammt, fuhr es ihm durch den Kopf. Was, wenn er einfach die Polizei rufen würde? Wieder etwas, das er nicht bedacht hatte.

Plötzlich öffnete sich die Tür tatsächlich. Piepenbrock war offenbar unvorsichtig genug. Jetzt musste er nur noch das Foto auf dem Boden entdecken.

Tatsächlich. Piepenbrock blickte sich um, trat dann zwei Schritte vor und bückte sich.

Er griff nach dem Messer, das an seinem Hosenbund steckte, und näherte sich Piepenbrock von hinten. Sie waren in etwa gleich groß, sodass er das Messer eigentlich problemlos an dessen Kehle hätte halten können. Ihn überraschte jedoch der massige Körper von Piepenbrock, als dieser wieder auf die Beine kam. Er reichte nämlich gar nicht richtig an ihn heran.

»Einfach so stehen bleiben«, sagte er schließlich und spürte dabei selbst, dass seine Stimme zitterte. »Ansonsten töte ich Sie.«

»Wer zum Teufel sind Sie? Und was wollen Sie?«

»Gerechtigkeit«, antwortete er. »Dass Sie nicht wissen, wer ich bin, überrascht mich nicht. Ich hatte gehofft, dass Ihnen das Foto auf die Sprünge hilft, aber das scheint nicht der Fall zu sein. Sie drehen sich jetzt um, und dann werden wir ganz langsam ins Haus gehen.«

»Was soll der Scheiß? Ich gehe nirgendwohin.«

»Ach nein?« Er presste jetzt die Klinge seines Messers vorn an Piepenbrocks Hals. »Die Alternative wäre, dass ich alleine gehe.«

»Dann machen Sie das doch.«

»Sie wollen also sterben, um nicht mitanzusehen, wie ich Ihnen das gleiche Leid antue, das Sie mir angetan haben?«

»Was reden Sie da? Ich verstehe kein Wort.«

»Das wundert mich gar nicht. Los jetzt, umdrehen!«

Piepenbrock tat schließlich, was er sagte. Er hatte sich gegen diesen mächtigen Mann tatsächlich durchgesetzt. Hatte ihm gesagt, was er zu tun hatte. Er würde sich einfach nicht mehr einschüchtern lassen. Adrenalin strömte durch seinen Körper, es fühlte sich gut an.

Langsam schob er den Mann vor sich her, bis sie den Eingangsbereich der Villa erreicht hatten. »Wir gehen hoch«, sagte er und drückte Piepenbrock das Messer seitlich an den Hals.

»Was wollen Sie von mir?«

»Gar nichts«, antwortete er. »Sie sollen einfach nur leiden.«

Es fühlte sich immer besser an. Piepenbrock tat jetzt, was er sagte. Und er war auf dem Weg dorthin, wo er ihm richtig wehtun konnte. Wo er sein Schicksal nicht mehr in seiner eigenen Hand hielt. Wo es nicht um ihn ging.

Die Treppe kam ihm wie der Anstieg auf einen hohen Berg vor.

Je höher sie kamen, desto mehr schnappte er nach Luft. Genau wie Piepenbrock.

Als sie endlich oben angelangt waren, fühlte er sich für einen kurzen Augenblick euphorisch. Aber sofort danach kam die Angst zurück, dass er sich verrannt hatte. Dass diese ganze Idee doch nicht richtig war. Oder zumindest nicht funktionieren würde. So, wie es immer in seinem Leben gewesen war.

Das Schlafzimmer lag weiter links. Das wusste er, weil er das Haus wochenlang so intensiv beschattet hatte. Manchmal hatte sie hier am Fenster gestanden und nachdenklich auf den park-ähnlichen Bereich vor dem Haus geblickt. Und manchmal hatte er sie dabei beobachtet, wie sie sich ihren Seidenmantel abstreifte und nur noch in Unterwäsche bekleidet dastand. Als wüsste sie, dass er da war und ihr dabei zusah.

Er konnte nicht abstreiten, dass ihm dieser Anblick gefallen hatte. Piepenbrocks Frau war bestimmt zwanzig Jahre jünger als ihr Mann. So genau konnte er das nicht sagen, weil sie meistens stark geschminkt war. Und er vermutete, dass sie auch schon den ein oder anderen chirurgischen Eingriff hatte vornehmen lassen. Aber attraktiv war sie auch so.

Langsam schob er Piepenbrock in Richtung Schlafzimmer. Links von ihnen befand sich eine gläserne Brüstung, die den Blick nach unten in den Eingangsbereich freigab. Er spürte, dass sein Herz jetzt immer schneller schlug, je näher er der Frau kam. Denn sie war sein Ziel. Und er wollte, dass Piepenbrock dabei zusah.

Piepenbrock hatte nichts gesagt, seitdem sie die Treppe hin-aufgegangen waren. Keine Nachfrage. Kein Protest. Keine Wut, die er zeigte. Der Wurstbaron ging einfach schweigend vor ihm her. Dieser voluminöse Mann. Einer der mächtigsten Menschen in dieser Region. Wahrscheinlich sogar im ganzen Land.

Warum sagte er denn nichts? Weshalb ließ sich dieser Mann von ihm durch dessen eigenes Haus treiben, ohne sich dagegen zur Wehr zu setzen? Von ihm, der doch nun wirklich alles andere als gefährlich aussah.

Der Gedanke, dass etwas faul war, kam ihm, als sie nur noch eine Körperlänge von der Tür zum Schlafzimmer entfernt waren.

Piepenbrock atmete jetzt schneller, aus dem Hintergrund waren plötzlich Schritte zu hören. Hastig drehte er sich um. Am anderen Ende des Flurs erkannte er Helena. Sie hatte sich gar nicht im Schlafzimmer aufgehalten, sondern trat aus dem Bad.

Sofort kam die Angst zurück, die Kontrolle über die Situation zu verlieren. Gleichzeitig konnte er den Blick nicht von ihr lassen. Sie trug ihren seidenen Mantel. Und sie sah schön aus. Noch viel besser, als er es in Erinnerung hatte.

Alles an diesem Moment kam ihm unpassend vor. Ja, der Hass auf Piepenbrock hatte ihn angetrieben. Er wollte ihn am liebsten verprügeln, ihm all seine Wut ins Gesicht brüllen. Aber seine Frau vor dessen Augen zu töten, erschien ihm plötzlich vollkommen absurd. Das war doch nicht er.

Er wandte sich wieder zu Piepenbrock um, der sich mittlerweile ebenfalls umgedreht hatte. Sie sahen sich in die Augen Eine gefühlte Ewigkeit verging. Aber keiner der beiden rührte sich. Das Messer in seiner Hand fühlte sich immer schwerer an. Die Spannung wich jetzt sekündlich aus seinem Körper. Ein dumpfes Gefühl umhüllte ihn. Als wäre er in Zuckerwatte gefangen. Ihm wurde klar, dass er es nicht schaffte. Er würde Maria nicht rächen können, weil er doch zu schwach war. Zu zögerlich. Und zu ängstlich. Oder einfach nur nicht so ein schlechter Mensch wie der, der ihm gegenüberstand und ihn aus verständnislosen und kalten Augen ansah.

Im nächsten Moment erkannte er ein kurzes Zucken von Piepenbrocks Mundwinkeln. Auch sein Blick schien sich zu verändern. Er brauchte einige Sekunden, um zu begreifen, was vor sich ging. Piepenbrock redete längst auf ihn ein, aber er konnte ihn kaum hören. Die Zuckerwatte verhinderte es.

Verzweifelt versuchte er, seinen Körper zu animieren, sich zur Wehr zu setzen. Aber seine Arme und Beine wollten nicht reagieren.

Endlich hörte er wieder ihre Schritte, Piepenbrocks Frau musste direkt hinter ihm sein. Warum tat er nicht einfach das, weshalb er hier war? Weshalb funktionierte er nicht, wenn er musste? Nur dieses eine Mal.

Und tatsächlich spürte er, dass die Energie zurückkam. Das schien auch Piepenbrock zu merken. Dessen aufgebrachte Stimme drang an sein Ohr, galt aber gar nicht ihm. Sie warnte seine Frau.

Entschlossen fasste er die Waffe in seiner rechten Hand fester und fixierte den Mörder von Maria. Dann wandte er sich ruckartig um – er war bereit.

Er kam nicht mehr dazu, auszuholen und Helena Piepenbrock mit dem Messer zu treffen. Ein schwarzer Schatten rauschte auf ihn zu. Dann traf ihn ein heftiger Schlag mit einem stumpfen Gegenstand direkt an der Schläfe. Er sah Sterne und verlor das Gleichgewicht. Blutend krachte er auf das Geländer und versuchte, Halt zu finden.

Vergeblich.

Er spürte gerade noch, dass er sein Bewusstsein verlor, während seine Finger an der Glasscheibe des Geländers hinabrutschten.

Müdigkeit

Jan wälzte sich herum, als ihn das leise Klingeln seines Handys weckte. Das Display, das er aus dem Augenwinkel auf dem Nachttisch liegend wahrnahm, zeigte sechs Uhr achtundfünfzig. Und die Anruferin war Bettina. Zeichen genug, dass es offenbar wichtig war.

»Was gibt's?«, fragte er müde.

»Hagen Piepenbrock wurde entführt und seine Frau dabei offenbar verletzt.«

»Wie bitte?«

»So wie es aussieht, ist es schon gestern Abend passiert. Und zwar in der Villa von Piepenbrock in Bad Oeynhausen. Aber mehr weiß ich auch nicht. Fahren wir beide gemeinsam hin?«

Jan zögerte einen Augenblick und überlegte, ob er Cengiz oder Lara anrufen sollte, aber schließlich sagte er Ja, unter der Voraussetzung, dass Bettina ihn abholte.

Als er wieder aufgelegt hatte, raffte er sich langsam hoch. Erst jetzt begann er zu begreifen, was Bettina da gerade berichtet hatte. Als wären die Erkenntnisse des gestrigen Abends nicht schon verwirrend genug gewesen, war jetzt also auch noch der Wurstbaron entführt worden? Piepenbrock, vom neuen Teilhaber des Hofes über den möglichen Knotenpunkt in einem doppelten Mordfall bis hin zum Entführungsopfer. Und das in nicht einmal drei Tagen.

Was zum Teufel hatte das nun wieder zu bedeuten? Stand die Entführung etwa mit den beiden Morden in Zusammenhang? Aber wie konnte das sein, wenn sie doch seit gestern Abend davon ausgehen mussten, dass Henri Moreau der Täter war? Er hielt sich mit großer Wahrscheinlichkeit längst nicht mehr in Ostwestfalen auf, also würde er mit der Entführung von Piepenbrock nichts zu tun haben. Wieso auch? Zwischen den beiden gab es keine Verbindung. Oder etwa doch?

Er musste an ihren Besuch bei Piepenbrock denken. Der Wurstbaron war aufgebracht gewesen, weil jemand einen Schweinekopf auf dem Metalltor vor seiner Auffahrt platziert hatte. War das etwa der Warnschuss gewesen, den sie nicht ernst genommen hatten?

Dieser Fall wurde von Minute zu Minute undurchsichtiger. Immer wenn sie glaubten, sie seien auf dem richtigen Weg, wendete sich das Blatt, und sie mussten in eine neue Richtung denken. Besonders schwer wog die Tatsache, dass sie sich nicht sicher sein konnten, ob die Morde überhaupt zusammenhingen. Und nun also auch noch die Entführung von Piepenbrock.

Jan seufzte, während er das Zimmer verließ und langsam in Richtung Bad schlurfte. Auf dem Flur kam ihm seine Mutter entgegen. Sie trug den Morgenmantel, den er noch von früher an ihr kannte, und schien ebenfalls gerade erst wach geworden zu sein.

»Morgen«, sagte er. »Gut geschlafen?«

»Ich habe seit Heinrichs Tod so gut wie gar nicht mehr geschlafen«, sagte sie mit brüchiger Stimme. »Aber damit komme ich klar. Seitdem ihr Kinder auf der Welt seid, schlafe ich ohnehin nicht mehr als fünf Stunden in der Nacht. Das ist eben das Schicksal einer dreifachen Mutter.«

»Und das einer Ehefrau von einem tyrannischen Mann«, entgegnete Jan und biss sich sofort auf die Lippen. »Tut mir leid, war nicht so gemeint.«

»Doch, das war es, und es ist vollkommen okay. Es waren keine leichten Jahre für mich. Du weißt ja, wie dein Vater war. Und leichter ist es in der letzten Zeit bis zu seinem Tod nicht geworden.«

»Wir haben nie so richtig darüber gesprochen«, sagte Jan. »Ich weiß nur nicht, ob jetzt der richtige Zeitpunkt ist. Morgens um Viertel nach sieben, und ich muss dringend zu einem Tatort. Ich wollte aber ohnehin mal in Ruhe mit dir reden. Über den Hof, unseren neuen Teilhaber und die Zukunft.«

»Unseren Teilhaber Hagen Piepenbrock?«, fragte seine Mutter und lächelte dabei. »Ich bin mir nicht sicher, ob er das noch lange ist. Im Radio sagten sie vorhin, es hätte einen Überfall auf ihn gegeben und er sei entführt worden.«

»Wie bitte?«, fragte Jan entgeistert.

»Weißt du etwa nichts davon? Du bist doch der beste Ermittler Ostwestfalens, oder etwa nicht?«

»Was?«

»Hast du nicht mal behauptet –?«

»Niemals ernsthaft«, unterbrach er sie. »Natürlich weiß ich, was mit Piepenbrock passiert ist. Ich wundere mich nur, dass es bereits durch die Medien geht. Was genau wurde denn gesagt?«

»Ich habe erst hingehört, als der Name Piepenbrock fiel. Aber der Sprecher erwähnte, dass es möglicherweise mit den Protesten gegen Piepenbrocks Firma zu tun hätte.«

»Das wurde gesagt?«

»Ich bin zwar nicht mehr die Jüngste, aber hören kann ich noch ganz gut.«

Jan schüttelte den Kopf. Wie konnte es sein, dass heute Morgen schon im Radio darüber berichtet wurde?

»Wäre ja schön, wenn das Karma Piepenbrock ein Schnippchen schlägt.«

»Wie meinst du das?«

»Ich wünsche ihm nichts Schlechtes, aber vielleicht geht diese Entführung ja nicht so gut für ihn aus.«

»Mutter!«, sagte Jan empört.

»Brauchst mir nichts vorzumachen«, entgegnete sie. »Ich weiß, dass du genauso denkst. Piepenbrock ist dir ein Dorn im Auge, das habe ich sofort gespürt. Ich weiß trotz allem, was zwischen uns in den letzten Jahren gelaufen ist, dass dir all das hier viel bedeutet. Und dass du alles versuchen wirst, um zu verhindern, dass Piepenbrock hier sein Unwesen treibt.«

»Also um ehrlich zu sein, bin ich mir nicht sicher, ob …« Jan brach plötzlich ab. Es war einfach nicht der richtige Moment, um darüber zu sprechen. Nicht nur, dass er mit seinem Kopf ganz woanders war, er musste seiner Mutter erst einmal in Ruhe erklären, dass er seine Zukunft nicht mehr hier sah. Und eigentlich wollte er auch nicht, dass sie hier noch länger wohnen blieb.

»Ich bin auf dem Sprung nach Bad Oeynhausen«, sagte er stattdessen. »Egal wie sehr uns Piepenbrock auf die Nerven gehen wird, wir müssen ihm klarmachen, dass wir das Sagen haben. Aber ob wir ihn noch mal loswerden, da wäre ich skeptisch. Es sei denn, diese Entführung wird tatsächlich schwerwiegende Folgen für ihn haben.«

»Eines ist jedenfalls klar: Ich werde hier auf dem Hof sterben«, sagte seine Mutter. »Alles andere ist mir egal. Und jetzt muss ich auf Toilette.«

Jan nickte ihr zu. Er ließ ihr den Vortritt und ging zurück in sein Zimmer, zog sich die Klamotten, die er gestern getragen hatte, an und putzte sich seine Zähne an dem kleinen Waschbecken, das sich links neben dem Bett befand.

Wenige Minuten später stand er auf der Auffahrt zum Hof und wartete, bis Bettina ihn schließlich einsammelte. Jan begann sofort zu berichten, was Lara gestern Abend über Moreau herausgefunden hatte. Erst als sie auf die sogenannte Ringstraße fuhren, fragte er, was denn nun eigentlich genau mit Piepenbrock passiert war und wohin sie überhaupt fuhren. Dass er nicht sofort über Piepenbrock geredet hatte, war ein Versuch gewesen, die Bedeutung ihres frühmorgendlichen Einsatzes etwas kleiner zu machen. Nicht, weil er ihn nicht ernst nahm, er hatte nur schlichtweg keine Lust mehr, sich ständig mit diesem Mann auseinanderzusetzen.

»Ich habe auf der Fahrt zu dir mit den Kollegen in Bad Oeynhausen telefoniert und noch ein paar Dinge erfahren«, erklärte Bettina. »Piepenbrocks Frau hat gegen halb eins heute Nacht den Notruf gewählt. Sie war wohl ziemlich panisch und hat davon berichtet, dass die beiden in ihrem Haus überfallen worden sind. Offenbar hat der Unbekannte Helena Piepenbrock verletzt und anschließend den Wurstbaron verschleppt. Ich kannte seinen Spitznamen bislang nicht, aber nach allem, was ich über ihn recherchiert habe, wundert mich dieser Titel fast ein wenig. Legt man als Baron nicht etwas mehr Benehmen und Anstand an den Tag, als er es tut? Nicht nur auf Qualität, Tierwohl und gute Arbeitsbedingungen legt er gar keinen Wert, auch als Mensch tritt er offenbar alles andere als adelig auf.«

»Das kann ich absolut bestätigen, er kommt eher so grob wie

ein Schlachtermeister daher«, sagte Jan und lächelte. »Aber zurück zu dem Überfall: Wie schlimm steht es denn um seine Frau?«

»Sie liegt im Krankenhaus, ist aber ansprechbar. Mehr weiß ich leider auch nicht. Ich habe mit den Kollegen vor Ort besprochen, dass wir zuerst Helena Piepenbrock aufsuchen und sie befragen, sofern ihr Zustand das zulässt. Anschließend fahren wir zu ihrer Villa, die Kollegen haben dort bereits alles abgesperrt. Nolte ist auch verständigt und auf dem Weg dorthin.«

Jan spürte Müdigkeit. Laras Anruf gestern Abend hatte ihn spät einschlafen lassen. Und seltsamerweise blieb der Adrenalinschub nach der Nachricht über Piepenbrocks Entführung bislang komplett aus.

»Ich habe keine Ahnung, was dahinterstecken könnte«, sagte er nach einigen Sekunden der Stille. »Natürlich kann es sein, dass diese Aktivisten Piepenbrock entführt haben. Aber irgendwie scheinen bei ihm die Fäden dieser Ermittlungen zusammenzulaufen.«

»Denkst du denn, seine Entführung hat etwas mit den beiden Mordfällen zu tun?«

»Mir fehlt die Phantasie dafür, andererseits kann ich gar nichts mehr ausschließen.«

Bettina nickte schweigend. Für den Rest der Fahrt redeten die beiden kaum noch ein Wort miteinander. Untypisch, wenn Jan mit Bettina unterwegs war. Aber dieser Fall schien sie nachdenklich zu machen, und ihm raubte er an diesem Morgen die Energie.

Zwanzig Minuten später parkten sie vor dem Krankenhaus in Bad Oeynhausen. Zwei Streifenpolizisten warteten vor dem Zimmer in der Unfallchirurgie. Sie erklärten, dass Helena Piepenbrock ansprechbar und körperlich in einem stabilen Zustand sei. Die Ärzte hätten keine Verletzungen feststellen können. Die Schmerzen im Nacken, die Helena Piepenbrock zwar auf einen Schlag zurückführte, konnten möglicherweise auch psychotraumatischer Natur sein. Jan hatte kurz gestutzt und sich gewundert, dass die Ärzte sich zu so einer Aussage hatten hinreißen lassen.

Die Frau des Wurstbarons lag in einem Zimmer, in dem nur

ihr Bett stand, obwohl Platz für mindestens ein weiteres gewesen wäre. Sie saß aufrecht und tippte auf ihrem Handy herum, als Jan und Bettina den Raum betraten.

»Guten Tag, Frau Piepenbrock. Kripo Bielefeld, mein Name ist Jan Oldinghaus, und an meiner Seite ist Kriminalkommissarin Bettina Begemann.« Jan sprach leise und abwartend. »Fühlen Sie sich in der Lage, uns ein paar Fragen zu beantworten?«

»Ich denke schon.« Sie legte das Telefon auf den Nachttisch und fuhr sich mit der rechten Hand durch ihre schwarzen Haare. Jan erinnerte sich daran, wie sie gestern vor der Villa in Bad Oeynhausen aus dem Wagen ausgestiegen war. Zweifellos war sie gut aussehend, aber sie hatte auf ihn auch einen etwas unnahbaren und arroganten Eindruck gemacht.

»Wie geht es Ihnen?«, fragte er. »Haben Sie noch Schmerzen?«

»Die Tabletten haben etwas geholfen. Ich glaube, dass ich Glück im Unglück gehabt habe. Aber solange ich nicht weiß, wie es Hagen geht, werde ich kein Auge zumachen können.«

»Verständlich«, sagte Jan. »Würden Sie uns erzählen, was gestern Abend genau passiert ist?«

»Wir wollten gerade ins Bett gehen, als es plötzlich an der Tür klingelte«, begann sie mit leicht brüchiger Stimme.

»Wie spät war es da?«, fragte Bettina.

»Kurz nach elf, glaube ich.«

»Sie sagten, es hätte geklingelt«, warf Jan ein. »Also am Tor zu Ihrer Auffahrt?«

»Ja, ich meine, nein, da war niemand durch die Kamera zu sehen«, antwortete Helena Piepenbrock und sah Jan sichtlich irritiert an. »Also hat Hagen die Haustür geöffnet und wurde sofort von jemandem mit einer Waffe bedroht.«

»Moment«, sagte Jan. »Das heißt, der Eindringling ist über das Eisentor oder den Zaun geklettert und hat die Klingel am Haus gedrückt?«

»Anders kann ich es mir nicht erklären.«

»In Ordnung, was ist dann passiert?«

»Hagen hat versucht, sich zu wehren, aber der Mann hat ihn ins Haus gedrängt und ihn dort niedergeschlagen. Ich bin dann panisch die Treppe hochgelaufen, aber er hat mich auch erwischt.« Sie zeigte auf ihren Nacken und deutete an, dass sie ihren Kopf kaum bewegen konnte. »Ich muss ein paar Sekunden bewusstlos gewesen sein. Als ich wieder wach wurde, habe ich gerade noch gesehen, wie Hagen von dem Mann aus unserer Villa gezerrt wurde.«

»Haben Sie auch gesehen, was außerhalb des Hauses geschehen ist? Haben die beiden das Gelände durch das Tor verlassen?«

»Ich habe noch hinter ihnen hergerufen, war aber zu schwach, um wieder auf die Beine zu kommen. Darum weiß ich leider nicht, was dieser Wahnsinnige mit Hagen gemacht hat.«

»Die Kollegen meinten, Sie hätten ausgesagt, dass Ihr Mann entführt wurde. Wie können Sie sich da so sicher sein?«

»Ich verstehe Ihre Frage ehrlich gesagt nicht.« Helena Piepenbrock runzelte die Stirn.

»Worauf ich hinauswill: Könnte es sein, dass Ihrem Mann noch Schlimmeres passiert ist, als nur entführt worden zu sein?«

»Sie meinen …« Sie brach ab und fasste sich an den Mund. Zum ersten Mal zeigte sie so etwas wie eine Gefühlsreaktion. Wenn auch ziemlich aufgesetzt, wie Jan fand.

»Wir dürfen zumindest nichts ausschließen«, sagte er, um sie wieder etwas zu beruhigen. »Bislang liegt uns weder ein Bekennerschreiben noch eine Lösegeldforderung vor, was bei einer Entführung in der Regel der Fall ist. Oder hat sich bei Ihnen inzwischen jemand gemeldet, was wir noch nicht wissen?« Jan machte eine Kopfbewegung in Richtung ihres Handys.

»Nein, das hätte ich doch sofort gesagt.«

»Kommen wir auf den Täter zu sprechen. Sie sagten, es sei ein Mann gewesen. Wie sah er aus? Kannten Sie ihn vielleicht sogar?«

»Natürlich nicht«, entgegnete sie sehr bestimmt. »Zu seinem Aussehen kann ich nichts sagen, er trug so eine schwarze Maske über dem Kopf.«

»Trotzdem sind Sie sich sicher, dass es ein Mann war, den Sie nicht kannten?«, fragte Jan provokant.

»Was sollen denn diese Fragen? Glauben Sie etwa, eine Frau

wäre in der Lage, Hagen niederzuschlagen und ihn zu verschleppen? Und wieso sollte ich diesen Verrückten kennen?«

»Weil es nicht selten vorkommt, dass solche Verbrechen von Tätern begangen werden, die mit dem Opfer in irgendeiner Weise bereits in Kontakt standen.«

»Wollen Sie mir jetzt sagen, dass Sie glauben, unser Gärtner hätte uns überfallen?« Helena Piepenbrock verzog ihren Mund zu einer verständnislosen Grimasse.

»Denken Sie bitte einfach darüber nach, ob es in letzter Zeit irgendetwas gab, das Ihnen im Nachhinein ungewöhnlich vorkommt«, ignorierte Jan ihre Frage. »Gab es etwas, das Ihnen aufgefallen ist und jetzt eine neue Bedeutung bekommt?«

Sie schüttelte den Kopf.

»Der Überfall auf Sie kam aus Ihrer Wahrnehmung also vollkommen aus dem Nichts? Es gab keine Drohungen gegen Ihren Mann in der letzten Zeit? Ich denke da zum Beispiel an die Aktivisten, die seit einiger Zeit vor der Firma Ihres Mannes protestieren. Und an den Schweinekopf auf Ihrem Eingangstor.«

»Glauben Sie wirklich, einer dieser Verrückten war das?«

»Uns würde interessieren, was Sie dazu sagen.«

»Hagen hat nicht viel darüber erzählt«, antwortete sie achselzuckend. »Und ich kann dazu gar nichts sagen. Aber das könnte natürlich eine Erklärung sein.«

»Sie erinnern sich, dass ein Kollege von mir und ich gestern bei Ihnen gewesen sind, als Sie gerade zurückkehrten?«

»Sie waren das?«

»Ja.«

»Tut mir leid, das war mir nicht klar.«

»Kein Problem«, sagte Jan. »Vielleicht haben Sie ja mitbekommen, dass wir wegen zwei Mordfällen in der Region ermitteln, bei denen wir eine Verbindung zum Unternehmen Ihres Mannes hergestellt haben. Ob das tatsächlich alles miteinander zu tun hat, wissen wir noch nicht, aber wir werden es herausfinden. Umso wichtiger ist es für uns, entscheidende Hinweise zu bekommen.«

»Ich kann Ihnen da leider wirklich nicht weiterhelfen.«

»Na schön, wir werden jetzt gleich zu Ihnen nach Hause fahren und uns ein wenig umsehen. Wenn Ihnen noch etwas einfällt, hier ist meine Nummer.« Jan zog ein kleines Kärtchen aus seiner Jackentasche und legte es auf den Nachttisch.«

»Ich denke noch einmal nach.«

»Dann schon mal vielen Dank, dass Sie sich trotz Ihrer Schmerzen die Zeit genommen haben.«

»Es geht um das Leben meines Mannes, das ist doch selbstverständlich.«

»Natürlich«, sagte Jan. »Seien Sie vorsichtig mit Ihrem Nacken. Nicken und schütteln Sie den Kopf nicht so oft.«

»Warum warst du so hart zu ihr?«, fragte Bettina auf dem Weg zum Haus der Piepenbrocks.

»Ehrlich gesagt hatte ich von der ersten Sekunde an das Gefühl, dass sie nicht die Wahrheit sagt«, erwiderte Jan vehement. »Die Beweggründe sind mir noch nicht klar, aber ich glaube ihr kein Wort.«

»Denkst du etwa, sie hat sich das alles nur ausgedacht? Aus welchem Grund denn?«

»Ich weiß es nicht«, antwortete Jan. »Aber so wie sie es geschildert hat, ist es mit Sicherheit nicht verlaufen. Da waren zu viele Momente, die Fragezeichen hervorgerufen haben. Und ich rede nicht nur von ihrem angeblich steifen Nacken. Warum hat sie nicht sofort daran gedacht, dass diese Aktivisten dahinterstecken können? Hätte für sie doch eigentlich naheliegend sein müssen.«

»Vielleicht haben Piepenbrock und seine Frau das Thema nicht ernst genommen.«

»Zumindest nicht so ernst, dass er die Polizei rufen wollte.«

»Das finde ich auch etwas merkwürdig«, sagte Bettina.

»Ja, aber bei reichen Menschen oder Unternehmern kein ungewöhnliches Verhalten. Manche wollen, dass Kritik oder Proteste so wenig Staub wie möglich aufwirbeln, andere denken, sie haben das selbst im Griff, und merken gar nicht, wie die Sache immer brenzliger für sie wird.«

»Wissen wir denn inzwischen, wer genau hinter diesen Aktivisten steckt?«

»Nein, wir sollten uns so schnell wie möglich darum kümmern. Aber erst mal sehen wir uns in Piepenbrocks Villa um.«

Die beiden hatten das Auto auf dem Parkplatz vor dem Krankenhaus stehen gelassen und waren die wenigen hundert Meter bis in die Schützenstraße zu Fuß gegangen. Es tat gut, ein wenig kühle Herbstluft einzuatmen und den Kopf durchpusten zu lassen. Als sie die Auffahrt zur Villa erreichten, spürte Jan wieder etwas mehr Energie in seinem Körper.

Die Bilder des gestrigen Gesprächs mit Piepenbrock vor Augen, näherte er sich zusammen mit Bettina dem Haus. Mehrere Streifenwagen und zivile Einsatzwagen standen davor. Auch Noltes Auto erkannte Jan.

Von einem jungen Kollegen ließen sie sich Überzieher geben, dann betraten sie den Absatz vor der Haustür. Gerade als sie in die Villa gehen wollten, hielt Jan noch einmal inne. Er ging zwei Schritte rückwärts und ließ seinen Blick über die Außenwände schweifen. Dann lächelte er.

»Was ist?«, fragte Bettina.

»Sie hat uns angelogen, es gibt keine Klingel am Haus.«

»Warum macht sie das? Ich meine, ihr muss doch klar sein, dass wir das herausfinden.«

»Ich kann mir das nur damit erklären, dass sie sich irgendeine Geschichte ausgedacht und sich komplett verrannt hat.«

»Aber weshalb?«

»Gehen wir rein, vielleicht wissen wir dann mehr.«

Nolte stand an eine Säule gelehnt mitten in dem großen Eingangsbereich und war in eine Unterhaltung mit einem seiner Mitarbeiter vertieft.

Jan zögerte kurz, trat dann jedoch dazu und nickte dem Leiter der Kriminaltechnik zu. »Ich würde es begrüßen, wenn wir uns bald mal eine Weile lang nicht sehen.«

»Dann nimm doch am besten ein paar Wochen Urlaub«, entgegnete Nolte. »Denn so wie das hier aussieht, werden die Ermittlungen so schnell nicht abgeschlossen sein.«

»Worauf spielst du an?«

»Hier ist ganz offenbar irgendetwas passiert, was sich nicht mit den Informationen deckt, die ich auf dem Weg hierher bekommen habe.«

»Du meinst die Schilderung von Helena Piepenbrock?«

»Es hieß, jemand sei ins Gebäude eingedrungen und hätte den Hausherrn entführt. Ich kann das anhand der Spuren, die wir bislang sichergestellt haben, nicht ausschließen, aber die Situation lässt vor allem den Schluss zu, dass hier jemand eventuell sogar schwer verletzt wurde.«

»Wie bitte?«

»Zuerst haben wir Blutflecken hier auf dem Boden entdeckt. Es wurde zweifellos versucht, sie zu entfernen, aber mit der Technik, die uns zur Verfügung steht, haben wir schnell verwertbare Spuren gefunden.«

»Das würde dafür sprechen, dass Piepenbrock hier niedergeschlagen wurde, so wie es seine Frau ausgesagt hat.«

»Ja, aber dazu passt nicht, dass wir dort oben an dem Glasgeländer Spuren gefunden haben, die wenig Zweifel zulassen. Fingerabdrücke, Hautpartikel und Stoffreste. Um es klar zu sagen, wir können nicht ausschließen, dass jemand über das Geländer in die Tiefe gefallen und exakt hier aufgeprallt ist.« Er trat zwei große Ausfallschritte beiseite und sah abwechselnd den Boden und Jan an. »Bei der Fallhöhe fällt es mir schwer, zu glauben, dass die gestürzte Person das überlebt hat.«

»Willst du gerade ernsthaft darauf hinaus, dass Helena Piepenbrock ihren Mann umgebracht hat?«, fragte Jan erstaunt.

»Wer hier was gemacht hat, kann ich nicht sagen«, antwortete Nolte. »Ich beschreibe lediglich einen wahrscheinlichen Tathergang anhand von Spuren.«

»Ja, natürlich«, sagte Jan. »Wenn es sich so abgespielt hat, wie du beschreibst, widerspricht das komplett dem, was Helena Piepenbrock ausgesagt hat. Habt ihr denn irgendein Anzeichen dafür gefunden, dass jemand Fremdes im Haus gewesen ist?«

»Nein, bislang nicht. Die Spuren oben im Flur deuten auf einen Kampf hin, aber ob neben den Piepenbrocks noch jemand hier gewesen ist, wissen wir nicht. Allerdings sind wir auch noch nicht fertig.«

»Na schön, das reicht mir erst mal.« Jan nickte Nolte zu und ging zurück zu Bettina, die gerade dabei war, ihr Handy wieder in die Hosentasche zu stecken.

»Was ist los?«, erkundigte sie sich.

»Helena Piepenbrock scheint uns tatsächlich komplett angelogen zu haben.« Jan erklärte ihr mit wenigen Worten, was er gerade erfahren hatte. »Wenn das wirklich stimmt, könnte es sogar sein, dass sie ihren Mann getötet hat und das Ganze mit dieser abstrusen Entführungsgeschichte vertuschen will.«

Die Information von Nolte hatte erneut alles verändert, auch wenn er bereits befürchtet hatte, dass Helena Piepenbrock nicht die Wahrheit gesagt hatte.

»Ich glaube, dann haben wir jetzt ein Problem«, sagte Bettina. »Mich haben gerade die Kollegen aus dem Krankenhaus angerufen. Helena Piepenbrock hat sich nämlich, kurz nachdem wir gegangen sind, selbst entlassen. Ihre Schmerzen seien besser geworden, hat sie behauptet. Sie hat sich nicht aufhalten lassen.«

»Und niemand ist ihr gefolgt?«

»Bis gerade eben gab es dafür keinen Anlass, oder?«

Jan biss sich auf die Lippe und schluckte seine Worte hinunter. Seine Wut wollte er nicht an Bettina auslassen. Auch die beiden Beamten, die Helena Piepenbrock offenbar hatten gehen lassen, durften nicht die Adressaten sein. Vielmehr war es dieser ganze Fall, der ihn die Fäuste ballen ließ. Immerzu das Gefühl zu haben, einen Schritt zu spät zu sein, nervte ihn. Kaum öffnete sich eine Tür, erschien dahinter eine neue, die verschlossen war.

Sie mussten Piepenbrocks Frau finden, so schnell wie möglich. Und allzu weit konnte sie noch nicht gekommen sein. »Los, komm! Wir suchen nach ihr.«

Jan eilte aus der Villa und trat ins Freie. Im nächsten Moment glaubte er, seinen Augen nicht zu trauen. Eine Mercedes-S-Klasse bog auf die Auffahrt ein und näherte sich dem Haus. Zweifellos saß Hagen Piepenbrock auf dem Beifahrersitz. Aber auch den Fahrer hatte Jan schon einmal gesehen.

Cinderella

Auf dem Weg ins Präsidium hatte Lara gewusst, dass es ein Fehler war, heute ihre Wohnung zu verlassen. Die letzten Tage zehrten an ihr, und sie ahnte, dass sich die Fugue langsam ihren Weg an die Oberfläche bahnte. Nicht, dass sie schon etwas davon spürte, aber sie wusste, dass die Krankheit vor allem in Stresssituationen ausbrach. Und so wie sich die Ermittlungen entwickelten, musste sie davon ausgehen, dass ihr Körper sich auf seine ganz eigene Art und Weise zur Wehr setzen würde.

Aber sie konnte nicht anders. Es schien ihr unmöglich, die Kollegen im Stich zu lassen. Viel zu viel war in den vergangenen Stunden passiert, als dass sie sich einfach zu Hause einschließen konnte. Vor allem, nachdem heute Morgen nun die Meldung hereingekommen war, dass Hagen Piepenbrock entführt worden sei.

Die erste Stunde im Dienst hatte sie damit verbracht, möglichst viel über die Aktivisten herauszufinden, die sich gegen die Westfalenwurst GmbH formiert hatten. Ein klares Bild hatte sich nicht ergeben. Die meisten von ihnen waren junge Leute, in erster Linie Studierende, Schülerinnen und Schüler aus der Region. Es schien sich jedoch nicht um eine organisierte Einheit zu handeln, darauf deutete zumindest nichts hin. Sie hatte ein paar Namen von Leuten gefunden, die sich möglicherweise an den Protesten beteiligten, aber niemand war so auffällig geworden, dass man ihm die Sache mit dem Schweinekopf, geschweige denn die Entführung von Piepenbrock zutrauen musste.

Irgendwann hatte sie angefangen, sich noch einmal die Unterlagen über Tessa Gräfe und Fabian Sieveking vorzunehmen. Die Verbindung zwischen den beiden musste der Schlüssel zum Motiv für ihre Ermordung sein. Gleichzeitig war das, was sie über diese Verbindung bislang wussten, leider ziemlich spärlich. Auch in den damaligen Auditberichten ließ sich nichts finden, was ihnen weiterhalf.

Auf der einen Seite war da die Westfalenwurst GmbH, ein fleischverarbeitendes Unternehmen, das jahrelang in extremem Tempo gewachsen war und immer neue Umsatzrekorde vermeldet hatte, vor ein paar Jahren aber offenbar auch in finanzielle Schieflage geraten war, wenn sie dem Artikel in dem Wirtschaftsmagazin Glauben schenken durfte. Und auf der anderen Seite TBA, eine der größten deutschen Wirtschaftsprüfungsgesellschaften. Was hatten die beiden Menschen getan, dass sie sterben mussten? Oder hatten sie vielleicht etwas gewusst, das für jemanden hätte gefährlich werden können? War es dabei um die Finanzen des Piepenbrock-Unternehmens gegangen?

Sie hatten mittlerweile die Namen der Personen bekommen, die damals unternehmensintern eng mit Tessa Gräfe zusammengearbeitet hatten. Lara öffnete an ihrem Rechner ein älteres Organigramm, das Kira, eine ganz junge Kollegin, die ihnen bei der Recherche half, heute Morgen geschickt hatte.

Tessa Gräfe hatte ein Team aus Controllern, Finanz- und Steuerexperten unter sich gehabt. Keiner der Namen war in den Ermittlungen bisher aufgetaucht. Lara googelte nach einigen von ihnen und fand schnell heraus, dass die meisten von ihnen noch immer für die Westfalenwurst GmbH arbeiteten. Es gab nichts, was in irgendeiner Weise auffällig gewesen wäre. Frustriert tippte sie schließlich noch den Namen der Assistentin von Tessa Gräfe ein.

Helena Wolf.

Ihre Augen flirrten plötzlich hektisch über den Bildschirm, als sie die Bildersuche startete. Eine attraktive Frau mit dunklen Haaren, stark geschminkt. Aber was zum Teufel machte sie auf einigen Bildern im Arm von Hagen Piepenbrock?

Lara brauchte ein paar Sekunden, ehe sie endgültig begriff, was sie da sah. Helena Wolf hieß nämlich jetzt Helena Piepenbrock und war die Frau des Wurstbarons. Während sie noch versuchte zu verstehen, was ihre Entdeckung zu bedeuten hatte, klickte Lara auf einen Artikel über die Hochzeit der beiden. Ein rauschendes Fest in Porta Westfalica vor etwas mehr als drei Jahren in dem Panoramarestaurant, das sich direkt unter der Plattform des Kaiser-Wilhelm-Denkmals innerhalb der Ringterrasse befand.

Der Artikel beschrieb die Beziehung wie eine Art moderne Cinderella-Story in der Provinz, klammerte jedoch aus, dass es bereits Hagen Piepenbrocks dritte Ehe war. Beim Gedanken an den Wurstbaron fiel es Lara allerdings mehr als schwer, in ihm den Prinzen auf dem weißen Pferd zu sehen.

Helena Wolf kam aus Espelkamp – seit sie in den achtziger Jahren als Vierjährige gemeinsam mit ihren Eltern von Krasnojarsk nach Deutschland übergesiedelt war. Sie hatte ihren mittleren Schulabschluss gemacht und anschließend eine kaufmännische Ausbildung bei der Westfalenwurst GmbH absolviert. Irgendwann vor einigen Jahren war sie offenbar Piepenbrock aufgefallen. Wie genau sie sich kennengelernt und schließlich ineinander verliebt hatten, beschrieb der Artikel nicht. Ob es bei einer Weihnachtsfeier zufällig geschehen oder ganz gezielt durch einen der beiden herbeigeführt worden war, konnte sie nur vermuten.

Sie las weiter. Der eben noch lockere Text wurde plötzlich ernsthafter. Eine Zwischenüberschrift titelte: »Wie groß ist die Macht der Wurstbaronin?«

Um sich genau davon ein Bild zu machen, begann Lara zu lesen:

Dass Helena Piepenbrock mehr als nur die attraktive Ehefrau des Wurstbarons ist, überrascht angesichts ihrer Karriere in der Firma indes nicht. So arbeitete sie nach ihrer Ausbildung einige Jahre als Teamassistenz von Tessa Gräfe, damals noch für die Finanzen der Westfalenwurst GmbH tätig und heute den meisten Menschen Ostwestfalens als erfolgreiche Powerfrau und Chefin der Herforder Modefirma Cala bekannt. Nach dem Weggang Gräfes übernahm Helena Piepenbrock, damals noch Helena Wolf, anfangs interimsweise, später dann vollständig die Leitung der Finanzabteilung des Unternehmens. Eine Personalie, die ungewöhnlich erscheint, bedenkt man, dass sie keinen

akademischen Hintergrund besitzt und zuvor lediglich
Assistentin war.
Mit ihrer Liebesbeziehung zu Hagen Piepenbrock hatte ihre
Beförderung offenbar nichts zu tun, denn ihre Liaison be-
gann erst ein Jahr später. Doch wer mit Mitarbeitern und
ehemaligen Kollegen spricht, bekommt schnell ein Gefühl
dafür, wie geschickt und zielstrebig Helena Wolf ihren beruf-
lichen Aufstieg angegangen ist. Offenbar mit allen Mitteln,
die dazugehörten.
Kurz nach ihrer Heirat hat sich Helena Piepenbrock aus
dem Unternehmen zurückgezogen. Vielleicht zieht sie aus
dem Hintergrund aber längst die Fäden und wird eines
Tages an die Spitze der Firma rücken. Dann hätte sie ihre
Träume und Ziele endgültig realisiert.

Lara kniff ihre Augen zusammen, bis der Text auf dem Bildschirm verschwamm. Sie musste nachdenken. Was hatte das zu
bedeuten? Hatte es überhaupt etwas zu bedeuten? Mit Helena
Piepenbrock hatten sie nun zumindest jemanden, der ihnen bei
Fragen zur Verbindung zwischen Tessa Gräfe und Fabian Sieveking helfen konnte. Was sie eigentlich längst von sich aus hätte
tun können, fuhr es Lara durch den Kopf.

Sie griff entschlossen nach ihrem Handy. Sie musste ihre Gedanken dringend mit jemandem teilen.

Leichen auf dem Weg

Cengiz wusste genau, dass er selten so rüberkam, als hätte er gute Laune. Allzu lange hatte er sein Image als harter Hund und mürrischer Kommissar auch offensiv gepflegt. Irgendwie war er in diese Rolle hineingeraten. Vielleicht lag es daran, dass er mit seinem Dreitagebart und den dunklen Haaren eben ein gewisses Klischee erfüllte, aber im Grunde hatte er auch selbst dafür gesorgt, dass er in Ermittlungen immer den Bad Cop spielte, der vor allem in schwierigen Situationen eingriff. Dass er viel mehr war als das, hatte er dagegen selten gezeigt. Jedenfalls störte ihn das Gefühl, dass die anderen ihn viel zu eindimensional wahrnahmen, schon seit längerer Zeit.

Als ihn Bettina heute Morgen angerufen und ihm von den neuesten Entwicklungen berichtet hatte, war ihm sofort klar gewesen, dass er noch einmal mit Brinkhaus sprechen wollte, natürlich auch über die Demonstranten vor dem Firmengelände. Er war sich mittlerweile sicher, dass die Lösung dieses Falls hier zu finden war. Und wenn Bettina und Jan schon unterwegs waren, um mit Piepenbrocks Frau zu reden, würde er eben bei Brinkhaus noch einmal vorfühlen. Schließlich war ihr gestriges Gespräch aus seiner Sicht nicht unbedingt befriedigend verlaufen.

Es war noch früh am Morgen, umso überraschter war Cengiz, dass auch nun schon wieder die Aktivisten vor dem Werkstor standen und sich lauthals bemerkbar machten. Er hatte eigentlich ins Verwaltungsgebäude gehen wollen, aber als er Jörg Brinkhaus hinter dem Werkstor neben den Sicherheitskräften von gestern erkannte, änderte er seinen Plan. Der Geschäftsführer der Westfalenwurst GmbH schien die Demonstranten, die nicht danach klangen, als wäre ein vernünftiges Miteinander überhaupt noch eine Option, aufmerksam zu beobachten. Er scannte ihre Gesichter. Cengiz hatte sogar das Gefühl, als lächelte Brinkhaus dabei.

Die Zahl der Aktivisten hatte sich gegenüber dem Vortag fast verdoppelt. Irgendetwas schien hier offenbar seinen Lauf zu nehmen. Und die Führung der Westfalenwurst GmbH reagierte darauf lediglich mit zwei Sicherheitskräften und einem offenbar gelassenen Brinkhaus. Andererseits konnte es auch sein, dass Brinkhaus die Proteste mittlerweile ernster nahm.

Hatten diese größtenteils sehr jungen Menschen also tatsächlich etwas mit dem Schweinekopf und nun sogar mit der Entführung von Piepenbrock zu tun? Es schien Cengiz durchaus möglich, aber andererseits auch etwas zu offensichtlich. Statt weiter zu demonstrieren, hätten diese Leute sich in dem Fall doch defensiver verhalten und womöglich Lösegeld fordern müssen.

Cengiz ging seitlich an den Demonstranten vorbei und gab Brinkhaus durch das Tor ein Zeichen, in Ruhe mit ihm reden zu wollen.

Es dauerte eine Weile, bis der Chef des größten Fleischbetriebs der Region die Tür mit den Metallstreben, die sich direkt neben dem großen Tor befand, öffnete.

Cengiz betrat das Gelände und folgte Brinkhaus, bis dieser im Schatten der großen Produktionshalle stehen blieb.

»Was wollen Sie hier?«, fragte Brinkhaus.

»Können Sie sich das nicht vorstellen?«

»Ich gehe davon aus, Sie meinen das Verschwinden von Hagen?«

»›Verschwinden‹ klingt angesichts der Tatsache, dass Herr Piepenbrock gestern Abend entführt wurde, ein wenig lapidar, finden Sie nicht?«

»Ich habe es vorhin im Radio gehört, Einzelheiten kenne ich nicht.«

»Wundert Sie das alles eigentlich gar nicht?«, bohrte Cengiz nach. »Weder dass zwei Menschen erschossen wurden, die für Ihre Firma gearbeitet haben, noch dass jetzt der Inhaber dieses Unternehmens, dessen Geschäftsführer Sie sind, entführt wurde? Sie erwecken den Anschein, als interessiere Sie das gar nicht.«

»Entschuldigen Sie, diesen Eindruck möchte ich natürlich nicht vermitteln. Nur haben wir mit diesen Leuten hier seit ein paar Tagen alle Hände voll zu tun. Und ich befürchte, es wird nicht besser werden. Glauben Sie denn, dass Hagen ernsthaft in Gefahr ist?«

»So wie seine Frau den Überfall beschrieben hat, ist davon auszugehen.«

»War sie dabei?«

»Ja, sie wurde verletzt und liegt im Krankenhaus.«

»Meine Güte, das war mir so gar nicht bewusst.«

»Können Sie sich vorstellen, dass diese Aktivisten hinter der Entführung von Piepenbrock stecken?«, fragte Cengiz.

»Wie bitte?« Brinkhaus wirkte überrascht. »Glauben Sie ernsthaft, dass diese Studenten und Schüler so weit gehen würden?«

»Gestern hing ein Schweinekopf auf dem Tor zu seiner Villa. Wäre es nicht langsam an der Zeit, dass Sie die Hilfe meiner Kollegen in Anspruch nehmen, um diesen Aufmarsch zu beenden?«

»Hagen und ich waren uns einig, dass wir das nicht wollen.«

»Aber die Situation hat sich jetzt verändert.«

»Ich muss darüber nachdenken.«

»Wer könnte denn sonst ein Interesse daran haben, Piepenbrock zu entführen?«, hakte Cengiz noch einmal nach.

»Ich kann mir nicht vorstellen, dass es etwas mit der Firma zu tun hat«, antwortete Brinkhaus nachdenklich. »Aus der Vergangenheit weiß ich, dass er immer mal wieder anonym bedroht wurde, aber da steckte niemals etwas Ernstes dahinter. Vielleicht hat diesmal ja tatsächlich jemand …«

Er sprach den Satz nicht zu Ende, sondern schüttelte den Kopf und machte ein betroffenes Gesicht. Ob aufgesetzt oder authentisch, konnte Cengiz nicht sagen. Er kam auch nicht dazu, darüber nachzudenken, weil sein Handy klingelte. Er zog es hervor und sah auf das Display. Dann entschuldigte er sich, trat einen Schritt zur Seite und nahm den Anruf entgegen.

»Lara, was gibt's?«

»Hallo, Cengiz. Gut, dass ich dich erreiche. Jan ist leider nicht rangegangen.«

»Was ist denn los?«

»Hast du einen Moment?«

»Eigentlich ist es eher schlecht. Ich bin in Bad Oeynhausen und spreche gerade mit Jörg Brinkhaus.«

»Vielleicht ist das gar nicht so schlecht, dann kannst du ihn gleich darauf ansprechen.«

»Worauf?«

»Auf Helena Wolf.«

»Auf wen?«

»Piepenbrocks Frau, Helena, ehemals Wolf.«

»Und was ist mir ihr?«

»Ich habe herausgefunden, dass sie als Assistentin von Tessa Gräfe gearbeitet und später dann die Abteilung Finanzen übernommen hat. Offenbar war sie sehr auf Karriere aus, ehe sie dann irgendwann mit Piepenbrock zusammengekommen ist und ihn geheiratet hat.«

»Worauf willst du hinaus?«

»Das weiß ich selbst noch nicht so genau, aber Piepenbrocks Frau scheint durchaus großen Einfluss auf die Firmengeschicke zu haben. Und sie kann eine entscheidende Hilfe bei der Frage sein, was Tessa Gräfe und Fabian Sieveking möglicherweise miteinander verbunden hat.«

»Ich weiß nicht«, sagte Cengiz. »Piepenbrock wurde entführt, und seine Frau liegt im Krankenhaus. Sie hat bestimmt gerade andere Sorgen.«

»Frag doch bitte Brinkhaus, was er über Helena Piepenbrock sagen kann«, drängte Lara. »Welche Rolle sie damals gespielt hat. Weshalb sie seit der Heirat nicht mehr im Unternehmen arbeitet, und ob er glaubt, dass sie irgendwann wieder zurückkommt.«

»Na gut, das kann ich machen, auch wenn ich bezweifele, dass das in die richtige Richtung führt.«

»Danke«, sagte Lara. »Und falls du etwas von Jan hörst, sag ihm bitte, dass er sich bei mir melden soll.«

Cengiz verabschiedete sich und steckte das Telefon zurück in seine Jackentasche. Er wandte sich um und trat wieder auf Brinkhaus zu, der auf seinem Handy herumtippte. Sein Gesichtsausdruck schien nicht mehr so souverän wie noch vor einigen Minuten zu sein. »Jetzt können wir weiterreden.«

»Wie bitte?«, fragte Brinkhaus fahrig.

»Wir waren bei der Frage stehen geblieben, wer Piepenbrock entführt haben könnte. Ist Ihnen dazu noch etwas eingefallen?«

»Nein, wir müssen das jetzt hier abbrechen«, antwortete Brinkhaus. »Ich habe gerade erfahren, dass diese Spinner jetzt auch unser Verwaltungsgebäude belagern.«

»Wollen Sie nicht endlich die Polizei verständigen, bevor das hier völlig eskaliert? Wäre ein kurzer Anruf für mich.«

»Danke, aber wir entscheiden selbst darüber, wann es an der Zeit ist einzugreifen.«

»Dann hätte ich noch eine letzte Frage«, sagte Cengiz. »Was können Sie über Helena Piepenbrocks Rolle in der Firma sagen?«

»Was soll denn diese Frage jetzt?«

»Antworten Sie bitte einfach«, drängte Cengiz. »Sie hatte in Tessa Gräfes Team gearbeitet und war anschließend sogar Abteilungsleiterin. Wie haben Sie sie wahrgenommen, und weshalb hat sie sich mittlerweile aus dem Unternehmen zurückgezogen?«

»Helena war immer sehr ehrgeizig, so wie ich das mitbekommen habe«, sagte Brinkhaus. »Aber genau wie mit Tessa hatte ich auch mit Helena wenig zu tun. Warum sie die Firma verlassen hat, kann ich leider auch nicht sagen. Ich gehe davon aus, dass Hagen das so wollte. Damals war er ja noch Geschäftsführer und Alleinentscheider. Möglicherweise wollte Helena auch nur Ehefrau sein.«

»Sie hatten aber niemals näher mit ihr zu tun?«

»Nein«, antwortete Brinkhaus jetzt kurz angebunden. »Ich verstehe Ihre Fragerei auch nicht. Sollten Sie sich nicht lieber darum kümmern, so schnell wie möglich Hagen zu finden?«

Cengiz hatte selbst nicht verstanden, weshalb Lara so viel daran lag, dass er Brinkhaus nach Helena Piepenbrock fragte. Aber dass dieser wie schon zuvor über Tessa Gräfe auch über sie kaum etwas sagen konnte oder wollte, ließ Cengiz aufhorchen.

»War Helena Wolf, wie sie damals noch hieß, beliebt unter den Kolleginnen und Kollegen?«, fragte er beharrlich weiter.

»Ihre Fragen irritieren mich.«

»Machen Sie sich einfach weniger Gedanken über den Zweck meiner Fragen. Also, was können Sie über sie sagen?«

»Nur so viel: Helena weiß ganz genau, was sie will. Sie hat hier gelernt und sich mit ihrer ganz speziellen Art hochgearbeitet. Und dann hat sie sich an Hagen herangemacht, und er hat schließlich angebissen. Sie war am Ziel ihrer Träume. Die Leichen auf dem Weg dahin haben niemanden mehr interessiert.«

Leichen auf dem Weg dahin? Wovon sprach er? Cengiz schüttelte irritiert den Kopf. Doch allmählich dämmerte ihm, warum Lara so darauf gedrängt hatte, Brinkhaus unbedingt auf Helena Piepenbrock anzusprechen.

Putzmunter

Es gab keine Blaupause für diesen Moment. Eine solche Situation hatte Jan noch nicht erlebt. Die Geschichte, die Helena Piepenbrock ihnen aufgetischt hatte, stimmte offenbar von vorn bis hinten nicht. Noch hatten sie keine Erklärung, was sie damit bezwecken wollte. Denn bislang hatten sich die Piepenbrocks nicht dazu geäußert.

Nachdem der Fahrer, den Jan als den Mann vom Empfang des Verwaltungsgebäudes erkannte, Hagen und Helena Piepenbrock abgesetzt hatte, waren sie in ihr Haus gegangen, ohne die Kriminalbeamten und Techniker eines Blickes zu würdigen.

Aus dem oberen Stockwerk hinuntergestürzt war ganz offensichtlich also keiner von ihnen. Aber wie Nolte vorhin berichtet hatte, stand zumindest der Verdacht im Raum, dass sich hier eine Gewalttat ereignet hatte.

Jan und Bettina hatten sich kurz besprochen, dann waren sie den Piepenbrocks gefolgt. In einen Raum, der wahrscheinlich größer war als Jans komplette Wohnung. Grob geschätzt war das salonartige Zimmer mindestens sechzig Quadratmeter groß. Es gab gleich mehrere Sitzbereiche mit ausladenden Tischen, eine Kaminecke und einige beeindruckend große Palmen. Je länger Jan den Blick schweifen ließ, desto mehr Details fielen ihm auf, aber er durfte sich jetzt nicht ablenken lassen, ermahnte er sich selbst. Er musste Piepenbrock und seine Frau befragen und dringend in Erfahrung bringen, was gestern Abend tatsächlich geschehen war.

»Sie können sich vorstellen, dass wir Fragen haben«, begann er und trat, gefolgt von Bettina, auf die Eheleute zu, die vor einem großen Regal aus edel wirkendem Holz mit jeder Menge Spirituosen darin standen.

»Und Sie können sich bestimmt vorstellen, dass uns nicht nach einem Haus voll mit Polizei zumute ist. Wie lange brauchen Sie noch?« Piepenbrock nahm sich ein kristallenes Whiskyglas und schenkte sich ein. »Tut mir leid, Sie sind ja im Dienst.«

»Kommen wir zur Sache.« Jan ignorierte Piepenbrocks Kommentar. »Sie sind also gestern Abend entführt worden? Wissen Sie, von wem?«

»Ich habe Ihnen gestern Mittag, als Sie hier waren, gesagt, dass diese Verrückten es auf mich abgesehen haben«, reagierte Piepenbrock barsch. »Die Sache mit dem Schweinekopf war doch Warnung genug.«

»Darf ich Sie daran erinnern, dass Sie es waren, der keine Polizei haben wollte?«

»Ich wollte nur nicht, dass es an die große Glocke gehängt wird. Gegen Personenschutz hätte ich jedoch nichts einzuwenden gehabt.«

Jan musterte den Mann, der das Glas Whisky gerade in einem Zug austrank. Auch ihm glaubte er kein Wort. Nicht einmal, dass er entführt worden war, dafür wirkte er zu aufgeräumt. Und auch körperlich war ihm nicht anzusehen, dass er eine Nacht in den Händen von Entführern verbracht hätte.

»Wie sind Sie freigekommen?«, fragte er.

»Sie haben mich gehen lassen.«

»Sie? Ich dachte, es hätte sich nur um eine Person gehandelt.«

»Da waren noch andere Männer, ich habe sie reden hören.«

»Mit welcher Begründung hat man Sie freigelassen?«

»Es gab keine. Niemand hat mit mir gesprochen.«

»Wissen Sie, wo Sie die letzte Nacht verbracht haben?«

»Nein, mir wurde ein Sack über den Kopf gestülpt, und dann wurde ich in den Kofferraum eines Wagens gesteckt.«

»Wie lange dauerte die Fahrt bis zu dem Ort, an dem Sie die Nacht verbracht haben?«

»Ich weiß nicht, vielleicht zehn oder fünfzehn Minuten.«

»Und wie ging die Freilassung vonstatten? Wurden Sie an einen bestimmten Ort zurückgebracht?«

»Ja, auf einen kleinen Parkplatz in der Nähe des Werre-Parks. Sie haben mich einfach aus einem Wagen herausgeschmissen.«

»Haben Sie Ihre Entführer dabei sehen können?«

»Nein, ich hatte wieder diesen Sack auf dem Kopf. Als ich mich endlich von ihm befreit hatte, waren sie weg.«

»Und Sie sind sich dennoch sicher, dass diese Aktivisten dahinterstecken?«

»Wer denn sonst? Heute Morgen stehen diese Idioten schon wieder vor meinem Unternehmen. Meinetwegen können Sie sich jetzt darum kümmern, sie wegzuschaffen. Ich will nur noch meine Ruhe haben.«

»Ein Kollege von uns ist auf dem Weg zu Ihrer Firma, um sich die Demonstranten noch einmal etwas genauer anzusehen«, sagte Bettina plötzlich und trat aus dem Hintergrund nach vorn.

»Etwas genauer ansehen?«, fragte Piepenbrock entrüstet. »Sorgen Sie dafür, dass diese Leute dort verschwinden.«

»Hätten wir vielleicht längst, wenn Sie nicht dagegen gewesen wären«, entgegnete Jan. »Aber kommen wir noch einmal auf gestern Abend zurück. Wir haben von Ihrer Frau gehört, was passiert ist. Erzählen Sie uns bitte, wie Sie die Situation erlebt haben.«

»Muss das jetzt sein?«

»Allerdings, wir wollen schließlich rekonstruieren, was passiert ist, um den oder die Täter so schnell wie möglich zu finden.«

»Glauben Sie etwa, ich erzähle Ihnen etwas anderes als meine Frau?«

»Ich hoffe nicht.«

Piepenbrock und seine Frau tauschten einen kurzen Blick, dann füllte er sich sein Glas noch einmal mit Whisky auf und trank erneut.

»Ich erinnere mich, dass ich die Haustür öffnete, weil ich ein Geräusch gehört hatte. Im nächsten Moment wurde ich dann von diesem Verrückten überfallen und mit einem Messer bedroht. Er schubste mich ins Haus und schlug mich nieder, sodass ich eine ganze Weile ausgeknockt war.«

Jan runzelte die Stirn. Hatte Helena Piepenbrock nicht von einer Pistole gesprochen? Oder hatte sie »Waffe« gesagt, und Jan war von einer Pistole ausgegangen? Egal, er würde sie auf die Probe stellen.

»Sind Sie sich sicher, dass es keine Pistole war?«

»Ja, wieso …?«

»Ihre Frau sprach davon.«

»Tat ich das?«, fragte Helena Piepenbrock gespielt unbeteiligt.

»Ja, das taten Sie.«

»Dann konnte ich mich wohl nicht mehr genau erinnern.« Sie zuckte mit den Schultern.

»Ja, vielleicht.« So einfach ließ sie sich also nicht aus der Deckung locken. »Was ist dann passiert?«, fragte Jan wieder an Hagen Piepenbrock gewandt.

»Als ich wieder zu mir kam, wurde ich aus dem Haus geschleppt.«

»Haben Sie gesehen, was mit Ihrer Frau passiert ist?«

»Dieser Kerl hat sie attackiert, das wissen Sie doch.«

»Das konnten Sie aber nicht sehen, weil Sie außer Gefecht gesetzt waren?«

»Nein, aber meine Frau hat es mir vorhin erzählt.«

»Konnten Sie erkennen, wie er aussah?«

»Nein, er war maskiert.«

Zumindest dahingehend schienen sich die beiden abgesprochen zu haben, dachte Jan.

»Dann reden wir noch einmal über Sie, Frau Piepenbrock«, wechselte er das Thema. »Es ist gerade einmal eine Stunde her, da haben wir mit Ihnen im Krankenhaus gesprochen. Sie waren nicht in der Lage, Ihren Kopf zu drehen und aufzustehen. Und jetzt stehen Sie putzmunter vor uns.«

»Es ist wohl so gewesen, wie die Ärzte gesagt haben. Ich hatte einen Schock, der dafür gesorgt hat, dass meine Muskulatur verkrampfte.«

»Und nachdem wir bei Ihnen waren, ging es Ihnen plötzlich besser?«

»Ja, ich konnte mich nicht bewegen, wie Sie selbst gesehen haben, aber auf einmal war der Schmerz dann weg.«

»Das war, als Ihr Mann sich plötzlich bei Ihnen gemeldet hat?«

»Als er angerufen und gesagt hat, dass er wieder frei ist, war ich natürlich extrem erleichtert. Und die Schmerzen waren weg.«

»In Ordnung, wir haben uns nun genug von Ihren Märchen angehört«, sagte Jan. »Ich glaube Ihnen nämlich gar nichts von alledem. Nicht nur, dass Sie sich widersprechen. Unsere Leute haben eindeutige Spuren gefunden, die beweisen, dass der Überfall auf Sie, Herr Piepenbrock, hier in diesem Hause anders verlaufen ist, als Ihre Frau geschildert hat. Und dabei spreche ich nicht einmal von dem nicht existierenden Klingelknopf an Ihrem Haus.«

»Wovon reden Sie da?«, fragte Piepenbrock aufgebracht.

»Wenn Sie und Ihre Frau uns schon so eine Geschichte auftischen, sollten Sie sich wenigstens besser abstimmen. Und vor allem sollten Sie eine Erklärung dafür liefern können, was hier wirklich vorgefallen ist.«

Jan trat noch einen Schritt näher an den Wurstbaron heran und fixierte ihn. »Der Leiter unserer Kriminaltechnik hat mir nämlich kurz vor Ihrer Rückkehr verraten, dass jede Menge Spuren gefunden wurden, die darauf hindeuten, dass hier ein Mensch zu Tode gekommen sein könnte, weil er über das Treppengeländer in die Tiefe gefallen ist. Wie passt das zu dem, was Sie beide ausgesagt haben?«

»Mir reicht es jetzt langsam«, sagte Piepenbrock und verschärfte noch einmal seinen Ton. »Ich habe keine Ahnung, wovon Sie reden. Wir sind hier in unserem eigenen Haus überfallen worden. Man hat mich entführt, und ich bin froh, dass ich noch am Leben bin. Meine Frau lag die ganze Nacht im Krankenhaus, und Ihnen fällt nichts Besseres ein, als ihr Unterstellungen zu machen, sie sage nicht die Wahrheit?«

»Was kommt dabei heraus, wenn wir das Blut, das wir im Eingangsbereich gefunden haben, überprüfen?«

»Sie werden wohl meines finden.«

»Wo genau wurden Sie getroffen?«

»Welche Rolle spielt das? Verlassen Sie jetzt sofort mein Haus.« Piepenbrock baute sich vor Jan auf. »Ich habe genug von Ihnen. Und eines sage ich Ihnen, wenn diese Ermittlungen vorbei sind, werde ich dafür sorgen, dass wir nicht länger Geschäftspartner sind. Und damit meine ich nicht, dass ich mich zurückziehe.«

Jan nickte, obwohl er eigentlich lieber den Kopf geschüttelt hätte. So kam er nicht weiter, Piepenbrock blockte alles ab. Eigentlich waren sie heute Morgen nach Bad Oeynhausen gefahren, weil der Wurstbaron offenbar entführt worden war, aber jetzt stellte sich die Situation gänzlich anders dar. Ohne jedoch zu wissen, was tatsächlich geschehen war. An die Geschichte der Entführung von Piepenbrock und die Verletzung seiner Frau glaubte er jedenfalls nicht.

»In der Regel trenne ich Berufliches und Privates sehr streng, aber in diesem Fall würde ich mich wirklich freuen, wenn Sie sich einfach von unserem Hof davonmachen. Falls ich das mal so salopp ausdrücken darf. Jede andere Idee, die Sie haben, wird Sie sehr teuer zu stehen kommen.«

Jan ignorierte das Vibrieren seines Handys in der Hosentasche und redete weiter. »Aber vielleicht müssen wir uns gar keine Gedanken darüber machen, weil wir vorher herausfinden, was hier tatsächlich vorgefallen ist. Wenn die Kollegen der Spurensicherung fertig sind, werden wir uns zurückziehen, aber Sie können sich sicher sein, dass wir wiederkommen. Und dann mit einem richterlichen Beschluss.«

Sein Blick blieb noch einen Moment lang an Piepenbrocks Gesicht hängen. Es brodelte in ihm, das war unverkennbar, aber er schien sich leidlich im Griff zu haben. Jan wandte sich um und gab Bettina das Zeichen, zu gehen. Als er die Tür Richtung Treppenhaus erreicht hatte, blieb er noch einmal stehen und drehte sich um.

Während Hagen Piepenbrock ihnen noch immer hinterhersah, hatte sich seine Frau schon abgewandt und schien gedankenverloren in den großen Garten im hinteren Bereich zu blicken. Tatsächlich hielt sie jedoch ihr Handy in der Hand und tippte auf dem Display herum.

Was hatte sie zu verbergen?, fuhr es ihm wieder durch den Kopf. Das alles ergab noch immer überhaupt keinen Sinn.

Eiskalt

Er konnte die Tatsachen nicht mehr leugnen oder zumindest beiseiteschieben, wie er es viel zu lange getan hatte. Es gab keine Zweifel mehr daran, dass die Polizei kurz davorstand, die Wahrheit ans Licht zu bringen. Das, was Helena und er jahrelang zu verbergen versucht hatten, würde schon in Kürze auffliegen.

Eigentlich ging es für ihn nur noch darum, selbst aus der Sache herauszukommen, ohne dass er oder das Unternehmen Schaden nahm. Auch wenn ihm dieser Gedanke mittlerweile fast hoffnungslos schien.

Es fiel ihm immer schwerer, seine Fassade aufrechtzuerhalten. Und dass ausgerechnet jetzt auch diese Idioten da draußen Krawall machten, setzte dem ganzen Chaos die Krone auf. Es war vollkommen aus dem Ruder gelaufen, und das so plötzlich, dass er bislang nicht einmal Zeit gehabt hatte, in Ruhe darüber nachzudenken, was die Morde an Tessa und Fabian Sieveking zu bedeuten hatten. Warum mussten die beiden sterben? War das Risiko, dass alles ans Licht kam, auf einmal so groß gewesen? Und vor allem: Welche Konsequenz zog das auch für ihn nach sich?

Er hatte kurzzeitig darüber nachgedacht, Helena anzurufen. Sie direkt zu fragen, warum es so weit kommen musste. Wie groß die Gefahr wirklich war, dass die Sache von damals auffliegen würde. Aber er hatte schließlich darauf verzichtet, ihre Nummer zu wählen. Zu lange hatten sie nicht mehr miteinander gesprochen. Und zu viel war zwischen ihnen passiert, als dass er sich jetzt einfach bei ihr melden wollte.

Vieles davon hatte er längst verdrängt. Wozu sie fähig war, wie eiskalt sie sein konnte, hatte er jedoch nicht vergessen. Die Erinnerung daran, dass sie alles, was damals zwischen ihnen gewesen war, von einem auf den anderen Moment nicht nur über Bord geworfen, sondern mit Füßen getreten hatte. Im Prinzip von dem Tag an, als sie beide ihr Ziel erreicht und die beiden wichtigsten Positionen im Unternehmen bekleidet hatten, hatte sie ihr Versprechen gebrochen, mit Hagen niemals über einen gewissen Punkt hinauszugehen. Sie hatten nie definiert, was genau dieser Punkt sein sollte, aber für ihn war klar gewesen, dass sie niemals mit ihm ins Bett steigen durfte. Und er hatte nicht ansatzweise in Erwägung gezogen, dass sie offenbar anders darüber dachte. Sie war so weit gegangen, wie er es ihr niemals zugetraut hätte.

Angesichts des Altersunterschieds zwischen ihr und Hagen und der Tatsache, dass der Wurstbaron optisch das komplette Gegenteil von ihm war, schien ihm ihre Entscheidung auch heute noch vollkommen unverständlich. Geradezu verstörend. Was war damals bloß in sie gefahren?

Auf eine Erklärung, weshalb sie ihn sogar geheiratet und anschließend ihren Job an den Nagel gehängt hatte, wartete er bis heute vergeblich. Aber er hatte sie auch nur halbherzig eingefordert. Ihm war sofort klar gewesen, dass er selbst nur dann Geschäftsführer bleiben würde, wenn er den Mund hielte.

Das hatte er getan. Bis zum heutigen Tag. Er hatte ertragen, dass Helena nicht mit ihm, sondern nun mit Hagen verheiratet war. In dessen Villa wohnte. Und anstatt weiter die Finanzen der Firma zu verantworten, sich jetzt darum kümmerte, welche Körperteile einer Schönheitsoperation unterzogen werden sollten. Er lächelte bitter bei dem Gedanken daran. In diesem Moment schien es ihm unvorstellbar, wie intensiv das zwischen ihnen beiden damals gewesen war. Wie sehr er sie geliebt hatte. Und wie sie sich geschworen hatten, diesen Weg unter allen Umständen zusammen zu gehen.

All das hatte innerhalb von wenigen Tagen plötzlich keinerlei Bedeutung mehr gehabt. Und im Nachhinein hatte er sich natürlich gefragt, was da zwischen Helena und Hagen eigentlich längst gelaufen war, als sie noch zusammen gewesen waren und alles dafür getan hatten, ihren Plan in die Realität umzusetzen.

Ob es tatsächlich um ihren gemeinsamen Plan oder immer nur um den von Helena gegangen war, konnte er aus heutiger Sicht nicht mehr sagen. Denn ab einem bestimmten Punkt hatte sie nur noch ihre eigene Agenda verfolgt, und von da an hatte es ihn in ihrem Leben quasi nicht mehr gegeben.

Im ersten Moment war er sich sicher gewesen, dass ihn die Trennung aus der Bahn werfen würde. Dass sie ihm den Boden unter den Füßen wegziehen würde. Immerhin waren sie diesen Weg mehr als fünf Jahre lang gemeinsam gegangen. Aber tatsächlich war er schneller mit der Situation zurechtgekommen, als er befürchtet hatte. Vor allem, weil er sich in die Arbeit gestürzt hatte. Schließlich musste er die Westfalenwurst GmbH konsolidieren und gleichzeitig weiterentwickeln.

Was Hagen ihm damals hinterlassen hatte, war ein heruntergewirtschaftetes Unternehmen. Vor allem die vielen kleinen Betriebe, die sie integrieren mussten, waren eine Herausforderung gewesen. Es gab so viele Entscheidungen, die Hagen falsch getroffen hatte. Und nur, weil Helena und er im Hintergrund längst die Fäden gezogen und alles dafür getan hatten, dass die Firma überleben konnte, waren sie überhaupt erst wieder an den Punkt gekommen, einer profitablen Entwicklung entgegenzusehen. Die vergangenen zwei Jahre waren sogar die erfolgreichsten in der Unternehmensgeschichte gewesen, fast alle Probleme aus der Vergangenheit waren gelöst. Er hatte sich von Piepenbrock und seinem Führungsstil komplett freigeschwommen. Auch wenn sie ihm nicht gehörte, so war die Westfalenwurst GmbH mittlerweile sein Unternehmen, und so sollte es auch bleiben.

Allerdings waren eben nur fast alle Probleme gelöst, fuhr es ihm wieder durch den Kopf. Leider nicht alle. Er konnte das, was um ihn herum geschah, nicht einfach ignorieren. Dass Tessa und Sieveking ermordet worden waren, musste mit Helena und ihm zu tun haben. Die beiden hatten alles gewusst, wahrscheinlich als Einzige, wenn sie es denn niemandem erzählt hatten. Aber obwohl er schmerzlich erfahren hatte, wie eiskalt Helena sein konnte, schien es ihm undenkbar, dass sie einen anderen Menschen tötete. Weshalb auch? Welchen Grund hätte es geben sollen, dass die Sache ausgerechnet jetzt, Jahre später, aufflog?

Die Befürchtung, dass Helenas Angst begründet war, ließ ihn dennoch nicht mehr los. Und die Tatsache, dass die Kripo bereits die richtigen Fragen stellte, war Alarmsignal genug. Die Schlinge zog sich immer enger. Und er wusste, dass es keinen Sinn mehr hatte, seine Augen davor zu verschließen.

Es ging nicht nur um die Strafe, die ihm bevorstand. Es ging um sein Leben.

Er schloss für einen Moment die Augen und atmete tief durch. Dann zog er die Schublade seines Schreibtischs auf und griff nach der Visitenkarte, die der Kriminalbeamte dagelassen hatte.

Jan Oldinghaus.

Ihm war unwohl bei dem Gedanken, der Kripo alles zu erzählen. Aber wenn die Alternative sein Tod war, hatte er keine Wahl.

Alles vorstellbar

Sie hatten sich in etwa fünfzig Metern Entfernung von der Villa der Piepenbrocks auf einem kleinen Freigelände auf der gegenüberliegenden Straßenseite eine Art Krisenstab eingerichtet. Neben Bettina und den Technikern war vorhin auch Ben Kregel als Leiter der Mordkommission angekommen.

Jan seufzte, als er auf sein vibrierendes Handy blickte. Kai Stahlhuts Name auf dem Display löste alles andere als Begeisterungsstürme bei ihm aus, aber nachdem er heute schon einige Anrufe ignoriert hatte, nahm er nun ab. »Du bist hartnäckig.«

»Wie bitte?«

»Hast du nicht eben schon angerufen?«

»Nein.«

»Na schön, was gibt's denn?«

»Einer unserer Hauptverdächtigen wurde offenbar niedergestochen.«

»Wie bitte? Wer?«

»Robert Hartel«, antwortete Stahlhut. »Er ist gestern Abend in der Ambulanz im Klinikum aufgetaucht, um sich behandeln zu lassen.«

»Wie schlimm ist es?«

»Offenbar nicht so schwerwiegend. Die Wunden sind nicht allzu tief. Sie haben ihn eine Nacht dabehalten und heute Morgen gehen lassen.«

»Kann es denn sein, dass er sich die Verletzungen selbst zugefügt hat?«

»Habe ich den behandelnden Arzt auch gefragt«, antwortete Stahlhut. »Er sagte, dass es theoretisch möglich sei, wollte sich aber nicht festlegen. Aber zu dem Zeitpunkt wusste ich auch noch nicht, dass Alina Nitsche sich stellen würde.«

»Moment, was sagst du da?«

»Hartels Ex-Freundin, Alina –«

»Schon klar«, unterbrach Jan seinen Kollegen rüde. »Was

heißt denn, sie hat sich gestellt? Hat sie ihn etwa niedergestochen?«

»Das wollte ich dir gerade erzählen.« Stahlhut blieb gelassen. »Sie hat sich telefonisch bei uns gemeldet und darum gebeten, dass eine Streife sie abholt, weil sie sich allein nicht mehr aus dem Haus traut. Aus Angst vor Hartel. Ich habe sie dann vorhin hier auf dem Präsidium vernommen. Sie hat ausgesagt, dass sie in Notwehr auf Hartel eingestochen hat, nachdem er ihr aufgelauert hatte.«

»Nimmt das denn gar kein Ende!« Jan spürte wieder diese Müdigkeit, die ihn heute Morgen bereits übermannt hatte. Noch eine neue Tür, durch die sie gehen mussten. Ob sie wollten oder nicht.

»Was für uns noch viel wichtiger ist: Auf ihrem Handy gibt es noch mehr Drohungen von Hartel, in so einer App, die sie deinstalliert hatte. Die haben es wirklich in sich. Ich habe sie selbst gelesen, und ich glaube, wir sollten uns so schnell wie möglich um ihn kümmern. Jemandem, der damit droht, einem Menschen bei lebendigem Leib nacheinander die Gliedmaßen abzuschneiden und ihn dann aufzuschlitzen, traue ich durchaus zu, der Mörder von Fabian Sieveking zu sein.«

»Das hat er geschrieben?«

»Und noch einige andere krasse Sachen.«

»Es ergibt keinen Sinn«, sagte Jan nachdenklich. »Bei der Gegenüberstellung wurde Hartel nicht als der Mann erkannt, der sich ins Haus geschlichen hatte. Und weshalb sollte er Tessa Gräfe umbringen?«

»Vielleicht haben wir es gar nicht mit ein und demselben Täter zu tun«, sagte Stahlhut. »Erinnere dich mal daran, was Nolte gesagt hat. Auf Tessa Gräfes Jacke wurden kleinste Partikel gefunden, die zu zwei Morden in Köln und in Düsseldorf führten. Von Fabian Sieveking war aber nicht die Rede. Wir haben diese Verbindung doch nur hergestellt, weil er und Gräfe sich gekannt haben.«

»Und auch weil beide aus nächster Nähe mit einem Schalldämpfer am selben Abend erschossen worden sind.«

»Aus zwei unterschiedlichen Pistolen.«

»Hartel hat also Sieveking getötet und Moreau Tessa Gräfe? So wie wir es anfangs gedacht haben?«

»Klingt für mich am wahrscheinlichsten«, antwortete Stahlhut.

»Ich weiß nicht«, sagte Jan. »Gestern Morgen war ich mir auch noch sicher, aber ich halte es mittlerweile für wahrscheinlich, dass …« Er stockte, als er sah, dass Cengiz angefahren kam.

»Bist du noch dran?«

»Ja.«

»Wie machen wir denn jetzt weiter? Ich schlage vor, dass ich mich um Hartel kümmere. Selbst wenn er Sieveking nicht getötet hat, müssen wir ihn von Alina Nitsche fernhalten.«

»Mach das«, sagte Jan. Er war abgelenkt, weil Cengiz hastig ausgestiegen war und einen angespannten Eindruck machte. »Aber denk dran, dieser Typ ist unberechenbar. Hol dir am besten Verstärkung dazu, falls es brenzlig wird.«

Jan verabschiedete sich von Stahlhut und wandte sich sofort Cengiz zu.

»War das Lara?«, fragte sein Kollege unvermittelt.

»Nein, Stahlhut. Alina Nitsche hat auf Hartel eingestochen, nachdem er ihr aufgelauert hatte.«

Cengiz schüttelte den Kopf, als schien er gar nicht zu verstehen, was Jan gerade gesagt hatte. »Also hast du mit Lara noch nicht geredet?«

»Nein, weshalb denn?«

»Es geht um Helena Piepenbrock. Lara hat einiges herausgefunden, was wir bislang noch nicht gewusst haben. Es geht um ihre Rolle im Unternehmen, sie ist offenbar –«

»Warte mal einen Moment«, ging Jan dazwischen. »Damit du es weißt, Hagen Piepenbrock ist wieder aufgetaucht. Er hat es geschafft, sich zu befreien, aber wir wissen nicht genau, was vorgefallen ist. Und seine Frau liegt nicht mehr im Krankenhaus, sie ist ebenfalls hier zu Hause.« Er machte eine Kopfbewegung in Richtung der Villa.

»Habt ihr denn mit Piepenbrocks Frau gesprochen?«

»Ja, auch allein, als sie noch im Krankenhaus lag. Wir müssen davon ausgehen, dass uns die Piepenbrocks nicht die Wahrheit erzählen. Es gibt da einige Ungereimtheiten, was wirklich gestern Abend und in den Stunden danach passiert ist. Ich frage mich sogar, ob Piepenbrock überhaupt entführt worden ist. Die ganze Geschichte klingt in meinen Augen ziemlich unglaubwürdig. Allerdings verstehe ich nicht, was die beiden damit bezwecken wollen.«

»Immerhin haben wir Blutspuren im Eingangsbereich gefunden«, warf Nolte ein. »Und anhand der Spuren am Treppengeländer würde ich nicht ausschließen, dass es oben in der ersten Etage des Hauses zu einem Handgemenge gekommen ist.«

»Falls die Sache mit der Entführung doch stimmt, kann es denn sein, dass sie etwas mit den Mordfällen zu tun hat?«, fragte Kregel, der zu ihnen getreten war.

»Mittlerweile kann ich mir alles vorstellen«, sagte Jan und seufzte. »Zumindest müssen wir in Betracht ziehen, dass alles miteinander zusammenhängt. Und das Epizentrum von allem ist Piepenbrock mit seiner Firma.«

Jan wollte sich gerade Cengiz zuwenden und ihn fragen, was Lara denn nun über Helena Piepenbrock herausgefunden hatte, als sein Handy erneut vibrierte. Die Nummer auf dem Display kannte er nicht, trotzdem ging er ran.

»Haben Sie kurz Zeit?«, meldete sich eine Männerstimme, die Jan nicht einordnen konnte.

»Wer ist denn da?«

»Jörg Brinkhaus, Sie waren gestern hier bei uns …«

»Schon klar«, sagte Jan ungeduldig. Eigentlich hatte er gerade nicht den Kopf für ein Gespräch mit diesem Mann.

»Ich habe mir in den letzten Tagen viele Gedanken gemacht«, fuhr Brinkhaus unbeeindruckt fort. »Und ich bin zu dem Schluss gekommen, dass ich nicht länger schweigen kann. Denn ich glaube, dass ich um mein Leben fürchten muss. Also dass es mir so ergeht wie Tessa und Fabian Sieveking.«

»Moment, wie meinen Sie das?« Jan hatte genau verstanden, was Brinkhaus gesagt hatte, aber er brauchte noch ein paar Sekunden, um die Worte richtig einzuordnen.

»Ich rede von Helena. Da gibt es etwas, das ich loswerden muss.«

»Bitte, erzählen Sie.«

»Helena und ich haben eine lange Geschichte. Eigentlich wäre alles ganz anders –«

Brinkhaus' Worte brachen plötzlich ab, stattdessen waren laute Geräusche zu hören. Türen schlugen, dann auf einmal aufgeregte Stimmen. Panische Rufe von Brinkhaus. Noch mehr Geräusche, die er nicht einordnen konnte.

Ein Schrei.

Und dann ein dumpfer Knall. Wie ein Schuss.

Jan hatte keine Ahnung, was dort gerade vorging, aber er war sich sicher, dass er mit dem Schlimmsten rechnen musste.

Kein Empfang

Keine zwanzig Minuten später betraten Jan und Cengiz das Verwaltungsgebäude der Westfalenwurst GmbH. Cengiz hatte mobiles Blaulicht auf sein Wagendach gesetzt und war durch Bad Oeynhausen und anschließend über die A 30 und die A 2 gerast. Zwischendurch hatte Jan immer wieder erfolglos versucht, Brinkhaus zurückzurufen. Schnell hatte er festgestellt, dass die Nummer zur Westfalenwurst GmbH gehörte. Aber auch über die Zentrale erreichte er niemanden.

Stattdessen hatte er mit Kregel telefoniert, der gemeinsam mit Bettina vor dem Haus der Piepenbrocks geblieben war. Kregel sollte so viele Einsatzwagen wie möglich Richtung Porta Westfalica schicken, außerdem hatten Jan und Cengiz ihren Chef gebeten, die Piepenbrocks genau im Auge zu behalten.

Der Platz am Empfang war im Gegensatz zum letzten Mal verwaist. Und doch fiel Jan in diesem Moment wieder ein, wo er den Mann, der hier sonst saß, auch gesehen hatte. Nämlich hinter dem Steuer der S-Klasse, die die Piepenbrocks heute Morgen nach Hause gefahren hatte. Und genau die stand gerade direkt vor dem Verwaltungsgebäude, wie er beim Reingehen erkannt hatte.

Cengiz und er hatten sich kurz mit einigen Einsatzkräften besprochen, die bereits vor Ort waren, als sie ankamen. Von ihnen hatten sie erfahren, dass auf der Dienststelle in Porta Westfalica vor etwa fünfzehn Minuten ein Notruf aus dem Vorzimmer vom Geschäftsführer des Unternehmens eingegangen sei. Offenbar war ein maskierter und mit einer Pistole bewaffneter Mann in die Räumlichkeiten eingedrungen und hatte die Frauen dort bedroht, bevor er dann weiter in Richtung des Büros von Jörg Brinkhaus gelaufen war. Danach waren wohl ein Schuss und wildes Geschrei zu hören gewesen, genauso wie Jan es durch das Handy vernommen hatte.

Mit den Streifenpolizisten hatten sie vereinbart, statt des Fahrstuhls die Treppe zu nehmen. Gefolgt von einem halben Dutzend uniformierter Kollegen schlichen sie langsam und mit gezückten Waffen hoch bis in den vierten Stock. Jan spürte seinen Herzschlag, als sie oben angelangt waren, wusste aber, dass es weniger von dem Treppenaufstieg kam als vielmehr von der Anspannung, was sie hinter der Tür zum Vorzimmer der Chefetage erwarten würde.

»Bereit?«

Cengiz nickte Jan zu. Sie gingen in Deckung, während Cengiz den Türgriff nach unten drückte und die Tür vorsichtig zu sich heranzog, bis Jan einen Blick ins Innere werfen konnte.

Niemand war zu sehen. Hinter dem geschwungenen Tresen keine jungen Frauen mit Headsets, und auch Piepenbrocks Sekretärin Regina Schmidt konnte er nicht erkennen.

»Gehen wir«, sagte Jan leise. »Wir verteilen uns, so wie besprochen.«

In gebückter Haltung betraten sie den Raum und strömten aus. Nach wenigen Augenblicken war Jan sich einigermaßen sicher, dass hier im Vorzimmer die Luft rein war. Einzig die Situation hinter dem Empfangstresen konnte er nicht einschätzen.

Er gab den anderen ein Zeichen, weiter vorzurücken. Von beiden Seiten näherten sie sich dem Tresen. Cengiz und Jan tauschten einen letzten Blick, dann schnellten sie vor, mit ihren Waffen im Anschlag.

Drei Frauen hockten dort mit verschränkten Armen. Zitternd vor Angst. Zweifellos handelte es sich um Regina Schmidt und die beiden jüngeren Frauen, die sie gestern hier empfangen hatten.

Ihre Gesichter strahlten eine Mischung aus Erleichterung und größter Panik aus. Regina Schmidt schien am ehesten in der Lage zu sein, ihnen einen Hinweis zu geben. Aber ihre Lippen bewegten sich nicht, obwohl Jan ihr aufmunternd zunickte. Alles, wozu sie fähig war, war eine Kopfbewegung in Richtung des Flurs, der rechts am Tresen vorbeiführte. Dorthin, wo Brinkhaus' Büro lag beziehungsweise der Bereich, in dem sie gestern mit ihm gesprochen hatten und der aussah wie eine Bar.

Cengiz ging voraus, Jan folgte ihm. Sein Puls schlug so heftig, dass er seine linke Hand auf die Halsschlagader legte, um sich zu beruhigen. Natürlich mussten sie davon ausgehen, dass Brinkhaus tot war. Dass ihn der Schuss, den Jan gehört hatte, getroffen hatte. Aber wo war der Täter? Geflüchtet war er offenbar nicht, andernfalls hätten die Frauen anders reagiert. Und das bereitete ihm fast am meisten Sorgen.

Der knapp zehn Meter lange Gang fühlte sich in diesem Moment endlos an. Immer wieder spitzte Jan seine Ohren, um vielleicht irgendein Geräusch zu hören. Aber da war einfach nichts.

Noch zwei Meter. Er konnte bereits weite Teile des Barbereichs einsehen, aber es gab so weit nichts Auffälliges.

Doch dann erkannte er Jörg Brinkhaus. Er saß auf einem der Barhocker vor dem Tresen. Exakt dort, wo sie sich mit ihm unterhalten hatten.

Brinkhaus hielt einen Drink in der Hand und starrte geradeaus auf die Spirituosenflaschen im Regal hinter dem Tresen.

Jan suchte Cengiz' Blick. Sein Kollege zuckte aber mit den Schultern. Die Situation war absurd, was zum Teufel war mit Brinkhaus los? Und was war hier vorgefallen? Von einem maskierten Angreifer gab es jedenfalls keine Spur.

Immer noch mit der Pistole im Anschlag ging Jan die letzten Meter auf Brinkhaus zu. »Herr Brinkhaus, sind Sie in Ordnung?«

Keine Antwort.

»Haben Sie mich verstanden?«

»Natürlich.« Brinkhaus setzte das Glas an und trank einen kräftigen Schluck. Der Farbe nach zu urteilen, Whisky oder Rum.

»Was ist hier passiert?«, drängte Jan.

»Wo ist Helena?«, fragte Brinkhaus. »Haben Sie sie?«

»Wie meinen Sie das?«

»Ob Sie sie festgenommen haben.«

»Dazu müssten wir wissen, was sie getan haben soll«, antwortete Jan angespannt. »Vielleicht erzählen Sie uns jetzt erst einmal, was vorgefallen ist. Wo ist der maskierte Mann? Hat er auf Sie geschossen?«

»In meinem Büro.« Brinkhaus machte eine Kopfbewegung in

Richtung der bunten Tapetenwand, in der sich die Tür zu seinem Büro befand.

»Was ist mit ihm? Ist er tot?«

»Ja, ich habe ihn erschossen.«

Jan atmete tief durch. Er hatte es fast geahnt, als er Brinkhaus am Tresen sitzen sah. »Wo ist die Waffe?«, fragte er.

»Auf meinem Schreibtisch.«

»Ihre Pistole?«

»Ja.«

»Kennen Sie den Toten?«

Brinkhaus nickte.

»Gehen wir«, sagte Jan an Cengiz gewandt. »Und Sie bleiben hier sitzen und bewegen sich nicht von der Stelle, bis wir wieder hier sind.« Er gab den Kollegen von der Streife ein Zeichen, auf Brinkhaus aufzupassen, dann gingen Cengiz und er langsam in Richtung der Tür am anderen Ende des Raums.

Jan öffnete sie und trat in ein Büro, das viel kleiner war, als er erwartet hatte. Außer einem extravaganten goldenen Schreibtisch, der ihn an den Designerstuhl in seiner Wohnung erinnerte, gab es kein weiteres Möbelstück. An den Wänden hing abstrakte Kunst, auf die er sich in diesem Moment jedoch nicht konzentrieren konnte. Denn vor ihnen mitten im Raum lag bäuchlings ein schwarz gekleideter Mann. Eine Blutlache hatte sich um den Oberkörper ausgebreitet.

Er trat noch näher heran. Das Gesicht war zu erkennen, die Maske, die der Mann getragen hatte, hochgezogen. Im Gegensatz zu Tessa Gräfe und Fabian Sieveking war ihm nicht ins Gesicht geschossen worden. Neben seiner Leiche befand sich eine halbautomatische Pistole mit Schalldämpfer.

Vor ihm lag ganz offenbar der Mann, den sie seit Tagen suchten. Und längst hatte Jan erkannt, dass es sich um den Fahrer von Piepenbrock handelte. Den Mann, dessen Platz am Empfang unten vorhin leer gewesen war. Und noch etwas fiel ihm auf. Er hatte durchaus Ähnlichkeit mit Robert Hartel, vielleicht die Erklärung, weshalb das Phantombild sie auf die falsche Fährte geführt hatte.

Warum zum Teufel hatte dieser Mann zwei Menschen getötet? Und offenbar um ein Haar einen dritten?

»Ich verstehe es noch immer nicht«, sagte er leise. »Wir wissen nicht einmal, wie er heißt, oder?«

»Lass uns mit Brinkhaus reden«, sagte Cengiz. »Ich gehe davon aus, dass er Licht ins Dunkel bringen wird. Was auch immer ihn und Helena Piepenbrock verbunden hat, darin liegt der Schlüssel für das, was passiert ist. Ich glaube, er hier war nur ein Handlanger.«

»Ja, gut möglich.« Jan sah Cengiz nachdenklich an und nickte. »Kümmern wir uns also um Brinkhaus.«

Weg nach oben

»Ich bin der Einzige, der die Wahrheit kennt und noch am Leben ist«, begann Brinkhaus mit einem bitteren Lächeln auf den Lippen. »Sie sollten sich also darüber im Klaren sein, was das auch für Sie bedeutet, wenn ich Ihnen alles erzähle.«

»Sofern Sie jetzt tatsächlich alles aussagen, was Sie wissen, hoffe ich, dass wir diesen Fall vollständig aufklären können«, sagte Jan. Cengiz und er standen hinter dem Tresen, genau andersherum als gestern.

»Falls sie nicht noch ein paar Pfeile im Köcher hat«, erwiderte Brinkhaus.

»Sie?«

»Helena natürlich.« Brinkhaus' Stimme klang belegt. Als kosteten ihn seine Worte Überwindung. »Ich bin mir sicher, dass sie hinter alldem steckt. In den letzten Tagen habe ich lange überlegt, womit das alles zusammenhängen kann. Insgeheim wusste ich es vielleicht sofort, aber ich wollte es wohl nicht wahrhaben. Es fällt mir auch jetzt noch schwer, zu glauben, dass sie so weit gehen würde.«

»Sie verraten uns jetzt bestimmt auch, was genau Sie meinen.« Jan merkte, wie ungeduldig er war. Er wollte endlich wissen, worum es nun eigentlich ging.

»Ich fange von ganz vorne an und werde alles auspacken«, sagte Brinkhaus. »Aber nur, wenn Sie mich nicht unterbrechen.«

»Bitte.«

»Wollen Sie vielleicht auch einen Drink?«

»Nein, erzählen Sie einfach.«

»Na schön, dann beginne ich an dem Tag, als ich Helena zum ersten Mal getroffen habe. Es war im letzten Jahr ihrer Ausbildung, vor etwa zwanzig Jahren. Ich war selbst noch ziemlich jung und hatte nach meinem Studium erst kurz zuvor hier im Marketing angefangen, aber Helena fiel mir sofort auf, als sie unsere Abteilung durchlaufen hat. Sie war wissbegierig und hatte die

Begabung, das neue Wissen direkt in Lösungen umzuwandeln. Dazu kam, dass sie als Erscheinung hervorstach, falls Sie wissen, was ich meine.«

»Wie groß ist der Altersunterschied zwischen Ihnen?«

»Sieben Jahre, aber das spielt hier keine Rolle. Helena wirkte schon mit zwanzig reifer als manche Vierzigjährige.«

Jan verzichtete auf einen weiteren Kommentar und forderte Brinkhaus stattdessen auf, fortzufahren. »Und gerne etwas zügiger«, fügte er an.

»Es ist wichtig, die Details zu erwähnen, um zu verstehen, wie sich das alles entwickelt hat«, erklärte Brinkhaus. »Helena ist mir nie ganz aus dem Kopf gegangen, aber wir haben uns damals selten gesehen. Nach ihrer Ausbildung hat sie in der Finanzabteilung gearbeitet, während ich mich langsam in der Unternehmensstrategie nach oben gearbeitet habe. Bei einem Sommerfest der Firma vor zehn Jahren sind wir uns dann nähergekommen. Es war ein feuchtfröhlicher Abend, und wir haben uns blendend verstanden. Den Rest können Sie sich ja denken.«

»Schätze schon.«

»Aber es war nicht so, wie ich anfangs geglaubt habe«, fuhr Brinkhaus fort. »Das zwischen uns war keine Affäre, sondern der Start einer ernsthaften Beziehung. Und noch viel mehr als das. Von Anfang an haben wir das Ganze allerdings geheim gehalten.«

»Wessen Idee war das?«, warf Cengiz ein.

»Also wir haben …« Brinkhaus stockte kurz. »Das ging von Helena aus. Sie wollte nicht, dass die Kollegen über uns Bescheid wissen. Damit niemand über uns tuschelte oder etwas Schlechtes sagte. Für mich war das in Ordnung. Ich hatte nichts dagegen, Job und Privates zu trennen.«

»Sie hatten aber im Job nicht viel miteinander zu tun, oder?«, hakte Cengiz nach. »Sie waren in zwei unterschiedlichen Abteilungen.«

»Das stimmt, aber es entwickelte sich etwas zwischen uns, das …« Wieder hielt er inne. »Ich weiß nicht, wie ich das beschreiben soll, aber wir waren der Meinung, dass wir beide uns ganz nach oben arbeiten sollten. Weil wir das Gefühl hatten, dass Hagen das Unternehmen über kurz oder lang an die Wand fahren würde. Und weil wir glaubten, die Einzigen zu sein, die das Ruder herumreißen können.«

»Klingt ziemlich anmaßend«, sagte Jan.

»Das war es auch, aber wir haben das ja nicht nach außen gezeigt. Außerdem war es ein schleichender Prozess. Irgendwann war ich dann Abteilungsleiter, und Helena arbeitete an der Seite von Tessa Gräfe. In dieser Zeit wurde die finanzielle Schieflage der Firma dann immer schlimmer. Wir mussten etwas unternehmen.

»Was soll das heißen?«

»Helena hatte kreative Ideen, wenn man es denn so nennen möchte. Zugegebenermaßen habe ich es damals für richtig gehalten, es ging schließlich um die Zukunft der Westfalenwurst GmbH. Aber im Nachhinein war es wohl diese Phase, in der ich das erste Mal im negativen Sinne von Helena überrascht war. Sie war eiskalt.«

»Nur damit wir es richtig verstehen«, sagte Jan. »Sie behaupten hier also gerade allen Ernstes, dass Helena Piepenbrock unerlaubte Dinge getan hat, um die Firma zu retten? Wie müssen wir uns das vorstellen?«

»Darauf möchte ich ehrlich gesagt gar nicht so genau eingehen«, antwortete Brinkhaus.

»Weil es nämlich auch Sie selbst belastet, richtig?«, sagte Jan hart.

»Ich hatte Kenntnis davon, mehr nicht.«

»Worüber sprechen wir? Steuerhinterziehung?«

»Unter anderem«, antwortete Brinkhaus. »Aber auch Bilanzfälschung und viel Zahlenschieberei im Zuge der Aufkäufe von kleineren Unternehmen. Es ging um achtstellige Beträge, die sie dadurch im Laufe der Jahre der Firma eingespart hat.«

»›Eingespart‹ klingt putzig«, sagte Jan. »Wir sprechen hier von Wirtschaftskriminalität in einem gigantischen Ausmaß. Wie kann es sein, dass sie mit ihrer Vita dazu befähigt war, solche Dinge zu tun?«

»Wie gesagt, sie ist außergewöhnlich, was ihre Auffassungsgabe angeht. Sie hat die Chancen, die sich ergaben, brutal ergriffen. Sie hat erkannt, dass Tessa ihr behilflich sein kann, weiter nach oben zu kommen, genau wie sie mich für ihre Zwecke ausgenutzt hat.«

»Über welchen Zeitraum reden wir hier eigentlich?«, fragte Jan und ignorierte Brinkhaus' letzten Satz. Auf seine Rolle würde er später noch zu sprechen kommen. »War Tessa Gräfe auch in diese Angelegenheit verwickelt?«

»Es geht um die Zeit vor etwa fünf bis zehn Jahren. Sie müssen sich vorstellen, dass das eine sehr schwierige Phase für die Firma war. Wir hatten damals eine große Fluktuation. Irgendwann hatte Tessa ein besseres Angebot, ein Wunder, dass sie es überhaupt so lange ausgehalten hat. Was sie tatsächlich draufhatte, hat sie dann ja gezeigt. Aber um es klar und deutlich zu sagen, sie wusste, was Helena vorhatte. Genau wie dieser Sieveking von Tiemann&Brockmeyer. Sie haben darüber gesprochen und abgewogen, aber die beiden waren nicht direkt daran beteiligt.«

»Bevor Tessa Gräfe gegangen ist, hat sie aber noch dafür gesorgt, dass Helena ihre Nachfolgerin wird?«

»Dafür hat Helena selbst gesorgt, indem sie loyal, akribisch und kreativ gewesen ist.«

»Welche Rolle hat Hagen Piepenbrock eigentlich dabei gespielt?«, fragte Cengiz. »Wollen Sie etwa behaupten, er hätte gar nichts von alldem mitbekommen?«

»Ja, genauso ist es gewesen. Hagen hat sich damals immer mehr aus dem Geschäft herausgezogen. Plötzlich interessierten ihn ganz andere Themen. Er hat sich Hobbys gesucht, in die er sein Geld gesteckt hat. Aber was hier tatsächlich vorging, davon hatte er keine Ahnung.«

»Schwer zu glauben«, sagte Jan. »Und dem Finanzamt ist auch niemals etwas an Ihren kriminellen Machenschaften aufgefallen?«

»Helena hat ein sehr ausgeklügeltes System zur Bilanzfälschung erschaffen. Das Geflecht von Tochter- und Subunternehmen, auch im Ausland, hat viel Spielraum gelassen, die Verluste und Gewinne so zu verteilen, dass niemandem etwas auffiel. Nicht einmal, dass wir ein bilanzielles Plus über Scheinfirmen generierten. Das Problem war natürlich, dass sich in Wahrheit unsere Liquidität verschlechterte. An der Stelle haben uns dann aber die Impulse aus meiner Abteilung geholfen. Wir haben neue Produktlinien eingeführt und die Zusammenarbeit mit großen Handelspartnern verstärkt.«

»Noch einmal zurück zu Tessa Gräfe«, sagte Jan. »Musste sie Jahre später sterben, weil sie wusste, was Helena damals vorhatte? Genau wie Fabian Sieveking. Und eigentlich auch Sie. Ist das das Motiv für die Morde?«

»Ja und nein«, antwortete Brinkhaus. »Wenn ich die Geschichte komplett erzählt habe, haben Sie auf alle Ihre Fragen Antworten.«

»Wir sind gespannt.« Jan biss sich auf die Unterlippe. Er war froh darüber, dass der Geschäftsführer der Westfalenwurst GmbH auspackte. Gleichzeitig nervte ihn Brinkhaus' selbstdarstellerische Art.

»Als Helena die Abteilungsleitung übernommen hat, waren wir beide regelrecht euphorisch. Wir waren die einflussreichsten Mitarbeiter unter Hagen, und niemand wusste, dass wir auch noch mehr als das waren. Nach einer Weile setzten wir uns dann aber neue Ziele. Als wir spürten, dass sich Hagen zurückziehen will, hat sich Helena einen perfiden Plan überlegt. Sie hat immer öfter seine Nähe gesucht und ihm schöne Augen gemacht. Mit dem Ziel, ihm einzuflößen, dass er seine Macht abgeben und mich zum neuen Geschäftsführer machen solle. Auch hier war Helena erfolgreich. Aber irgendetwas ist dabei vollkommen aus dem Ruder gelaufen. Ich frage mich, wie lange das zwischen den beiden damals eigentlich schon lief.«

Jan beobachtete Brinkhaus, während er selbst versuchte, dessen Worte zu verarbeiten. Dieser Mann, der sich gestern noch so souverän mit seinem grünen Gesundheitssaft in der Hand präsentiert hatte, sackte, sich an einem Drink festhaltend, vor ihnen zusammen.

»Helena hat letztlich also auch Sie geopfert?« Cengiz setzte ohne jedes Mitleid für Brinkhaus nach. »Für ein Leben an der Seite des Wurstbarons?«

»Ich hätte ihr doch das Gleiche bieten können wie dieser Fettwanst«, brach es plötzlich aus ihm heraus. Er schlug mit der linken Faust auf die Theke und schmiss im selben Moment sein Glas an Jans Kopf vorbei in das Regal mit den Spirituosen, wo es unter einem lauten Klirren zersplitterte. Sofort eilten zwei Beamte aus dem Hintergrund herbei und packten Brinkhaus an den Armen.

»Schon okay, lasst ihn«, sagte Jan. »Wir sind gleich fertig.«

»Der Tote in Ihrem Büro wollte Sie also erschießen, weil Sie wussten, was Helena damals getan hat?«, bohrte Cengiz weiter.

»Eine andere Erklärung habe ich nicht.«

»Tessa Gräfe, Fabian Sieveking und Sie waren die Einzigen, die Helena gefährlich werden konnten?«

Brinkhaus zuckte als eine Art Bestätigung mit den Schultern.

»Weshalb befürchtete Helena nach so langer Zeit, dass sie auffliegen würde? Gab es irgendwelche Anzeichen, dass sie jemand verrät?«

»Keine Ahnung, das müssen Sie –«

»Was ist mit Ihnen? Haben Sie jemals darüber nachgedacht, reinen Tisch zu machen?«

»Um ehrlich zu sein, ich habe es die ganzen Jahre verdrängt. Und ich hätte auch nicht gedacht, dass es noch einmal hochkommt. Aber als ich von den Morden an Tessa und Sieveking hörte, hatte ich sofort ein ungutes Gefühl.«

»Wovon Sie gestern kein Wort erwähnt haben.«

»Nein, das habe ich nicht«, sagte Brinkhaus niedergeschlagen.

»Weiß Piepenbrock eigentlich, dass Helena und Sie jahrelang eine Beziehung geführt haben?«

»Wie meinen Sie das denn?« Brinkhaus sah Cengiz erstaunt an.

»Könnte es sein, dass Helena Angst davor hatte, dass Piepenbrock davon erfährt?«

»Verdammt, ich weiß gar nichts mehr.« Wieder sackte Brinkhaus zusammen und vergrub sein Gesicht zwischen seinen Armen.

»Was können Sie zu dem Mann sagen, der Sie erschießen wollte?«, fragte jetzt Jan. »Er sitzt normalerweise am Empfang und ist Piepenbrocks Fahrer, richtig?«

»Ja, aber noch nicht lange«, antwortete Brinkhaus knapp.

»Müssen wir davon ausgehen, dass er so etwas wie ein Auftragskiller ist?«

»Was stellen Sie mir denn für Fragen? Woher soll ich das wissen? Fragen Sie doch Helena.«

»Das werden wir tun, da können Sie sicher sein.«

Jan winkte die uniformierten Kollegen herbei und gab ihnen ein Zeichen, Brinkhaus jetzt abzuführen.

»Wir werden auch an Sie noch jede Menge Fragen haben«, sagte er. »Aber nicht jetzt. Wir fahren zunächst zurück nach Bad Oeynhausen und kümmern uns um die Piepenbrocks. Die Kollegen hier werden Sie allerdings mitnehmen. Keine Ahnung, was Ihnen die Staatsanwaltschaft alles vorwerfen wird. Die Erschießung dieses Mannes wird Ihnen allerdings wohl am wenigsten angekreidet werden.«

»Das Einzige, was ich mir vorzuwerfen habe, ist die Tatsache, damals nicht früh genug klargestellt zu haben, dass sie über das Ziel hinausschießt.«

»Das werden wir noch feststellen«, sagte Jan kühl. »Eine letzte Frage habe ich aber noch: Was hat das alles mit der Entführung von Hagen Piepenbrock zu tun?«

Brinkhaus hob seinen Kopf und blickte Jan einige Sekunden lang stumm an. »Ich bin mir ziemlich sicher, gar nichts«, sagte er schließlich.

Fontäne

Jan hatte gerade erst das Gespräch mit Kregel beendet, als sich sein Chef schon wieder meldete. Er hatte ihn von allem, was sie von Jörg Brinkhaus erfahren hatten, in Kenntnis gesetzt. Vor allem davon, dass Helena Piepenbrock höchstwahrscheinlich die Drahtzieherin der Morde an Tessa Gräfe und Fabian Sieveking war.

»Die Piepenbrocks verlassen gerade ihre Villa«, sagte Kregel.

»Scheiße«, fluchte Jan. »Dann müssen wir umplanen.«

»Wo seid ihr jetzt?«

»Schon auf der B 61, das Ortsschild haben wir passiert.«

»Dann warten wir auf euch. So schnell verlieren wir sie nicht aus den Augen.«

»Wie meinst du das?«

»Die beiden scheinen ihr Grundstück zu Fuß zu verlassen. Der Mercedes ist nicht hier, und ein anderes Fahrzeug kann ich auf der Auffahrt nicht erkennen.«

Natürlich war die S-Klasse nicht dort. Damit war Leon Binder, sofern das der richtige Name des Mannes war, zur Firmenzentrale gefahren, um Jörg Brinkhaus zu erschießen.

»Behaltet sie im Auge, wir sind gleich da.« Jan legte auf und bedeutete Cengiz, aufs Gas zu drücken. Wenige hundert Meter vor dem Haus verlangsamte er das Tempo. Falls ihnen die Piepenbrocks entgegenkamen, sollten sie nicht sofort merken, dass sie in Alarmbereitschaft waren. Bevor sie Helena festnahmen, wollte er noch einige Fragen von ihr beantwortet haben.

Die beiden entfernten sich tatsächlich bereits in nördliche Richtung von ihrem Haus. Cengiz fuhr langsam an ihnen vorbei und parkte rechts am Rand zwischen zwei Bäumen. Auf der anderen Straßenseite standen Kregel und Bettina sowie ein paar uniformierte Kollegen. Noltes Team hatte sich offenbar bereits in Richtung Porta Westfalica aufgemacht.

Jans Blick wechselte zwischen Kregel und den Piepenbrocks,

die in normalem Tempo die Schützenstraße hinuntergingen und sie keines Blickes würdigten, hin und her. Er nickte den Kollegen zu, als Zeichen, den beiden sofort folgen zu wollen. Kregel gab zu verstehen, dass Bettina mit ihnen zusammen gehen sollte. Er selbst würde die Einsatzleitung übernehmen und weitere Verstärkung anfordern.

Zu dritt folgten sie den Piepenbrocks ein paar hundert Meter nach Norden, vorbei an der Therme, bis die Straße schließlich endete und links abzweigte. Die beiden gingen jedoch geradeaus weiter, den bewaldeten Fußweg entlang in Richtung Kurpark.

»Machen die jetzt etwa in aller Ruhe einen Spaziergang?«, platzte es aus Cengiz raus.

»Vielleicht wäre das gar nicht so schlecht«, sagte Jan. »Wir geben uns so zurückhaltend wie möglich. Was Brinkhaus ausgesagt hat, klingt zwar schlüssig, es ist aber fraglich, ob das für einen Haftbefehl ausreicht. Darum brauchen wir Antworten von ihr, bestenfalls ein Geständnis. Ich würde das gerne klären, ohne dass sie sofort das Gefühl hat, wir würden sie verdächtigen.«

»Wenn sie einigermaßen klar denkt, sollte sie sich dessen bewusst sein, dass wir sie im Visier haben«, merkte Bettina an.

»Ich denke, sie ahnt aktuell nicht, dass wir ihr so dicht auf den Fersen sind. Aber du hast natürlich recht, sobald wir das Thema auf Brinkhaus und ihre Rolle im Unternehmen lenken, wird ihr klar werden, dass wir mehr wissen, als ihr lieb ist.«

»Wir müssen uns auch im Klaren sein, dass die Situation eskalieren kann, wenn Hagen Piepenbrock versteht, mit wem er da eigentlich verheiratet ist«, mahnte Cengiz an. »Wenn es stimmt, was Brinkhaus gesagt hat, weiß er weder, dass die beiden ein Paar waren, noch, dass sie für Bilanzfälschungen in einem riesigen Ausmaß verantwortlich ist.«

Jan erkannte, dass die Piepenbrocks rechts auf einen weiteren Weg abbogen. Der Baumbewuchs zu beiden Seiten nahm hier etwas ab. Er erinnerte sich, dass sie sich ungefähr auf halber Höhe des Kurparks befanden, zwischen Kaiserpalais und Wandelhalle. Der Weg, auf dem das Ehepaar ging, führte zur Fontäne, dem großen Brunnen mit den Wasserspielen.

»Ihr beide geht hinterher«, sagte er. »Ich nehme den nächsten Weg, der in den Park führt, dann kommen wir von zwei Seiten. So verhindern wir hoffentlich, dass sie gleich abhaut, wenn sie uns sieht.«

»Keine Sorge, ich schnappe sie mir, falls sie auf falsche Ideen kommt.« Für einen kurzen Moment huschte ein Lächeln über Cengiz' Gesicht, ehe er wieder seine ernste, fast finstere Mimik aufsetzte.

»Okay, dann bis gleich«, sagte Jan, als sie die Gabelung erreicht hatten. Er begann, in ein leichtes Jogging überzugehen, schließlich war sein Weg bis zur Fontäne wesentlich länger. Er würde sich von unten nähern und hoffte, dass die Piepenbrocks ihm dann entgegenkamen.

Eine halbe Minute später wusste er, dass er mit seiner Hoffnung richtiggelegen hatte. Er erkannte die beiden direkt neben dem Brunnen. Zwanzig Meter dahinter folgten Cengiz und Bettina.

Jan verlangsamte sein Tempo und senkte den Kopf. Als die Piepenbrocks nur noch wenige Körperlängen entfernt waren, sah er auf. Hagen Piepenbrock zuckte augenblicklich zusammen und blieb stehen.

»Was machen Sie denn hier?«, blaffte er ihn an. »Stalken Sie uns etwa?«

»Ganz so würde ich das nicht nennen, aber tatsächlich bin ich nicht zufällig hier. Genauso wenig wie meine Kollegen.«

Cengiz und Bettina traten näher heran. Jan beobachtete die Piepenbrocks. Hagen schien aufgebracht zu sein, während Helena einen abwesenden und etwas fahrigen Eindruck machte.

»Was wollen Sie denn noch?«

»Nun, wir müssen Ihnen mitteilen, dass sich in Ihrer Firma heute Vormittag etwas Tragisches ereignet ist. Es hat einen schlimmen Vorfall gegeben, und wir müssen davon ausgehen, dass die Tat im Zusammenhang mit den Morden an Tessa Gräfe und Fabian Sieveking steht.«

»Wie bitte?«, platzte der Wurstbaron hervor. »Wieso weiß ich noch nichts davon? Jörg hätte mich doch angerufen.«

»Leider ist es so, dass der Mordanschlag Jörg Brinkhaus gegolten hat«, erklärte Jan.

»Das ist nicht Ihr Ernst!« Piepenbrock schien die Fassung zu verlieren.

Aber Jans ganze Aufmerksamkeit galt seiner Frau. Er scannte ihr Gesicht nach einer Reaktion. Einem Zucken oder einem Lächeln. Aber da war nichts.

»Glücklicherweise lebt Herr Brinkhaus«, teilte Jan schließlich mit. »Ihm ist es gelungen, den Angreifer auszuschalten.«

Er hatte seinen Blick nicht von Helena Piepenbrock abgewendet. Und tatsächlich verlor sie für einen kurzen Moment die Fassung. Ihre Pupillen weiteten sich, während sie die Stirn in Falten legte. Und ihr Mund öffnete sich, als japse sie nach Luft.

»Das bedeutet somit natürlich auch, dass wir den Mörder im Fall Gräfe und Sieveking haben.«

»Ist er tot?« Helena Piepenbrocks Stimme klang fest, und doch nahm Jan ein leises Beben war.

»Wäre Ihnen lieber, er lebte noch?«

»Jetzt reicht's mir aber endgültig«, wütete Piepenbrock. »Ich habe Ihnen heute Morgen schon gesagt, dass Sie nicht so mit uns reden sollen. Kümmern Sie sich lieber darum, in Erfahrung zu bringen, weshalb es jemand offenbar auf mein Unternehmen abgesehen hat. Wenn diese Gutmenschen dahinterstecken, dann –«

»Ich kann Sie beruhigen, sie haben nichts damit zu tun«, ging Jan dazwischen. »Wir haben uns eben sehr lange mit Herrn Brinkhaus unterhalten. Er hat uns eine Geschichte erzählt, die eigentlich kaum zu glauben ist. Und im Mittelpunkt steht Ihre Frau.«

Wieder fixierte er Helena Piepenbrock. Sie kniff ihre Augen zusammen, bis nur noch zwei funkelnde blaue Punkte zu sehen waren, aus denen jederzeit kleine Flammen wie bei einem Bunsenbrenner herauszuschießen drohten. Cengiz postierte sich jetzt direkt hinter ihr, sodass sie nicht mehr flüchten konnte.

»Was zum Teufel wollen Sie von Helena? Warum ziehen Sie sie da mit rein?«

»Wir haben sehr gute Gründe dafür«, sagte Jan. »Darum möchten wir Ihnen gerne ein paar Fragen stellen.«

»Und das muss jetzt hier sofort passieren?«

»Ja.«

»Das wird noch Konsequenzen haben«, giftete Hagen Piepenbrock.

»Das glaube ich nicht«, sagte Jan. »Aber kommen wir zur Sache. Wir haben sehr viel über die Vergangenheit herausgefunden, Frau Piepenbrock, und möchten wissen, ob die Angaben richtig sind. Vor Ihrer Heirat hießen Sie Helena Wolf, stimmt das?«

Sie reagierte nicht, sah einfach stumm durch Jan hindurch.

»Sie haben Ihre Ausbildung bei der Westfalenwurst GmbH absolviert und sind anschließend in der Finanzabteilung gelandet, wo Sie im Team von Tessa Gräfe gearbeitet haben?«

Wieder keine Antwort.

»Das hat doch keinen Sinn«, schimpfte Hagen Piepenbrock. »Wenn Helena Ihnen nicht antworten möchte, müssen Sie das akzeptieren.«

»Vielleicht sind Sie ja daran interessiert, zu erfahren, was passiert ist?«, fragte Cengiz und trat jetzt so dicht an Helena Piepenbrock heran, dass sie seinen Atem spüren musste.

»Was soll denn passiert sein?« Hagen Piepenbrock lächelte höhnisch. »Wollen Sie mir etwa erzählen, dass meine Frau in diese Mordfälle verwickelt ist?«

»Ganz genau«, antwortete Jan. »Sie hat einen Mann namens Leon Binder, Sie kennen ihn als Ihren Fahrer, beauftragt, Tessa Gräfe, Fabian Sieveking und Jörg Brinkhaus zu erschießen, weil diese drei Personen Dinge wussten, die aus Sicht Ihrer Frau niemals ans Licht geraten durften. Dabei geht es um Steuerhinterziehung und Bilanzfälschung in gewaltigem Ausmaß. Laut Brinkhaus haben Ihre Frau und er diesen Plan gefasst, um Ihr Unternehmen vor dem Ruin zu retten, was offenbar auch funktioniert hat.«

»Sie spinnen doch komplett! Mein Fahrer ein Auftragskiller? Was reden Sie da für ein wirres Zeug? Schatz, kannst du jetzt mal etwas dazu sagen?«

Helena Piepenbrock schwieg und blickte jetzt starr zur Seite.

»Das alleine ist wahrscheinlich schon Grund genug für Ihre

Frau gewesen, diese Taten zu veranlassen. Sie wollte alles vertuschen und auf jeden Fall verhindern, dass jemals irgendjemand davon erfahren würde. Denn auf das, was sie getan hat, stehen mehrere Jahre Haft. Aber es gibt noch etwas, das sie verheimlichen wollte. Oder wissen Sie etwa, dass Ihre Frau und Jörg Brinkhaus im Prinzip bis zu dem Tag, an dem Sie ihr den Heiratsantrag gemacht haben, eine Beziehung geführt haben?«

Hagen Piepenbrock atmete tief durch. Er schien zwischen einem kompletten emotionalen Ausbruch und einer plötzlichen Nachdenklichkeit hängen geblieben zu sein.

»Wir haben noch vieles mehr gehört«, sagte Jan und wandte sich wieder Helena Piepenbrock zu. »Möchten Sie vielleicht Stellung dazu beziehen?«

Keine Reaktion.

»Sag mir bitte, dass nichts davon der Wahrheit entspricht.« Piepenbrock klang mit einem Mal verzweifelt, während er seine Frau ansah.

Sie schwieg weiterhin beharrlich.

»Wissen Sie, was uns wirklich beschäftigt?«, fragte Jan. »Kann es ernsthaft sein, dass Sie nichts gewusst haben? Davon, wie Helena Ihre Firma gerettet hat? Genauso wenig davon, dass sie in dieser Zeit Jörg Brinkhaus' Freundin gewesen ist? Oder spielen Sie hier gerade ein ganz übles Spiel mit uns?«

»Er wusste nichts«, sagte Helena Piepenbrock auf einmal. »Oder, besser gesagt, er wollte lange Zeit nichts davon wissen.«

»Was sagst du da?« Piepenbrocks Stimme zitterte. Jan trat einen Schritt vor, um eingreifen zu können, falls er die Kontrolle über sich verlor.

»Wenn ich nicht gewesen wäre, würde es dieses verdammte Unternehmen gar nicht mehr geben«, antwortete Helena kalt. »Du hast dich all die Jahre einen Scheißdreck um diesen Laden gekümmert. Jörg und ich haben die Firma gerettet, indem wir Dinge getan haben, die völlig verrückt waren. Wir haben mit den Millionen herumjongliert und immer wieder neue Wege gefunden, die Bilanzen zu schönen.«

»Inwiefern hat Brinkhaus Ihnen dabei geholfen?«, fragte Jan.

»Wir haben das damals zusammen durchgezogen und alles miteinander besprochen.«

»Aber es war Ihre Idee?«

Ihr Schweigen war wie eine Bestätigung.

»Wieso haben Sie Brinkhaus verlassen und die Abteilungsleitung aufgegeben?«, hakte Jan weiter nach. »Sie beide hatten alles erreicht und waren ganz oben.«

»Vielleicht war das ein Grund«, antwortete sie. »Es waren nervenaufreibende Jahre, das können Sie mir glauben. Sich zurückzuziehen und ein bisschen Gras über die Sache wachsen zu lassen erschien mir nicht der schlechteste Plan zu sein.«

»Vor allem an der Seite eines der reichsten Männer des Landes«, kommentierte Cengiz süffisant.

Helena Piepenbrock zuckte mit den Schultern und verzog den Mund, als Zeichen dafür, dass sie die Annehmlichkeiten des Reichtums durchaus genossen hatte.

»Was wir uns aber vor allem fragen«, sagte Jan, »weshalb hatten Sie plötzlich Angst, dass die Sache ans Licht kommen könnte?«

»Fragen Sie ihn.« Helena Piepenbrock machte eine geringschätzige Kopfbewegung in Richtung ihres Mannes.

»Was hab ich damit zu tun?«

»Das würden wir auch gern wissen«, sagte Jan.

»Erzähl ihnen doch, dass du jemanden auf mich angesetzt hast, weil du Angst hattest, ich könnte dich verlassen.«

»Ich kann noch immer nicht fassen, was du getan hast«, entgegnete Hagen Piepenbrock kopfschüttelnd.

»Sie haben also befürchtet, dass Ihr Mann mit Hilfe eines Privatdetektivs herausfindet, was Sie getan haben, verstehe ich das richtig?«

»Ich weiß, dass er kurz davor war, die ganze Sache aufzudecken. Er wusste bereits, dass in der Firma entscheidende Dinge hinter Hagens Rücken gelaufen sind. Und dass ich die Strippenzieherin gewesen bin.«

Für einen kurzen Moment hatte Jan das Gefühl, als lächele Helena Piepenbrock. Ein kurzer Triumph in der Sekunde der Niederlage.

»Wäre es nicht einfacher gewesen, diesen Ermittler töten zu lassen?«, fragte Cengiz provokant.

Sie drehte sich langsam zu ihm um und schien nach einer passenden Antwort zu suchen. »Es wäre besser gewesen, wenn niemand mehr existiert hätte, der die Wahrheit kennt.« Die Worte kamen gepresst über ihre Lippen.

Jan zuckte innerlich zusammen. In diesem Augenblick hatte Helena Piepenbrock offenbart, wovon Jörg Brinkhaus gesprochen hatte. Sie war eiskalt und ging notfalls über Leichen, daran bestand kein Zweifel. Und wenn nötig, spielte sie eine Rolle und erfand Geschichten, wie zum Beispiel im Krankenhaus, als sie sie dort befragt hatten.

»Nein«, sagte er schließlich entschieden. »Die Wahrheit wäre auch ans Licht gekommen, wenn Brinkhaus tot wäre.«

»Was hast du bloß getan?«, fragte Hagen Piepenbrock leise. »Ich verstehe das alles nicht.«

»Wie viel wussten Sie wirklich?«, hakte Jan nach. »Als Sie bei uns auf dem Hof waren, erhielten Sie einen Anruf und sind dann Hals über Kopf abgehauen. Kann es sein, dass Sie da etwas über Ihre Frau erfahren haben?«

»Ich habe es nicht wahrhaben wollen«, antwortete Piepenbrock niedergeschlagen. »Jeden Tag kamen neue Informationen, aber noch passte alles nicht zusammen. Nun wird mir endlich alles klar. Es ist schwer zu verstehen.«

»Du Ärmster«, zischte Helena jetzt in seine Richtung. »Spiel doch jetzt bitte nicht das Opfer! Nach allem, was du mit diesem Unternehmen angerichtet hast.«

»Was meinen Sie damit?«

»Zum Beispiel diesen Verrückten, der in unser Haus eingedrungen ist und Hagen entführt hat«, antwortete Helena jetzt ebenfalls aufgebracht.

»Sei jetzt still!«

»Worum geht es hier?«, drängte Jan. »Kennen Sie also den Mann, der Sie entführt hat?«

»Ich möchte nicht darüber reden«, antwortete Hagen Piepenbrock. »Für mich hat sich das erledigt.«

»Sie waren sich doch sicher, dass diese Aktivisten dahinterstecken. Gilt das nicht mehr?«

»Es ist mir egal, ganz einfach.«

»Erzähl doch einfach, dass der Mann sich an dir rächen wollte, weil seine Frau sich wegen der unhaltbaren Zustände im Betrieb das Leben genommen hat.«

»Was soll das jetzt? Du weißt genau, dass ich seit Jahren nicht mehr dafür verantwortlich bin.«

»Früher war es doch noch viel schlimmer.«

»Aber weshalb haben Sie dann diese Geschichte mit dem Schlag auf Ihren Nacken erfunden und sich ins Krankenhaus begeben?«, fragte Jan.

»Weil ich Hagen schützen wollte, ganz einfach«, antwortete Helena.

»In Ordnung, ich denke, wir haben vorerst genug gehört«, sagte Jan. Sie hatten zwar noch nicht auf alle Fragen Antworten erhalten, aber das Wichtigste schien geklärt. Helena Piepenbrock hatte im Grunde ein Geständnis abgelegt, jedenfalls genug, um sie dem Haftrichter vorzuführen. Was genau es mit der Entführung und Helenas Vorwürfen auf sich hatte, würden sie später in Ruhe klären.

Wie zur Bestätigung seines Gedankengangs erkannte er im Hintergrund, dass Kregel sich in Begleitung einiger Einsatzkräfte näherte. Jan winkte sie herbei, damit sie Helena Piepenbrock abführten.

»Eine letzte Frage habe ich«, setzte er noch einmal an. »Wir haben Spuren gefunden, die darauf hindeuten, dass Leon Binder auch in weitere Morde außerhalb Westfalens verwickelt war. Wie bitte schön kamen Sie in Kontakt mit einem Auftragskiller?«

»Verraten Sie mir zuerst, ob er noch lebt?«

»Er ist tot. Brinkhaus hat ihn erschossen, bevor es ihn selbst getroffen hätte.«

Helena Piepenbrock nickte. Auf einmal wich die Anspannung aus ihrem Körper. Obwohl sie aufrecht stehen blieb, schien es, als sacke alles in ihr zusammen. Ihre Augen, die bis gerade eben noch so hart und feindselig ausgesehen hatten, waren von einer auf die andere Sekunde tränenunterlaufen. Mit belegter Stimme sagte sie schließlich: »Leon war mein Neffe.«

Schweigend ging Jan an der Seite von Cengiz und Bettina zurück durch den Kurpark in Richtung Schützenstraße, als wieder einmal sein Handy in der Hosentasche vibrierte. Es war Lara. Obwohl er sich eigentlich nicht danach fühlte, meldete er sich. Lara war es gewesen, die sie überhaupt erst auf die Spur von Helena Piepenbrock geführt hatte, also sollte sie auch schnellstmöglich erfahren, was hier gerade geschehen war.

»Lara, was gibt's?«

»Ich glaube, wir können Moreau und Hartel ad acta legen«, kam sie sofort zur Sache. »Sie haben nichts mit den Morden zu tun. Beide haben ein Alibi für die Morde im Rheinland, und dass Moreau in dem einen Fall als Zeuge aufgetreten ist, muss reiner Zufall sein. Bei Hartel ist es so, dass Stahlhut etwas herausgefunden hat, das ihn zusätzlich entlastet. Wenn ich ihn richtig verstanden habe –«

»Schon okay«, unterbrach Jan sie. »Du hattest den richtigen Riecher.«

»Was meinst du?«

»Helena Piepenbrock, wir haben sie gerade festgenommen.« Er sah sich kurz um und erkannte noch, wie zwei uniformierte Kollegen die Frau des Wurstbarons in Richtung eines Streifenwagens führten, der bis in den Kurpark vorgefahren war.

Erleichtert, dass sie den Fall tatsächlich aufgeklärt hatten, begann er, Lara zu erzählen, was geschehen war.

Kabelbinder

Jetzt, wo Marian hier in dieser kleinen Lagerhalle saß, an einen Stuhl gefesselt und mit einem Knebel im Mund, wurde ihm schmerzlich bewusst, dass er endgültig versagt hatte. Nicht nur, dass er Maria nicht hatte rächen können, er befand sich jetzt in einer Situation, der er nicht mehr aus eigener Kraft entkommen konnte. Er hatte sich geschworen, seinem Leben ein Ende zu setzen, wenn er dieses eine und einzige Mal nicht das Notwendige tun würde. Doch nicht einmal dazu war er jetzt noch fähig, denn von nun an bestimmte Piepenbrock über ihn.

Dabei hatte er sich noch einmal aufgerappelt und die verbliebenen Kräfte gesammelt, nachdem Helena Piepenbrock ihn in der Villa mit irgendeinem harten Gegenstand so schwer getroffen hatte, dass er um ein Haar über das Geländer gefallen wäre. Blutend und unter großen Schmerzen hatte er Piepenbrock in den Schwitzkasten genommen und ihm das Messer an den Hals gehalten, was angesichts seines massigen Körpers gar nicht so einfach gewesen war, während Helena in die Richtung, aus der sie sich genähert hatte, geflohen war. Er hatte Hagen Piepenbrock leiden sehen wollen, indem er seiner Frau etwas antat, aber eigentlich war er es doch, an dem er sich rächen wollte. Sie hatte mit der ganzen Sache nichts zu tun gehabt.

Langsam hatte er Piepenbrock die Treppe vor sich her hinuntergeschoben. Diesmal war es jedoch schwieriger gewesen als auf dem Weg hinauf, denn Piepenbrock hatte sich zur Wehr gesetzt. Und dann war er fast auch noch mit seinem Messer abgerutscht und hätte Piepenbrock um ein Haar verletzt.

Marian war hin- und hergerissen. Der Gedanke, Dinge zu tun, die gar nicht seinem Wesen entsprachen, hatte ihn immer wieder ausgebremst. Und so auch in jenem Moment. Er hatte gespürt, dass er Piepenbrock weder etwas antun noch ihn länger unter Kontrolle halten konnte.

Wie zur Bestätigung seiner Gedanken hatte ihn im nächsten

Augenblick ein heftiger Schlag ins Gesicht getroffen. Sie waren gerade durch die Haustür nach draußen getreten, als Piepenbrocks Ellenbogen in seinem Gesicht landete und er augenblicklich zu Boden ging. Marian hatte sich zwar direkt hochrappeln können, aber ab diesem Moment war die Situation eine völlig andere gewesen.

Piepenbrock war mit Sicherheit fünfzehn oder zwanzig Jahre älter als er und auch viel schlechter in Form, aber sein massiger Körper und der Wille, sich nicht von ihm irgendwohin schleppen zu lassen, war zu groß gewesen. Der Wurstbaron hatte ihm zwei heftige Schläge ins Gesicht verpasst und ihn dann auf die Rückbank seiner S-Klasse verfrachtet, ehe sie losgefahren waren.

Erst nach ein paar Minuten war Marian wieder bei Sinnen gewesen, aber sein Kopf dröhnte, als wäre sein Schädel in einer Schraubzwinge gefangen. Die Schläge von Piepenbrock, aber auch seiner Frau, die ihn mit einer Vase oder Ähnlichem erwischt hatte, ließen die Bilder vor seinem Auge verschwimmen. Als er mit der Hand seine Schläfe befühlte, spürte er, dass er noch immer etwas blutete.

Er hatte noch eine ganze Weile gebraucht, bis er sich in der Lage fühlte, vorsichtig einen Blick nach vorn zu richten. Durch die große Windschutzscheibe blendeten ihn nächtliche Lichter, aber er hatte erkannt, dass sie über Autobahnen fuhren, bis sie irgendwann vor einem großen Zaun stehen blieben. Dahinter zeichneten sich in der Dunkelheit die Umrisse riesiger Hallen ab. Und er hatte keinen Zweifel daran, dass es sich um das Gelände der Firma Piepenbrock handelte.

Für einen ganz kurzen Augenblick hatte er in Erwägung gezogen, die Tür des Wagens aufzureißen und einfach davonzurennen. Aber er wusste, dass er zu schwach dafür war. Und im schlimmsten Fall hätte Piepenbrock ihm nur noch mehr Schmerzen zugefügt.

Das Tor zum Gelände hatte sich schließlich geöffnet. Sie waren verhältnismäßig lange über das Areal gefahren. Bis in eine der hintersten Ecken, weit entfernt von den Produktionshallen und dem Verwaltungsgebäude. Vor einer kleineren Lagerhalle hatte

Piepenbrock angehalten und ihn dann aus dem Wagen gezerrt. Er hatte ihn ins Innere dieser Halle geschleppt, ihn auf einen Stuhl gesetzt und mit Kabelbindern daran festgebunden.

Seit bestimmt zwölf Stunden saß Marian hier nun schon. Irgendwann war es hell geworden, das Licht fiel durch die dicken Glasbausteine oben an den Wänden ins Innere der Halle. Die Sonne war den ganzen Tag um das Gebäude gewandert. Gut möglich, dass schon wieder die Abenddämmerung einsetzte.

Marians Kopf schmerzte noch immer. Schlimmer war jedoch sein trockener Mund. Die Vorstellung, noch lange hier ohne einen Tropfen Wasser oder etwas zu essen sitzen zu müssen, führte dazu, dass er zunehmend panisch wurde. Was hatte Piepenbrock mit ihm vor? Wollte er ihn hier jämmerlich verrecken lassen? Er hatte längst kein Problem mehr damit, zu sterben, aber doch nicht so. Weil Piepenbrock es so wollte. Weil er ihn einfach nur wegschaffen wollte.

Das leise Quietschen einer metallenen Tür nahm er sofort wahr. Nach Stunden der Stille und Einsamkeit waren seine Sinne geschärft. Schritte waren zu hören. Erst leise, dann immer deutlicher. Er versuchte, seinen Kopf zu drehen, wollte sehen, wer sich näherte. Ein Gefühl von Panik durchfuhr ihn augenblicklich, als er einen mächtigen Schatten auf dem grauen Hallenboden erkannte.

Im nächsten Moment riss ihm jemand das Klebeband vom Mund. So schnell, dass es schmerzte und seine Lippe einriss. Der Schatten wurde größer. Und erschien dann in Form von Hagen Piepenbrock direkt vor seiner Nase.

Er war zurück. Und Marian hatte keinen Zweifel daran, dass es nicht gut für ihn ausgehen würde.

Umso überraschter war er, als er den Gesichtsausdruck dieses Mannes sah. Von der entschlossenen bis grimmigen Mimik, die er kannte, war nichts mehr übrig. Stattdessen machte er einen nachdenklichen, fast traurigen Eindruck.

»Es wird kein Trost für Sie sein, aber Sie sollten wissen, dass auch ich heute meine Frau verloren habe.«

Marian sagte nichts. Er versuchte, die Worte einzuordnen. War Piepenbrocks Frau tatsächlich tot?

»Ich möchte mich bei Ihnen entschuldigen«, fuhr Piepenbrock fort und wischte sich mit einem Taschentuch Schweiß von der Stirn. »Heute Nacht habe ich kein Auge zugemacht, ich wollte wissen, wer Sie sind und weshalb Sie meine Frau und mich bedroht haben. Jetzt weiß ich es.«

»Etwas spät, oder meinen Sie nicht?«, brach es plötzlich aus Marian hervor. »Denken Sie wirklich, dass ich Ihnen verzeihen kann? Meine Frau ist tot, weil sie die Bedingungen in Ihrem Betrieb nicht mehr ertragen konnte.«

»Es ist wirklich furchtbar, dass –«

»Stecken Sie sich Ihre Worte sonst wohin«, unterbrach Marian ihn wütend. »Können Sie sich ansatzweise vorstellen, wie verzweifelt man sein muss, um sich das Leben zu nehmen? Die Arbeit in Ihrer Fabrik hat Maria krank gemacht.«

»Sie konnten ihr nicht helfen?«, fragte Piepenbrock vorsichtig.

»Ich habe alles getan, um sie da rauszuholen«, antwortete Marian aufgebracht. »Verstehen Sie, Maria war ein lebensfroher Mensch, aber dann wurde sie systematisch kaputtgemacht. Monat für Monat wurde ihr Zustand schlechter. Körperlich und geistig. Sie hat kaum noch etwas gegessen, nicht mehr geredet, wurde immer depressiver. Es gab Wochen, da hat sie täglich zwölf Stunden oder mehr gearbeitet, mit nur einer kurzen Pause. Mit uns Rumänen können Sie es ja machen, nur so können Sie Geld verdienen. Dass Sie uns mit Niedriglöhnen und Überstunden ausbeuten, ist Ihnen doch scheißegal.«

»Glauben Sie mir, ich habe davon nichts gewusst. Ich habe mich schon vor Jahren aus dem operativen Betrieb zurückgezogen.«

»Ich glaube Ihnen kein Wort«, schrie Marian jetzt. »Meine Frau ist tot. Ich habe sie gefunden, sie hat sich in unserem Schlafzimmer erhängt.«

Piepenbrock schüttelte den Kopf und senkte seinen Blick. Marian hatte das Gefühl, dass es ihm tatsächlich naheging.

»Wenn Maria einmal eine zusätzliche Pause gemacht hat, wurde sie von ihrem Vorarbeiter fertiggemacht«, redete Marian immer weiter. Er wollte alles loswerden, was ihm unter den Nägeln brannte. »Das Allerschlimmste sind die hygienischen Bedingungen. Wissen Sie eigentlich, was in Ihrer Produktion los ist? Diese Zustände sind unerträglich.«

Piepenbrock sagte nichts. Diesmal glaubte Marian, dass der Wurstbaron gern widersprochen hätte, aber seine Worte doch lieber für sich behielt.

»Ich wollte, dass Sie dabei zusehen, wie ich Ihre Frau töte«, sagte Marian jetzt mit ruhigerer Stimme. »Sie sollten sehen, wie es ist, wenn man seinen liebsten Menschen verliert. Aber ich hab's verbockt. Wie so vieles in meinem Leben.«

»Seien Sie froh, es ginge Ihnen nicht besser, wenn Sie es getan hätten. Jetzt haben Sie die Chance, weiterzuleben. Vielleicht finden Sie –«

»Ich will niemand anderen als Maria, was stellen Sie sich eigentlich vor?« Marian rutschte wutentbrannt auf seinem Stuhl herum, sodass er um ein Haar das Gleichgewicht verloren hätte. »Ich habe mit meinem Leben abgeschlossen. Also geben Sie mir doch einfach gleich den Rest.«

Er sah, dass Piepenbrock seine Augen zusammenkniff, als denke er nach. Seine eigene Wut war etwas verraucht. Weil dieser Mann, auf den er seinen ganzen Hass gerichtet hatte, sich entschuldigte. Er verhielt sich ganz anders, als er befürchtet hatte.

Piepenbrock ging plötzlich weg, verschwand aus seinem Blickwinkel, um wenige Sekunden später zurückzukommen. In der Hand hielt er ein Teppichmesser.

Augenblicklich kam das Gefühl von Panik zurück. Erst recht, als Piepenbrock langsam auf ihn zukam und das Messer hob.

Der Wurstbaron ging rechts an ihm vorbei und beugte sich nach unten. Er rechnete mit dem Schlimmsten, um im nächsten Moment zu realisieren, dass Piepenbrock die Kabelbinder an seinen Handgelenken und Füßen durchschnitt.

Er will mich gehen lassen, fuhr es Marian durch den Kopf. Er hätte erleichtert sein müssen. Sich einfach freuen. Aber er wusste nicht, wie er mit der Situation umgehen sollte, als Piepenbrock ein paar Schritte zurücktrat und ihm zunickte.

Was sollte er tun, wenn er wieder da draußen war?

Ohne Rachsucht. Und viel schlimmer: ohne Maria.

»Verschwinden Sie jetzt«, sagte Piepenbrock. »Sie haben noch gute Jahre vor sich. Die Zeit wird einige Ihrer Wunden heilen. Und vielleicht wird es sogar besser, als Sie denken.«

»Das glaube ich kaum.«

»Abwarten«, sagte Piepenbrock. »Gehen Sie und nehmen Sie sich ein Taxi nach Hause.« Er kam noch einmal näher und drückte ihm fünfzig Euro in die Hand.

Marian rang mit sich. Er hatte nicht vorgehabt, das Ganze lebend zu überstehen. Dass er jetzt wieder in diese Welt da draußen, die sich so leer anfühlte, verschwinden sollte, war nicht der Plan gewesen.

Bedächtig stand er auf. Piepenbrock nickte ihm zu.

Marian fühlte sich wie ein Magnet, den es in alle Richtungen zog. Sein Überlebenswille schien aber stärker zu sein als seine Todessehnsucht. Langsam entfernte er sich von Piepenbrock. Irgendwo dort hinten war bestimmt die Tür nach draußen.

Er wollte nicht und ging trotzdem. Aber eine letzte Frage beschäftigte ihn. Er blieb stehen und drehte sich um.

»Ihre Frau ist also auch tot?«, fragte er.

»Gewissermaßen schon.«

Marian zögerte. Wollte er noch einmal nachhaken? Nein, das würde nichts bringen. Schließlich verzichtete er darauf und verließ die kleine Halle, ohne sich noch einmal umzudrehen. Als er im nächsten Moment aus dem Hintergrund einen dumpfen Knall vernahm, schrak er zusammen und ging auf die Knie.

Einige Sekunden verharrte er und schloss die Augen. Bis er nicht mehr daran zweifelte, dass Hagen Piepenbrock sich gerade erschossen hatte.

Vata

Zwei Monate später

Dass dieser Moment eines Tages kommen würde, hatte Jan sich niemals erträumen lassen. Tief im Hinterkopf hatte vielleicht manchmal eine Grundangst mitgeschwungen, dass irgendwann alles ein Ende nehmen konnte, aber immer wenn der Gedanke sich an die Oberfläche kämpfte, hatte er ihn erfolgreich in eine finstere Ecke verdrängt.

Aber nun war es also so weit. Der Hof gehörte ab sofort nicht mehr der Familie Meyer zu Oldinghaus. Und obwohl seine Mutter ein lebenslanges Wohnrecht besaß, so wie es im Testament ihres Mannes festgelegt war, hatte Jan sie überzeugen können, dass es für alle Seiten das Beste war, den Hof in andere Hände zu übergeben und einen neuen Lebensabschnitt zu beginnen.

Eigentlich hatte immer außer Frage gestanden, dass sein Bruder derjenige sein würde, der hier eines Tages den Hof allein übernahm und eine neue Ära einleitete. Dass es dazu nicht gekommen war, hatten sie vor ein paar Monaten gerade erst verkraftet, als Hagen Piepenbrock auf die Bühne getreten war. Ab diesem Moment war vor allem Jans eigenes Leben für einige Tage völlig durcheinandergeraten, auch wenn das weniger damit zu tun gehabt hatte, dass Piepenbrock der neue Teilhaber des Hofes war.

Die Ermittlungen um die Morde an Tessa Gräfe und Fabian Sieveking hatten ihm alle Nerven geraubt und mehr abverlangt, als ihm lieb war. Anfangs hatte es so ausgesehen, als würden sie den Fall schnell abschließen können. Doch dann waren sie lange vollkommen im Dunkeln getappt, ehe das Ganze eine irre Wendung genommen hatte. Hagen Piepenbrock und seine Frau hatten plötzlich im Mittelpunkt der Ermittlungen gestanden. Aber selbst nachdem sie Helena festgenommen hatten, war die Sache noch längst nicht abgeschlossen gewesen.

Denn der Rachefeldzug eines Mannes gegen Piepenbrock, den seine Frau im Kurpark von Bad Oeynhausen bereits angedeutet hatte, war vollkommen eskaliert und schien eine dramatische Wendung genommen zu haben. Hagen Piepenbrock hatte sich noch am selben Tag das Leben genommen. Sie hatten ihn in einer kleinen Werkzeughalle auf seinem eigenen Firmengelände gefunden, nachdem sich ein anonymer Anrufer bei ihnen gemeldet hatte.

Jan war sich sofort sicher gewesen, dass es sich um den Mann handelte, der in das Haus der Piepenbrocks eingedrungen war und den Wurstbaron angeblich entführt hatte. Es hatte nicht viel Recherchezeit gebraucht, um herauszufinden, dass es sich bei dem Mann um einen Rumänen namens Marian Stanciu handelte. Dafür war der Hinweis von Helena Piepenbrock, dass sich die Frau des Eindringlings, die für die Westfalenwurst GmbH gearbeitet hatte, umgebracht hatte, präzise genug gewesen.

Noch während sie darüber nachgedacht hatten, ob sie einen Haftbefehl für Stanciu aufgrund seines Angriffs auf die Piepenbrocks vorbereiten sollten, hatten Noltes Leute in der Jackentasche des Wurstbarons einen Umschlag mit einer notariell bestätigten Ergänzung seines Testaments gefunden. Wie Piepenbrock das nach ihrem Gespräch am Springbrunnen am frühen Nachmittag zeitlich noch gelungen war, wussten sie nicht. Aber der Notar hatte am nächsten Tag bestätigt, dass alles seine Richtigkeit hatte.

Piepenbrock hatte die Firma zu gleichen Teilen seinen Kindern aus den ersten beiden Ehen vermacht, aber seinen Anteil am Hof der Familie Meyer zu Oldinghaus sollte tatsächlich Marian Stanciu bekommen.

Vor allem deswegen hatten sie auf Ermittlungen gegen ihn verzichtet. Es gab niemanden, der Anzeige gegen ihn erstattete, und die Staatsanwaltschaft tat sich schwer damit, jemanden anzuklagen, der gerade erst ins Testament Piepenbrocks aufgenommen worden war.

Vielleicht kam Stanciu auch zugute, dass die Staatsanwaltschaft mit dem Prozess gegen Helena Piepenbrock alle Hände voll zu tun hatte. Es mussten mehr als zehn Jahre Unternehmensgeschichte aufgerollt werden. Sämtliche Bilanzen wurden überprüft, jede einzelne Zahl umgedreht und zahllose Gespräche mit potenziell verwickelten Akteuren geführt. Nicht zuletzt auch Tiemann&Brockmeyer Auditing geriet ins Visier der Ermittler. Über allem stand die Frage, wie es passieren konnte, dass ein Betrug in diesem Ausmaß niemandem in den prüfenden Behörden aufgefallen war. Oder ob vielleicht sogar noch mehr dahintersteckte.

Zu klären galt es auch noch, welche Rolle Jörg Brinkhaus gespielt hatte. Er hatte sich nach den Ereignissen beurlauben lassen und sich vollständig aus der Öffentlichkeit zurückgezogen. Gegen ihn wurde wegen Beihilfe zur Bilanzfälschung und Steuerhinterziehung ermittelt. Dagegen würde er wegen des tödlichen Schusses auf Leon Binder wahrscheinlich mit Notwehr durchkommen. Da er einen Waffenschein besaß, konnte ihm auch wegen des Waffenbesitzes nichts angelastet werden, auch wenn fraglich blieb, weshalb er die Pistole in der Schublade seines Schreibtischs aufbewahrt hatte.

In den letzten Tagen hatte Jan viel darüber nachgedacht, wie es bei ihm jetzt wohl weitergehen würde. Vorerst konnte er in seiner Wohnung in Herford leben, aber schon seit Jahren hatte er das Gefühl, sich endlich etwas anderes suchen zu müssen. Wie oft schon hatte er sich vorgestellt, nach Bielefeld zu ziehen. Endlich einen Neuanfang zu wagen. Viel zu lange hatte er ihn vor sich hergeschoben. Der Tod seines Vaters, das Testament, das ihn unerwartet zu gleichen Teilen wie seinen Bruder als Teilhaber vorgesehen hatte, und schließlich Cords Entscheidung, seinen Anteil an Hagen Piepenbrock abzutreten, hatten ihn jedoch daran gehindert, sich um seine persönliche Zukunft zu kümmern.

Und dann war da noch Lara. Sie hatten in den letzten Wochen nicht viel Kontakt miteinander gehabt. Aber öfter mal hatte er daran denken müssen, dass sie die Tür nicht für immer zugeschlagen hatte. Sie brauchte noch Zeit, das hatte sie deutlich gemacht. Um ihre Krankheit und ihre Vergangenheit in Hamburg zu verarbeiten. Ihm klingelten auch ihre Worte im Ohr, dass sie ihm noch nicht die ganze Wahrheit gesagt hatte.

Langsam schritt er ein letztes Mal durch den Flur im Haupthaus, vorbei an seinem Jugendzimmer und dem Schlafraum seiner Eltern. Ein Gefühl von Vertrautheit und gleichzeitig seltsamer Distanz zu diesem Haus überkam ihn. Erinnerungen an eine Zeit, die er schon lange beiseitegeschoben hatte. Als er die breite Holztreppe des Hauses hinunterging, hatte er das Gefühl, alten Ballast endgültig abzuwerfen und einen Schlussstrich unter seine Vergangenheit ziehen zu können. Aber er wusste ganz genau, dass er dieses Gefühl leider schon viel zu oft verspürt hatte.

Draußen auf dem Hof warteten bereits Isabel und Philipp vor ihrem neuen Familien-Van. In ein paar Monaten würden sie zu dritt in ihrer Wohnung auf dem Herforder Stiftberg sein, die sie vergangene Woche bezogen hatten. Philipp hatte gerade erst einen neuen Job als Grafiker bei der Stadt angenommen, nebenher schrieb er noch immer Kinderbücher. Ihre Band, die Underdogs, hatte sich, wie es schien, inzwischen endgültig aufgelöst, nachdem sie zuletzt kaum noch gemeinsam aufgetreten waren.

»Wo ist Mutter?«, fragte Jan.

»Bei den Pferden«, antwortete Isabel. »Sie verabschiedet jedes einzeln.«

»Was für einen Eindruck hat sie gemacht?«

»Einen tapferen.«

»Na schön, sie soll sich die Zeit ruhig nehmen. Wenn ihr wollt, könnt ihr schon los, ich nehme Mutter nachher mit. Ich habe ihr versprochen, ihr noch ein bisschen beim Einrichten zu helfen. Gardinenstangen anbringen und solche Sachen. Du weißt ja, mein Spezialgebiet.« Jan zwinkerte seiner Schwester zu. Beide wussten, dass er handwerklich zwei linke Hände besaß.

»Wir warten, bis die Neuen da sind«, sagte Isabel.

Als hätte sie es geahnt, rollte im nächsten Augenblick ein alter Mercedes Kombi auf den Hof, gefolgt von einem Land Rover.

»Da sind sie, es ist so weit.«

Aus Richtung des Stalls sah Jan seine Mutter näher kommen.

Sie trug wieder Schwarz, wie so lange nach dem Tod von Heinrich.

Die beiden Autos hielten vor dem Haupthaus direkt neben Isabels Van. Jan lächelte, als die neuen Besitzer ausstiegen und entschlossen auf sie zukamen.

Er streckte Marian Stanciu die rechte Hand entgegen und klopfte ihm mit der linken auf die Schulter. Dann wünschte er ihm viel Glück und Erfolg. Und ein gutes Händchen mit der Betriebsleitung, für die er zukünftig verantwortlich war.

Dann trat er auf eine Frau zu, die er zuletzt vor mehr als drei Jahren gesehen hatte und die ihn damals manchmal zur Weißglut gebracht hatte. Aber als sie nicht mehr da gewesen war, hatte er sie auch vermisst.

Vor ihm stand Mareike, seine ehemalige Untermieterin. Sie sah glücklich und zufrieden aus.

»Lass dich drücken.« Jan nahm sie zur Begrüßung in die Arme. »Hätte mir vor vier Wochen jemand gesagt, dass du meinen Teil des Hofs übernimmst, hätte ich dessen Geisteszustand überprüfen lassen. Umso schöner, dass es aber genauso gekommen ist.«

»Allerdings«, antwortete Mareike. »Darf ich dir Tankred vorstellen? Mein Pitta-Mensch.«

»Ich dachte, *du* wärst Pitta …«

»Das hast du damals schon immer durcheinandergebracht«, lachte sie. »Ich bin Vata.«

Jan beobachtete Tankred. Ein Mann um die fünfzig mit angegrauten langen Haaren, die er zu einem Zopf gebunden hatte. Er trug oben- und untenrum hellbraune Leinenkleidung, dazu einen weißen Leinenschal und ausgelatschte halbhohe Lederschuhe. Der Anblick überraschte Jan nicht, hatte er doch schon viel von ihm gehört und jede Menge über ihn im Internet gelesen. Tankred war einer der bekanntesten Yoga- und Ayurveda-Lehrer Deutschlands. Er stammte aus der Nähe von Gütersloh, seinen Nachnamen Strakeljahn und den ersten Vornamen Peter hatte er schon vor langer Zeit abgelegt.

Als Mareike sich vor sechs Wochen bei Jan gemeldet hatte, weil sie das Gerücht gehört hatte, dass er den Hof verkaufen wollte, war er anfangs skeptisch gewesen. Sie hatte kein Geld, wie sollte sie einen Millionenbetrag auftreiben? Aber dann hatte sie von Tankred erzählt, den sie vor zwei Jahren kennengelernt hatte. Er war angeblich Selfmade-Millionär. Ob sie ein Paar waren, hatte er nicht gefragt. Er wusste nicht einmal, ob es bei diesen Yogis überhaupt feste Partnerschaften gab. Aber sie hatte ihm gesagt, dass er genügend Geld mitbrachte, um ihren Traum zu erfüllen, nämlich einen Reiterhof für therapeutische Zwecke und Ayurveda- und Yoga-Wellness-Urlaube zu gründen.

Jan hatte ihre Idee im ersten Moment milde lächelnd zur Kenntnis genommen. Aber nachdem er sich mit Isabel besprochen hatte, waren sie zu der Überzeugung gekommen, das Angebot ernsthaft zu prüfen. Sie hatten zur Auflage gemacht, dass nur Mareike die Anteile übernehmen durfte. Tankred wurden keinerlei Rechte zugesichert, obwohl ihnen natürlich klar war, dass sie das jederzeit ändern konnten.

Obwohl sie sich noch nicht persönlich getroffen hatten, hatte Jan vor zehn Tagen schließlich die Entscheidung getroffen, dem Angebot zuzustimmen. Das Konzept und die Vorstellung, dass Mareike aus diesem Hof einen ganz besonderen Ort schaffen würde, hatten ihn nicht nur überzeugt, sondern begeistert.

»Wir machen es heute kurz und schmerzlos. Bevor hier noch die Tränen fließen. Aber keine Sorge, ich werde mir genau anschauen, was ihr hier macht.«

»Sehr gerne, du bist jederzeit eingeladen.«

Jan nickte und nahm Mareike noch einmal in den Arm. Diesmal etwas länger.

»Okay, nun ist es so weit. Ich wünsche dir nur das Beste.« Jan lächelte sie ein letztes Mal an, dann trat er zur Seite und ging in Richtung seiner Mutter, die etwas abseits stand und sich nicht an der Abschiedszeremonie beteiligen wollte.

»Komm, Mutter, ich bring dich jetzt nach Hause.«

Wortlos stieg Sylvia Meyer zu Oldinghaus in Jans Mini ein. Er wollte keine Zeit mehr verlieren, weil er wusste, wie schwer dieser Moment für sie war. Er hob kurz den Arm und winkte den anderen zu, dann drehte er den Schlüssel um und drückte auf die Knöpfe seines Autoradios.

Als der CD-Wechsler ansprang und die ersten Töne von »Don't Look Back in Anger« aus den Boxen erklangen, trat er aufs Gas. Wie in einem Kurzfilm liefen die letzten vierzig Jahre noch einmal vor seinen Augen ab. Die gesamte Klaviatur an Gefühlen überkam ihn in diesem Moment. Aber er wusste, dass er das Richtige getan hatte.

Alle Bücher von Jobst Schlennstedt:
Auch als eBook erhältlich

Krimis mit Jan Oldinghaus

Westfalenbräu
ISBN 978-3-89705-768-5

Dorfschweigen
ISBN 978-3-89705-996-2

Sennegrab
ISBN 978-3-7408-0526-5

Velmerstot
ISBN 978-3-7408-0819-8

Krimis mit Birger Andresen

Tödliche Stimmen
ISBN 978-3-89705-561-2

Der Teufel von St. Marien
ISBN 978-3-89705-624-4

Möwenjagd
ISBN 978-3-89705-825-5

Traveblut
ISBN 978-3-89705-918-4

Küstenblues
ISBN 978-3-95451-110-5

Todesbucht
ISBN 978-3-95451-299-7

www.emons-verlag.de

#hanseterror
ISBN 978-3-95451-813-5

Nebelmeer
ISBN 978-3-7408-0079-6

Lübsche Wut
ISBN 978-3-7408-0310-0

Lauerholz
ISBN 978-3-7408-0679-8

Weißer Sand
ISBN 978-3-7408-1336-9

Krimis mit Simon Winter

Spur übers Meer
ISBN 978-3-95451-450-2

Lübeck im Visier
ISBN 978-3-95451-691-9

Hafenstraße 52
ISBN 978-3-7408-0002-4

Unter dem Pseudonym Jesper Lund erschienen

Schwedensommer
ISBN 978-3-7408-1133-4

www.emons-verlag.de

111-Orte-Reihe

111 Orte an der Ostseeküste,
die man gesehen haben muss
ISBN 978-3-89705-824-8

111 Orte in Ostwestfalen-Lippe,
die man gesehen haben muss
ISBN 978-3-95451-109-9

111 Orte an der Ostseeküste
Mecklenburg-Vorpommerns,
die man gesehen haben muss
ISBN 978-3-95451-332-1

111 Orte in Lübeck,
die man gesehen haben muss
ISBN 978-3-95451-564-6

111 Orte in der Lüneburger Heide,
die man gesehen haben muss
ISBN 978-3-95451-844-9

111 Orte in Bielefeld,
die man gesehen haben muss
ISBN 978-3-7408-0123-6

111 Orte für Kinder in und um Lübeck,
die man gesehen haben muss
ISBN 978-3-7408-0845-7

www.emons-verlag.de